デスマーチからはじまる異世界狂想曲 Ex2

エクストラ

C O N T E N T S

Ex2
エクストラ

GALLERY

サトゥーロードマップ
003

描き下ろしコミック
051

STORY

店舗特典SS集《ショートストーリー》
057

書き下ろし
『真珠の国のお姫様』
161

書き下ろし
『幻の青』
247

あとがき
294

デスマーチから
はじまる
異世界狂想曲

Ex2

エクストラ

★★★

愛七ひろ

Death Marching to the

Parallel World Rhapsody

Ex2

Presented by Hiro Ainana

口絵イラスト
shri

本文イラスト
shri、かんくろう

装丁
coil

Death Marching
to the
Parallel World Rhapsody
Ex2

デスマーチからはじまる異世界狂想曲 Ex2

サトゥーロードマップ

Ex2
エクストラ

セーリュー市

シガ王国北部に位置するセーリュー伯爵領の都市。強固な市壁に囲まれ、平時は粉挽《ひ》き・戦時は砲台となる風車塔が要所に設置されるなど、稀《まれ》に飛来するワイバーンへの対策が充実している。領軍は精兵であり、集団対空戦を得意とすることでも有名。

人口の九割以上が人族で、ごく少数の上位階層と八割の市民、二割の奴隷で構成される。過去に亜人たちとの戦争があった経緯もあり、亜人差別が強い。そのため妖精《ようせい》族を除くほとんどの亜人が奴隷として生活している。

門前広場を中心に、貴族や豪商向けの貴重品や紳士服を扱う中央通り、やや裕福な市民向けに既製品を揃《そろ》えたテプタ通り、雑多な食料品や生活必需品を並べた露店で賑《にぎ》わう東通りと広がる。北には職人達が暮らす職人街があり、西街と呼ばれるエリアには奴隷商会・金貸し屋・風俗店・錬金術屋などが集まっており、ほとんどの亜人奴隷もここで生活している。

ワイバーンの外皮を加工したマントや革鎧《かわよろい》は高級品として人気が高く、貴重な特産品となっている。肉の方は不味《まず》さが有名なため、市外には出ず養護施設や西街の低所得層に流れるようだ。

門前広場

街の入り口である広場は客引きで賑わっており、中でも門前宿は看板娘の評判もあって人気が高い。女将《おかみ》の得意料理のキッシュや、懇意の猟師が提供する猪肉《いのしし》を使ったステーキは旅人たちの語り草となっている。亜人の入店お断りのため、亜人奴隷を所有する者は注意が必要だ。

市民の困りごとにも愛想良く対応してくれる「何でも屋」も名物だ。才色兼備な女店員が切り盛りしており、空き家の斡旋《あっせん》や馬車の仲介なども得意としているため、行商人が押さえておきたい店である。街に一人しかいないエルフが本当の店主という噂《うわさ》もあるが、接客に出てくるのを見た者がいないためあまり信じられていない。

収穫祭と野外ステージ

市外に多くの荘園が広がる関係もあり、毎年の収穫祭は非常に盛り上がる。「勇者と魔王の物語」と融合した祭事でもあり、竜を演じる竜面や勇者や姫用のカツラを売る露店は風物詩となっている。

野外ステージでは、勇者物語の他《ほか》に「ムーノ侯爵領の悲劇」の人気が高い。東通りとのアクセスが容易なため、露店で名物のセーリュー揚げや竜翼揚げを買い込んで鑑賞する者が多いようだ。不味いと評判の薄ガボパンは人気がない。

迷宮

突如として市内に現れた「生きた迷宮」は、シガ王国中を震撼《しんかん》させる事件となった。何者かによって魔族は倒されたが、一〇〇年以上振りに誕生した迷宮として支配階級や軍関係者の頭を悩ませている。探索者などの訪問者が増えることを商人たちは歓迎しているようだ。魔族を退治したのはあの勇者ナナシであるという噂もあるが、シガ王国がその存在を公表する前の出来事であり、信憑性《しんぴょうせい》は薄い。

領軍

魔法兵を組み込んだ戦術の研究が盛んであり、領外にも広がる精強さから領内の若者たちの憧《あこが》れとなっている。迷宮都市への選抜隊派遣も開始され、セーリュー市でもっとも活気がある組織とも言われている。

出会ったキャラクター

ゼナ

風魔法を扱う魔法兵。マリエンテール士爵令嬢。女性兵でもトップクラスの人気だったが、意中の人物がいる模様。

出会ったキャラクター

イオナ、リリオ、ルウ

美人で面倒見がよい大剣使いイオナ、最近彼氏と別れたらしい斥候兵のリリオ、体育会系の大盾使いルウ。よく一緒に行動している三人には密《ひそ》かなファンも多い。

ナディ

編みこんだ赤毛と濃い緑色のスカートがトレードマークの、何でも屋店員。店長であるエルフとの関係には謎《なぞ》が多い。セーリュー市内でも数少ない王立学院出の才媛。

トラザユーヤの揺《ゆ》り篭《かご》

人族社会にも「賢者」として広く知られ、半ば伝説上の存在となっているエルフの賢者トラザユーヤが作り出した特殊訓練施設。シガ王国北部と隣接する亜人国家群エリア、灰鼠《はいねずみ》首長国と長毛鼠首長国に挟まれた盆地に屹立《きつりつ》する山のような大樹がそれだ。エルフのための訓練施設である蜘蛛《くも》の巣《す》状の人工物が大樹と融合しており、その一部は幹の中にまで侵食しているようだ。

エルフのみを対象とした生命保護機能が存在し、「揺り篭の核《クレイドル・コア》」が生み出す人工の魔核《コア》から培養された人造魔物と戦闘を行う事で、安全なレベル上げが可能となっている。エルフ以外も利用できるが、その場合の安全保証は特にないので気をつけたいところだ。

上へ上へと登っていく塔状の構造で、一〇階層毎《ごと》に特殊なゴーレムなどの「守護者」が待ち受けており、最上階である二〇〇階に到達できれば迷宮都市の凄腕《すごうで》探索者とも渡りあえる強者へと鍛えられているという。

施設のどこかにはトラザユーヤの研究室があり、そこには人族に伝わっていない賢者の英知が眠っていると、トレジャーハンターたちの間でときおり話題となるようだ。

揺り篭消滅事件

セーリュー市にてエルフ誘拐事件という奇妙な報告があがっている。揺り篭は悪の魔術士の拠点と化していたが、六人組の剣士により退治されたという。その際、施設の自壊システムが作動して大樹が消滅してしまったとの事だが、揺り篭が存在する場所はシガ王国との正式な国交がなく、商業ルート開拓も進んでいないため真偽確認は遅れている。亜人国家群と付き合いのある行商人たちからの情報によると、揺り篭崩壊時に大量の塩が生み出されたとの事で、現在その盆地は鼠人達の塩の採取所になっているそうだ。

悪の魔術士＝不死の王《ノーライフキング》？

一時期、シガ王国北部ではペンドラゴン名誉士爵に仕える「盾姫」そっくりの顔をした美女集団が目撃されていた。彼女らは揺り篭の支配者である「魔術士ゼン」が元マスターであり、ゼンを倒したのは勇者一行らしき剣士達だったという。ゼンといえばムーノ侯爵領を呪《のろ》った「不死の王」と同名だが、その関連は闇《やみ》の中だ。

出会ったキャラクター

揺り籠の乙女達

トラザユーヤが残した秘術により、揺り篭の守護者として誕生したホムンクルスたち。不死の王ゼンに仕えていたが、今は別の主《あるじ》を仰ぎ新たな名を与えられている。

カイノナの街

セーリュー伯爵領の南部、クハノウ伯爵領との領境からほど近い場所にある小規模な街。公都のあるオーユゴック公爵領からセーリュー市に向かう場合に通過する街であり、セーリュー伯爵領における交易の玄関口となっている。その為、規模の割には宿泊施設および歓楽街が賑わっており、セーリュー市を目的地とする旅人たちの情報交換の場ともなっているようだ。

街の若者たちからは「羊と酔っ払いと羊飼いしかいない小さな街」と陰口を叩《たた》かれており、一旗あげようとセーリュー市で領軍に志望する者が毎年出るようだ。だが、そんな中でも羊は名産品で、やや獣臭いが濃密なカイノナ羊乳酒とあわせて、食べ応《ごた》えのある羊肉料理が街の名物となっている。

ワイバーンの襲来や「生きた迷宮発生事件」などの大きな事件が起きる事も滅多にない街のため、牧歌的で安全な人生を過ごす場としてカイノナで生まれカイノナで死す者も多い。シガ王国最北の要《かなめ》であるセーリュー市の衛星都市として、今日も歓楽街の立ち飲み屋では地元民と行商人たちが杯を重ねあい、連れ込み宿では意中の女給と一夜を過ごす事を狙《ねら》う男たちの駆け引きが行われている。

ノウキーの街

クハノウ伯爵領の北部に位置し、セーリュー伯爵領との領境を望む小都市。セーリュー伯爵領から王国南部を目指す際の玄関口であり、クハノウ市とムーノ領を結ぶ北回りの中継都市ともなっている。クハノウ伯爵領は南端に存在するセダム市が有名だが、ノウキーの街も領土を縦断して移動する際の拠点として高い利便性を誇るため、ここで足を休める行商人も多いようだ。

林檎酒《シードル》が街の特産として知られており、高級すぎない市民の味として、王都や公都などにも輸出されている。基本的には平和で大きな事件もない小さな街の一つなのだが、荒れ果てたムーノ領からの難民がセダム市を抜けてここまで辿《たど》り着く事もあるようだ。近年は街の近くでヒュドラの姿が目撃されており守護補佐官の頭を悩ませているが、この怪物もムーノ領から流れてきたと見られている。

街から少し離れたエリアにはそれなりの規模の森林が広がっており、魔女が住む森として知られている。魔女がクハノウ伯爵と盟約を結んだ「親しき隣人」である事も認知されており、その領域を荒らそうとする住人はいない模様だ。

幻想の森

クハノウ伯爵領のノウキーの街とセダム市の間、ややノウキーの街よりのエリアに広がる森林。「方位幻惑の結界」に守られており、普通の人間はその領域内へ足を踏み入れる事ができない。結界破りなどの才能に長《た》けていて運よく突破に成功したとしても、領域を脅かした者は鋼鉄製の豹や生ける甲冑《リビング・アーマー》といった魔創生物の追及を受ける事になるだろう。

森の中に佇む塔には年老いた魔女とその弟子が住んでおり、「幻想の森の魔女」は何代かに亘って継承されているようだ。今代の魔女はクハノウ伯爵と盟約を結んでおり、魔女側は定期的に魔法薬を献上し、伯爵側は森への侵入を試みる無法者を取り締まる事で友好関係の維持が成立している。

魔女の作り出す魔法薬は高品質なためその秘密を狙う者も存在するが、前述した理由から森荒らしの難易度は極めて高く、秘密は守られ続けているようだ。歴代の魔女は森に根ざす者の一人としてエルフを敬愛しているという話もあり、エルフその人と一緒に訪れるか、エルフの友たる証《あかし》を用意できれば賓客として歓迎してくれるとの事なので、当てがあるならば試してみるのも一興だろう。

魔女の塔

魔女と弟子が住む塔は、住居であると同時に森からの魔素《マナ》を集める集束装置でもある。魔女自らが精製した特製の「魔女の大釜《ウイッチーズ・コールドロン》」が設置されており、高品質な魔法薬をはじめとして、水魔法と術理魔法を駆使した様々な魔法道具が生み出されている。

魔女は前述の魔創生物の他に使い魔として自身を乗せて運べるほどの古老雀《エルダー・スパロー》と、小柄な毛玉鳥《パフバード》を使役しており、弟子を使いに出す際にはそれらがお目付役兼守護者となるようだ。

幻想の森の住人

森には実に不可思議な動植物が生息している。古老雀や毛玉鳥の他に、淡く緑色に光る蝶《ちょう》や人の顔を持つ人面蝶、ガラスのように透き通ったバッタ、蛍のように明滅する鈴蘭《すずらん》などが視界に広がる光景は「幻想の森」の名に相応《ふさわ》しい。お勧めは初冬の夜で、人生の記憶の中でも最上となる景観に出会えるだろう。

人族の街ではまず姿を見る事がない山羊足族《バーン》との出会いも大きな魅力だ。独特なリズムで太鼓を叩きながら陽気に踊る彼らの饗宴《きょうえん》は、一度は遭遇しておきたいものである。

出会ったキャラクター

イネニマアナ ——

幻想の魔女の弟子。幼女。苦い魔力回復薬が大嫌いで未熟な面をよく見せていたが、一つの大きな試練を経て少し成長したようだ。

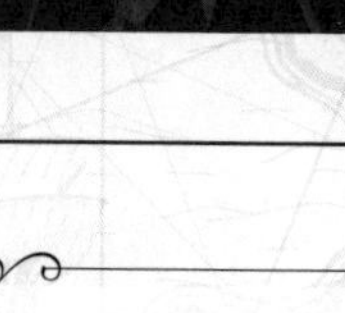

セダム市

クハノウ伯爵領において領都のクハノウ市と並ぶ存在として栄える城塞《じょうさい》都市。北はセーリュー伯爵領、南はムーノ領を経て公都へとつながる交易路上の重要拠点であり、クハノウ伯爵の信頼厚い太守が治めている。

都市としてはセーリュー市と同規模だが、人口は二割ほど多く亜人比率はやや少ない。猫人族が少し多い特徴があり、人族中心の都市として亜人差別は存在するが、セーリュー伯爵領よりは若干風当たりは弱いようだ。役所前に鎮座する三メートル超の王祖像が誇りであり、王家への忠誠心と武断の気風が強い。

領内の重要施設である銀山から最も近い街であり、銀山はコボルトの集団に狙われる事があるため、その対策と撃退はセダム太守に課せられた重要な責務となっている。対コボルト用の武器を修理する職人の姿もよく見られ、鍛冶《かじ》工房や魔法薬などに欠かせない瓶作りに長けた陶芸工房なども賑《にぎ》わっているようだ。

ムーノ領からの難民が大量に流れ着く街でもあり、市内の治安維持の為に流民の入市制限や巡視隊の強化などの対策を講じているが、市外に住み着いた彼らを排除するには到っておらず、支配層の頭を悩ませている。

市門市場

交通の要所として市場は常に活気があり、漬物を薄皮で包んだ饅頭《まんじゅう》が名物の「お焼き」として市民や旅人に親しまれている。ムーノ領が荒れる前は公都や王都との流通が盛んだった為、偉人が書き残したメモの束や有名博士が手がけた魔法道具などの珍しい逸品が露店に並ぶ事も。

歓楽街

酒場では草鳩《くさばと》の串焼《くしや》きや丸雀《まるすずめ》の姿焼きといった焼き物が人気だ。ムーノ領との接点がある土地柄のためか、現在では入手困難なムーノ侯爵領時代の貴重品を目玉とする店も存在するようだ。噂《うわさ》ではあの幻の酒である「巨人の涙」が飲める酒場もあるとか。

治安

流民問題に加え、数年前の流行病《はやりやまい》、太守の銀山遠征などの理由が重なり、市内ではややガラの悪いごろつき集団が目立つ。太守不在時に市のトップとなる補佐官とごろつきが癒着しているという噂もあり、補佐官が不祥事を理由に街から去った事で、噂は真実だったと納得する者が多いようだ。

凱旋祭《がいせんさい》

銀山のコボルト撃退は伯爵領にとっての重要案件なため、太守による遠征成功時には盛大な凱旋式が催される。山車や神輿《みこし》が市内を練り歩くパレードは一見の価値があるので、近く開催されそうなら滞在予定を延ばすのも良いだろう。

ムーノ市（およびムーノ男爵領）

王国北部と南部をつなぐ広大な領土を持つムーノ領の中心都市。かつては侯爵領であり、セーリュー市の倍の規模を誇るシガ王国屈指の都市として権勢を誇った。「呪われしムーノ侯爵領事件」以降は魔物の跋扈《ばっこ》や温暖だった気候の寒冷化など荒廃が進んでおり、人口もセーリュー市の半分以下にまで衰退している。人族のみで亜人はいない。領内の他所も人族のみの街、亜人のみの集落などと完全に分かれている。

市街を見下ろす丘の上にそびえるムーノ城は、三重の城壁を構え都市の三割強の占有面積を誇る堅城だ。だが、「不死の王《ノーライフキング》」との争いでかなり傷ついており、その修復もあまり進んでいないようだ。

広大な門前広場はかつての市の自慢であり、煌《きら》びやかな装飾をまとい竜にまたがる王祖像と清水を湛《たた》えた噴水が旅人たちを感嘆させていた。今は噴水も枯れ果てたまま放置されてしまっている。

市民の流出は続いており、その人口は侯爵領時代の二割近くまで減少している。治安も悪化し続ける一方なため、勇者研究者としては名高いが領主としては不甲斐《ふがい》ないムーノ男爵の奮起が期待される。

真の領主

領地を治める領主には「領主」と「真の領主」があるという。その違いは一般には知られていないが、領主が領主としての力を発揮するために何らかの儀式が必要な事は末端の貴族にも知られている。ムーノ男爵はこの儀式を正当に達成できていないという噂があり、それはムーノ侯爵時代にかけられた呪いが解かれていないからだと、まことしやかに囁《ささや》かれている。

ムーノ市の人々

ムーノ領の中ではという意味になるが荒廃を押し留《とど》めているため、市民たちは不安を感じながらも日常を過ごしている。オーユゴック公爵領から食い詰めた貴族の子弟が一旗あげようと野心を抱いてやってくるなど、人の流入も若干だが存在する。

現状を打破すべく粉骨砕身する人々もいて、おしとやかな長女や活発すぎる傾向がある次女など男爵令嬢は市民から敬愛を集めている。

希望の勇者

神の使徒より聖剣ジュルラホーンを与えられた勇者ハウトは、ムーノ市における一筋の希望となっている。領内に巣《す》くう魔物の一掃を求める声も出ているが、執政官の判断により城内で力を磨いているようだ。ただ、魔族退治などわかりやすい功績をまだ示していないため、ごく一部に不審を抱いている者もいるようだ。

男爵領が抱える問題

「魔物や無法者の跋扈する呪われ領」という評価に偽りはなく、惨憺《さんたん》たる状況だ。山岳地帯に棲《す》むヒュドラは領外にまで進出しており、他領からも問題視されている。魔物に占拠されていた廃坑都市にはコボルトたちも侵入してきており、占領を進めている。デミゴブリンは領内の各所に集落を広げているようだ。

魔王信奉に染まった「自由の翼」が暗躍し、村を捨てた少年少女たちは盗賊団と化して街道の人々を襲っている。わずかに村に残る住人たちは一様に飢餓に苦しむなど復興への課題は多い。

〈死霊が集まる砦〉放棄された砦は文字通り呪われている。侯爵家時代の貴族が怨霊《おんりょう》化し、人を寄せ付けぬ魔境となっている。

出会ったキャラクター

カリナ・ムーノ

男爵の次女。ラカという知能を持つ魔法具の使い手。男爵領を救うため奔走している。一度見たら一生忘れられない魔乳の持ち主。

ムーノ男爵領の復興。そして伯爵領へ

魔族の姦計《かんけい》により、大地を埋め尽くすような魔物の大軍に襲撃されたという一報は、仮面の勇者の活躍と、総力戦による勝利という結果と合わせて王国を騒がせた。元々男爵領にいた勇者は本物ではなかった模様だが、誠実な性格と献身的な活躍から特に問題になっていないようだ。

所在不明だったニナ・ロットル名誉子爵の執政官復帰、ペンドラゴン伝説のはじまりとなる「行商人サトゥー」の活躍などを経て、ムーノ男爵領は復興への道を歩みはじめ、やがて正式に伯爵領となる。

ここではその過程、男爵領としての復興模様をいくつか見てみるとしよう。

特産品

ガボの実の栽培を促進しているが、切り札になりそうなのはルルの実の方だ。公都のエムリン子爵が「奇跡の料理人」からのレシピ提供に成功し、高級果実として大ブーム中のこの作物は、ムーノ領に新たな果樹園を作る事が決定している。

また、新たな特産品として笹《ささ》カマボコ風味の練り物が広まりはじめている。酒のつまみによくあうらしい。

公爵領からの人材派遣

ペンドラゴン名誉士爵ほど語ると終わりがない人物も珍しいが、公都にてオーユゴック公爵の信頼を得た事は特筆すべき事跡だろう。公爵公認によるムーノ領への人材派遣が開始される事となり、復興における最大の悩みだった人材不足解消が期待されている。

アリサ式メイド服

後にタチバナ名誉士爵となる少女がデザインに関《かか》わったメイド服が、貴族社会で話題となっている。復興に即時的な効果があるわけではないが、上流階級での注目度をあげる形で貢献しているようだ。

呪《のろ》いの解かれた怨霊砦

因果関係は不明だが、魔族撃退と同時期に怨霊の湧《わ》く砦の呪いは解かれ、難民たちへと解放された。砦内では作物の栽培等が行われているが、麓《ふもと》の干上がった川原からは「解毒薬：万能」の素材となる蛇《じゃ》血石《けついし》が採れる事が判明しており、経済復興の一手になるか検討されている。

開拓民としての難民受け入れ

王都を拠点に急成長しているエチゴヤ商会が復興事業への参入を表明しており、開拓民斡旋《あっせん》事業先としてムーノ領が指定された。王家ともつながりがある気鋭の商会の肝いりとあって、大きな注目が寄せられている。

ここまで挙げたのは復興のごく一部である。ムーノ男爵の陞爵《しょうしゃく》とほぼ同時にペンドラゴン卿《きょう》も子爵へと陞爵しており、伯爵領となってからの復興はより加速すると見られている。ムーノ領の前途は明るいようだ。

大森林

ムーノ領の北西部に広がる大森林は領土の約三割を占める面積を誇り、そこにはバジリスクやコカトリスといった魔物を中心に、巨大な蛇型魔物が多数生息している。街道もない森を好んで進む旅人もいないエリアだが、コカトリスの肉は絶品と言われており、森巨人《フォレスト・ジャイアント》達が狩る事もあるようだ。人族の司法が及ばぬ領域のため、大規模な盗賊団が潜伏しているとの情報もある。不意に現れる断崖《だんがい》絶壁など、魔物や盗賊ばかりを警戒していると足を掬《すく》われる事も。

奥地では太古の神殿跡と見られるピラミッドや天へと延びる石造りの傾斜路なども発見されており、かつてこの地でシガ王国とは異なる文明が繁栄していた事が窺《うかが》える。

最大の難所と呼ばれているのが亀裂《きれつ》地帯だ。迂回《うかい》路は存在せず、ただ一本の丸太が唯一の道となっている。大いなる勇気を持って踏破できたならば巨人達の住処《すみか》は目の前だ。ただし「山樹の結界壁」を抜けられればだが。彼らは人族に敵対的でこそないが、無条件で友好的でもない。明確な目的を持っての訪問でないならばここで引き返すべきだろう。

巨人の里

結界の先には山のように巨大な樹木がそびえ、その根元の虚《うろ》や空洞は巨人達の居住区となっている。「石槌《いしづち》」と呼ばれる森巨人の長《おさ》を中心としたエリアと、小巨人《リトル・ジャイアント》たちの生活圏である「山樹の里」に分かれており、「山樹の里」までならば客人として迎えられる人族もそれなりにいるようだ。

森巨人は一〇人、小巨人は一二〇人ほどの規模で、他《ほか》に鳥人族や獣人を中心とした雑多な亜人達一〇〇〇人ほどがコミュニティを形成している。ブラウニー、ノーム、スプリガンといった妖精《ようせい》族も全体の一割ほど存在するようだ。ドライアドや一角獣などの姿も確認されており、あの聖剣ジュルラホーンとも深いつながりを持つ捻角獣《ジュルラホーン》も存在するとの話だ。

様々な種類の「山樹の実」が生活を彩る。特に有名なのが鋼鉄なみの堅さの殻を持つ「堅殻《けんかく》果実」だ。その殻は耐刃・耐衝撃に優れた防具の素材になるだけでなく、味が濃く度数の高い甘い酒が取れ、熟して自然発酵した酒を蒸留すればあの「巨人の涙」になるという。「黄橙《おうとう》果実」から作られるジュースやドライフルーツも、人族社会で人気だ。

もし「石槌」から認められたならば、ミスリル製の魔剣や魔弓、あるいはフルー帝国時代の魔道具などを譲り受けることができるかもしれない。ただし下心ありきで近づくのならば、相応の恐怖を体験することになるだろう。

ボルエハルト市

ムーノ領とオーユゴック公爵領の境は峻厳《しゅんげん》な山岳地帯が続くが、そこを越えた先、オーユゴック公爵領内にボルエハルト自治領がある。村落が点在する領内で唯一の都市がボルエハルト市だ。地上の城塞《じょうさい》都市と隣接する鉱山で構成されており、住人はドワーフが六割を占める。他に鼠人族二割、兎人族一割、残り一割が人族および雑多な亜人族となっている。

職人街はシガ王国一の熟練度を誇り、公営工房では国内からの留学生や東方小国群の遍歴職人の姿も見られる。技術を秘匿する意思があまり見られないのは、真似《まね》できるものならやってみろという矜持《きょうじ》の表れだろうか。

その一方で鉱山内に広がる地下施設は秘匿されたものが多く、その大部分がミスリル関係設備だ。そこでは長であるドハルの号令のもと、大陸でも屈指のミスリル製品が生み出されている。

地上都市

地上の市門をくぐると鼬《イタチ》人族や兎人族の物売りが群がってくる。芋や岩塩の効いた串《くし》焼《や》き、イボガエルの姿焼きなどが定番だ。ひと際目立つ高さ二〇メートルの高炉では魔核《コア》と石炭から練成された練魔炭での精製が行われており、公爵領が使用する鉄の三割が生み出されている。

鉱山内

非公開施設がほとんどだが、地上の三分の一程度の大きさのヒヒイロカネ製ミスリル高炉の存在が確認されている。ドワーフたちは水代わりに米酒を蒸留した酒で水分補給するようで、高品質のミスリル武具を生み出す秘訣《ひけつ》はこの酒らしい……というのは冗談だろうが、どうも魔核の粉を活用する「ドワーフの秘薬」に本当の秘密が隠れているようだ。

ドハルと弟子たち

ドワーフの長ドハルが人族のために腕を振るうことは滅多になく、彼の傑作の証《あかし》である「真印」を携えた武器は魔剣を超える価値があると言われている。また、高弟たちの作も一般の鋼鉄製とは比較にならない性能を誇る。

ドワーフと酒

ドワーフたちが愛する火酒は口当たりが良いが度数が高く、飲めば腹の底から火が吹き上がるような熱に見舞われる。水で割らずに飲み干せる人族は少なく、それだけで一目置かれることだろう。ナッツや燻《くん》製《せい》肉、チーズに干物がつまみとして好まれ、他には街名物のエビセンや辛粒の効いたソーセージを片手に中央広場で酒を傾けるのがこの街の流儀だ。

グルリアン市

ムーノ領よりも広大な領土を全長八〇〇㎞の大河が貫くのがオーユゴック公爵領の特徴だ。公都より上流三〇〇㎞に位置するグルリアン市は大河沿いの中継都市として大河を利用した連絡網が発達しており、時速一〇〇㎞を誇る快速船や、太守や貴賓用の大型船の保有などで領内北域を支えている。

交易が活発なため公都特産のガラス製品をはじめ、様々な都市の特産品を楽しむ事ができる。だが、一番の自慢として市民が誇るのは「銘菓グルリアン」だろう。白い粒々の本体を黒くて甘い粒々の餡《あん》でくるんだ菓子で、砂糖をたっぷりと使用してもいるため一個で一般的な門前宿一泊分の値段と極めて高価だ。それでも一度食べたらやみつきになる味だという。一説には勇者の国の言葉で「ぐるり餡」とも呼ぶ模様だ。

武術大会予備選と魔剣乞《ご》い

公都武術大会が近づくと一次予選出場をかけた予備選が開催されるのが恒例となっており、近衛《このえ》隊入隊を夢見た者たちが集まる。魔剣持ちは一次予選免除特典があるため、舌先三寸で魔剣を得ようとする貴族の子弟などが湧くのも風物詩となっているが、市民たちは慣れていて相手にしない。

神秘の果実水と大河の魔物？

「炭酸」と呼ばれる、泡を生み出し口に含むとパチパチと弾《はじ》ける不可思議な水の産地でもあり、果実で割ると実に爽快《そうかい》で清涼な飲み物となるため市では愛飲されている。この味の虜《とりこ》になりバカンス先に選ぶ貴族もいるようだ。

大河で捕れるタコは独特の癖になる食感から地元民の定番食材となっているが、ぬめぬめとした感触や奇抜な外見が魔物としか思えず、他領の住民や貴族からは忌避されている。

ツゥルート市

公都より上流一六〇km、グルリアン市との間に構えるのがツゥルート市だ。このルートはシガ王国北部より南下して公都あるいは迷宮都市を目指す場合の定番であり、交易中継点としてグルリアン市に劣らぬ賑わいを見せる。

港前の商店街では狭い道幅に連なる雑多な店たちが独特な魅力を生み出しており、特産の淡水蛸や海老の干物、個人の職人が腕を競うガラス細工にオーク帝国時代の工芸品などジャンルを問わず買い求める事ができる。

上流階級へと向けた高級料亭も多く、シーメン子爵家が昵懇《じっこん》の店で出される蒸し巨大エビが目玉の舟盛りは、「ツゥルートを通過したのに味わってないとは無作法」とまで言われているとか。

公都オーユゴック

シガ王国旧王都にして、人口二万を誇る王国最大規模の大都市。一kmの川幅の大河が都の前を流れ、旅人たちを迎える「神渡りの橋」は中央部分が稼動し、一〇〇〇年前に神が創りしゴーレムとも言われている。

春のように温暖な気候が特徴で、広い通りを馬車や荷車が忙しく行き交い、大壁と門が隔てる貴族区画の先には「結界壁」に守られた城が鎮座する。シガ王国建国時の王都として多くの伝統が眠る古都であるが、博物館や音楽堂など知識・芸術面の振興にも力を入れており、王都に勝るとも劣らない文化を誇っている。

公爵家は子爵以上から成る十二家を門閥《もんばつ》に抱えており、王国の重鎮としての地位も磐石《ばんじゃく》な事から、「国を動かしたいならまずはオーユゴック公爵を動かせ」という格言もあるとか。

「神渡りの橋」の向こうには闇《やみ》オークションで知られる「黒街ムラァス」があり、公都を訪れる富裕層はこの街での遊興がセットである事がほとんどのため、実質公都の一部として見られているようだ。

食の宝庫

市場には各地の名産品が集まり、その様相はまさに王国の台所だ。食用油一つ取っても、獣脂に植物油など何種類も選べ、醤油《しょうゆ》などの調味料に野菜に肉に海鮮物に酒……産地別に選びたい放題の食の楽園である。公爵領特産の米と純米シガ酒、さらにはお茶の存在も忘れてはならない。

武術・芸術・学術の街

公都中が熱狂する武術大会は栄達への近道としての人気もあり、公都の戦力確保に貢献している。音楽堂ではエルフの歌姫シリルトーアの奇跡の歌声を味わえ、学校では毎年優秀な人材を輩出している。ガラス工芸品、翠絹《かわせみきぬ》、絵画、魔法具、結界柱など工房の数は枚挙に暇《いとま》がなく、公都ではあらゆる技術が研鑚《けんさん》されているようだ。

テニオン神殿と地下遺跡

「蘇生《そせい》の秘法」の使い手と言われる聖女にして神託の巫女《みこ》ユ・テニオンの存在から、テニオン神殿は支配階級からも特別視されているようだ。

公都の地下深くには「猪王の迷宮」と呼ばれた遺跡があるとされており、魔王復活の神託もあって関係者を焦燥させていたが、勇者ナナシが復活した魔王を倒した事が、聖女および国王から正式に発表された。

出会ったキャラクター

セーラ

オーユゴック公爵の孫にしてテニオン神殿の巫女。巫女長の信頼厚く、魔王復活の神託にも大きく関わる。

リーングランデ

セーラの七歳上の姉。剣技と魔法に長《た》け「天破の魔女」の二つ名を持つ、勇者ハヤトの従者。やや過剰な妹想《おも》い。

プタの街・黒竜山脈

プタの街

公都から大河を下りコゥーカの街に出て、支流を遡《さかのぼ》った先にあるクーチェの街を経てさらに進むと、二つの山の間に挟まるように広がった小規模な街・プタが見えてくる。シガ王国でも辺境に位置し、南には黒竜山脈が屹《きつ》立《りつ》するため「最果ての街」とも呼ばれている。

西側の山の斜面には守護の城が建ち、東側の山にはミスリル鉱山跡がある。ミスリルは既に枯渇しているようだ。同規模の街と比較して人口はやや少なめで、人族より蜥蜴《とかげ》人族や鼠人族などの獣人の方が多めなのも特徴だ。

魔狩人の街という異名を持ち、山越えをしてワイバーンの巣からの卵奪取を狙《ねら》う者、立ち枯れ谷や双子山で魔物を狩る事で生計を立てる者などが拠点としている。彼らは基本的にはぐれ者や荒くれ者であるため街の治安は悪い。ただ、ひと騒動あった結果、魔狩人養成所が新設された為、教育を受けた新世代が台頭しはじめているようだ。

船着場の露店では小玉椰《や》子《し》の果実などが売られており、少し離れた猿人族の集落で栽培されている赤実も入手可能だ。人族に不評なこの実は勇者の国の言葉で「トマト」と呼ばれ、一部の愛好家から熱い支持を得ている。

黒竜山脈

プタの街から南、本当の最果てである名もなき村の先に広がるのが黒竜山脈だ。主である竜の鱗《うろこ》が同じ重さの黄金を積んでも得られぬ極上素材である事は有名だが、勇者でも全力を尽くして撃退がやっとという存在に挑もうという者はおらず、実質的に侵入不可能エリアとなっている。

わずかな可能性があるとすれば、睡眠中の竜を見つける事だ。竜が眠った後の大地にはその息吹により蛍鈴《すず》蘭《らん》や宝石草、一夜百合《ゆり》や水晶茸《きのこ》や氷結花といった霊草や妖花が咲き乱れ、水《みず》溜《た》まりは伝説の竜泉酒に変わると言われている。竜を目覚めさせることなくそれらを入手できたなら、巨万の富を築くことができるだろう。

どこから流れてきたのか由来不明にして真偽不明の情報として、黒竜は山《や》羊《ぎ》とマヨネーズを好むという話がある。マヨネーズはプタの街で一部に流行している濃い味がクドいが癖になる白いタレだ。人生最大の賭《か》けとしてマヨネーズを買い込み黒竜に会ってみるのも、やりたい者がいれば止めはしない。

出会ったキャラクター

メネア・ルモォーク

シガ王国の東方にある小国の王女。住処を飛び出しルモォーク王国で暴れていた黒竜の撃退を勇者に依頼する。本人は黒竜山脈を訪れたことはない。

ボルエナンの森

黒竜山脈を越えた先、シガ王国から見て南東にオーユゴック公爵領の四倍から五倍の広さを有する大森林がある。エルフたちの住むボルエナンの森だ。遠近感がおかしくなるような巨木が無数に生える森であるが、それ以上に感覚を狂わせる存在である「世界樹」が鎮座している。「世界樹」は雲をも突き抜けたその先にまで伸びており、その高さを言葉や数字で表す事はできない。空の果ての先にある神々の国まで伸びていると信じる者も多い。

エルフの友たる資格のある者ならば「ボルエナンの森の結界」を抜けて彼らの里を訪れることができるだろう。キノコが輪になって生えている広場からドライアドの力を借りて「妖精の輪《フェアリー・リング》」をくぐればそこがエルフの里だ。

里にはエルフを中心に、スプリガンやレプラコーンといった妖精族が暮らしている。羽妖精たちが自由気ままに里の中を舞い、聖地にはハイエルフが御座《おわ》すという。ハイエルフの実在は肯定されているが、ある意味で竜よりも伝説的な存在であり、勇者のような特別な存在でなければ会うことは叶《かな》わぬ夢だろう。

エルフの里

巨木を利用した樹上村がエルフの里だ。幹の途中にはキノコの傘形の屋根をした家々が連なり、段の一つ一つが楽器となっている光の板の階段で移動する。螺旋《らせん》状に幹を巻く蔦《つた》が支える木製の階段もあり、こちらは乗ると自動的に動き出す。枝には洋梨、葡萄《ぶどう》、蜜柑《みかん》といった果実が無秩序に実り、家の中に入れば芝生の高級絨毯《じゅうたん》が敷かれている。ウツボカズラのような妖精葛《ようせいくず》の樹液を愛飲し、甘瓜《あまうり》を齧《かじ》りながら妖精葡萄酒《ブラウニー・ワイン》を傾ける。肉も嗜《たしな》むので、鴨《かも》や鹿《しか》を使ったソテーや魚のマリネなども振舞ってくれることだろう。

エルフの里の真実

かつてダイサクという名の勇者がいた。故郷帰還を選択せずに終《つい》の住処《すみか》としてエルフの里を選んだと言われる彼は「エルフ像」に強いこだわりがあり、それを里に伝道した。実は樹上村は彼が描いた勇者の国のエルフ像であり、本来のエルフの生活基盤は別にあるという話がある。

地下に張る世界樹の根は巨大な空洞を生み出しており、その空間を利用した半地下に整然と区画された都市が広がっている。上部は透明の天蓋《てんがい》で光が降り注ぎ、放射状に等間隔に延びる街路には生垣や花壇で綺《き》麗《れい》に区切られた、スレート葺きの屋根に透明度の高いガラス窓やガラス戸の平屋が建ち並ぶ。さらに扉は機械仕掛けのように自動で開くという。どちらが「エルフらしいか」は、各自で判断してもらいたい。

勇者ダイサクが残したもの

多くの「故郷の伝統」をエルフたちに継承したとされており、特にその生活を変えたものとして公衆浴場があるようだ。これは人族の街でも富裕層が嗜む風呂《ふろ》の規模を大きくしたものだが一〇〇人以上が同時に入れる広さがあり、石《せっ》鹸《けん》の実で身体《からだ》を清める場だという。

　風呂よりもさらにエルフ達の心を奪ったとされるのが「勇者の国の料理」だ。勇者ダイサクはそれらを再現できる料理技能を有していなかったようで、ハンバーグ、カレー、ピザ、チョコレートなどと呼ばれる料理のイメージだけが里中に広まり、エルフたちの心を支配し続けている。

　ここで思い出して欲しいのがシガ王国に颯《さつ》爽《そう》と現れた「奇跡の料理人」の存在だ。彼は勇者の国の料理の再現に多数成功していると言われている。両者が出会った時、エルフたちの悲願は成就されるのかもしれない。

　また、エルフたちは将棋を好み、ごく一部は度を超したゲーム好きでもあるという。これは勇者ダイサクが広めたという話とフルー帝国時代からだという話が両方ある。

エルフたちの工房

特殊かつ高品質な衣類や魔法道具を生み出す存在でもある彼らの工房は、人族のものとは異なる秘匿技術の塊だ。裁縫工房では魔力を流すと縮むアリドアラクネの魔縮布をはじめ、弾《はず》み果実から採られる繊維と油蜘蛛《ぐも》の糸や白玉芋虫の糸から織物が生み出されている。魔法を反射するケネアワームの布や、魔力を増幅する世界樹の葉の繊維などはまず外部に流れることはないという。人族の間でも有名なユリハ繊維も得意とするが、実はこれはノームが広めたものらしい。

エルフの工房といえば「魔法の鞄《マジック・バッグ》」を外すわけにはいかない。熟練のエルフが使う空間魔法と聖樹石から生み出されるこの品は、人族の間で作られるものとは桁《けた》違《ちが》いの容量を誇る。一部では「妖《よう》精《せい》鞄《かばん》」とも呼ばれており、魔剣や魔法薬より高い価値を見《み》出《いだ》す者も多い。

世界樹

「世界樹」は聖域であり、エルフ以外は知りえないことの方が多い。だが、いくつかの情報が入手できたので公開しようと思う。基部には長老たちが議会を行う議事堂があり、聖樹様と呼ばれるハイエルフが姿を見せることもあるという。

エルフたちが永遠の夢を見るための睡眠槽もあるそうだ。「世界樹」からは賢者の石《フィロソフィウム》の別名を持つ聖樹石が採取され、それを活用してエリクサーが作られている。また、勇者ハヤトが愛用する次元潜行船ジュールベルヌは「世界樹」から生み出される八隻の光船の一つと言われている。

雲の上まで伸びた幹は「虚空」と呼ばれる世界につながっており、天辺《てっぺん》はドーム型の展望台となっていて、満天の星々が煌《きら》めく。虚空には空気が存在せず、虚空服と呼ばれる特別な装備かゴーレムでしか移動できないという。

また、「世界樹」には外敵を迎撃する自動的な仕組みがあり、悪意を持って近づけば、成竜ですら傷つき逃げ出すほどの神の怒りの如《ごと》き落雷に見舞われるという。どこまでが真実なのか、いつかこの身で確かめてみたいものだ。神の雷以外を。

出会ったキャラクター

アイアリーゼ

光魔法の幻影《イリュージョン》を使い勇者ダイサク直伝の「銀髪幼女姿」になる事もあるハイエルフ。本来は豊満な肢体の美女。一億年以上を生きる亜神であり、エルフとは異なる存在。

シガ王国から南洋へ

スウトアンデル市

オーユゴック公爵領南端に位置する、海港を有する都市。シガ王国のガニーカ侯爵領や王都方面へと延びる沿岸航路における重要都市。この港から砂糖航路への船団が組まれることも。スウトアンデル市から南洋へ直行するルートを開拓する動きもあるが、難所で知られる海洋魔物の領域があるため難航している。現在の太守はエムリン子爵で、過去に派遣した船団が遭難して海龍諸島まで流された経験を持つようだ。

港の入り口に構える巨大な水門が魔物の侵入を防いでいる他《ほか》、大小様々な水門が多彩な水路を生み出しており、大河の水が流れ込む急流や浅く広く長い水路での海藻栽培などが確認できる。

料理の質は高く羊料理なども評判だが、なんと言っても海藻サラダだ。一級の料理人も唸《うな》るという独自レシピの逸品を是非味わっておきたい。

砂糖航路

スウトアンデル市より西側にはガニーカ侯爵領があり、東西に長い領土を西端まで進み半島から南洋へと進む交易路が存在する。飛び石状に点在する島々の先には朱絹、砂糖、ラム酒などが名産の魔導王国ララギがあり、その先の終端は「天《てん》涙《るい》の雫《しずく》」で有名な海洋国家イシュラリエとなっている。砂糖航路と呼ばれるルートは海洋貿易でも高い人気がある。

海龍諸島

砂糖航路以外の南洋交易ルート開拓が困難な理由の一つに海龍諸島の存在がある。自殺志願の海賊すらも近寄らないと言われるこの海域は半径三〇〇kmほどの範囲に大小一〇〇以上の無人島が点在し、シーサーペントなどの魔物が多数生息している。さらに謎《なぞ》の怪現象の伝説もある。海龍諸島最大の島は都市が横向きに突き刺さったような巨岩なのだが、近づきすぎると魔法が使えなくなると言われている。また、島を周回するように幽霊船が出るという話もある。海域には多くの沈没船が眠っているとされており、魔物の領域で沈没した船から宝を入手できれば所有権は発見者に認められるので、一攫《いっかくせんきん》千金を狙えそうではある。

海龍諸島からの生還者はほとんどいないため、真偽不明の情報も多い。ある時を境に魔法が使えないなどの怪現象は発生しなくなったという話もあるが、直接赴いて確かめる勇気はなかなか湧《わ》いてこないところだ。

〈幽霊船〉ララキエの鍵《かぎ》を求めて海域を彷徨《さまよ》う。定期的に魔導王国ララギを襲う幽霊船団と同一存在。ララキエ最後の女王の伴侶《はんりょ》である骸骨王《がいこつおう》が率いる。

海洋国家イシュラリエ

シガ王国から見た砂糖航路の端にあたり、ひと際大きな島を中心に数百の島々からなる海洋国家。常に初夏の気候。一番大きな島の中央部は湖のような構造の内海となっており、内海の中央には貝殻の外側を削り落としたような多層構造の王都がそびえる。領海全体ではオーユゴック公爵領と同等の広さだが、人口は公爵領と比較して一割程度しかいない。大陸にも名が知れる精強な海軍が有名だが、航路上の海賊の多さも有名だ。

ララキエの末裔《まつえい》を謳《うた》っているが、それ自体は事実としてもララキエ王朝の構成国であったトトリエの系譜ではないかとの研究もある。

天護光蓋《てんごこうがい》と竜砲

王城の天辺にある神々が天空人に与えた守りの力と言われる天護光蓋、ドーム型砦《とりで》にはララキエ時代に最高峰の威力を誇ったとされる竜砲が配備されている。骸骨王《がいこつおう》の幽霊船団はイシュラリエにも姿を現すそうだが、これらにより手が出せないそうだ。

天涙《てんるい》の雫《しずく》

キラキラと照明を反射する真球の宝石。各国の上流階級で絶大な人気を誇るイシュラリエ最大の特産品だ。その製法は王家によって秘匿されている。アルア樹脂がベースではないかとの真偽不明の話もあるが白信はない。エルフならわかるという噂《うわさ》もあるが……。

絹需要

イシュラリエでは絹の需要が高く、相場の数倍で取引されている。中でも翠絹《かわせみきぬ》は最大級の需要があるが、ララギが極めて高い関税をかけているため、砂糖航路を使っての翠絹貿易はララギの関税免除を有する者だけの特権となっている。

細工店

精緻《せいち》な加工に見惚《みと》れる各種細工もまた王国の特産だ。貝、真珠、珊瑚《さんご》が人気で特にリーブラ、ライブラ、トリブラという店の評判が高い。貝細工は一般層向けの品も多いが、真珠や珊瑚はシガ王国内陸部などで貴重品としての価値が高く、砂糖航路貿易における重要品目となっている。

怪魚《エア・フィッシュ》と弾丸鮪《まぐろ》

イシュラリエ海域に生息する怪魚のヒレは空力機関の素材となるため需要が高い。稀《まれ》に弾丸鮪も目撃されるが、こちらは本来の生息地は別らしい。奇跡の料理人のレシピに勇者の国のマグロ料理というものがあるので、鮪に出会えたら狙ってみるのも面白いかもしれない。

魔導王国ララギ

砂糖航路上に存在する国家。南洋最大の島を有し、そこに王都を構える。王都は不可視の結界に守られており、王城には天護光蓋《てんごこうがい》と思われる装置も備わる。人族が中心の国家で亜人種はほとんどいないが、辺境の島に海棲《かいせい》の亜人が暮らしている。領海全体の広さはイシュラリエと同等だが人口は三割ほど多い。気候はかなり暑い。

砂糖航路随一の砂糖生産地であり、その航路名の由来ともなっている。また、朱絹の名産地でもあり、この品の価値を保つため自国を通過する翠絹《かわせみきぬ》に極めて高い関税をかけている。

酒をこよなく愛する国民性であり、王家へ献上する酒の珍しさに応じて独自の爵位が与えられる。

イシュラリエと同じくララキエの末裔を称しているが、継承される技術や魔法体系、秘宝《アーティファクト》である「ララキエの箱」の存在などから、ほぼ間違いないようだ。

酒爵位

「酒士」「酒爵」「酒侯」が存在し、爵位に応じて交易権や免税特権が付与される。名酒だが希少性は低いシガ王国の王桜や白霊山あたりでは「酒士」となるようだ。「酒侯」を授かる者は長らくいなかったが、伝説の妖精葡萄酒《ブラウニー・ワイン》や実在すら疑われていた竜泉酒などを献上した者が現れた事で三〇〇年ぶりに叙爵された。

砂糖がもたらす恩恵

砂糖工場では黒砂糖、氷砂糖、上白糖が精製され、貴重品として国内の貴族層にまわる上白糖以外は交易品として世界中に輸出されている。精製時の副産物である糖蜜《とうみつ》のお菓子やサトウキビ滓《かす》で育てたララギ牛も名産としての人気が高く、特に砂糖をまぶして下拵《したごしら》えするララギ風ステーキは極上の一言だ。命の水として愛されるラム酒と共に堪能《たんのう》したい。

天想祭

天空人の末裔として開催される盛大な祭りは他国からの外交使節も訪れる一大イベントとなっており、秘宝である「ララキエの箱」の公開が目玉となっている。この時期になると幽霊船団が現れるが魔導王国の威信にかけて撃退されていた。しかし、より大規模な襲撃と最終的に勇者ナナシによって撃退されるという顛末《てんまつ》以降、そういった襲撃も起きなくなっている。

筆《ふで》槍《やり》竜《りゅう》商会

「酒侯」の旗を掲げて免税特権を活用する筆槍竜商会が、砂糖航路の一大商会として急成長している。ガニーカ侯爵領を拠点とする筆《ふで》巻《まき》龍《りゅう》商会と名前も旗も似ているが、直接の関係はないようだ。

海魔領域とララキエ

海魔領域とは、ララギの東、海龍諸島との間に広がる海域。「海王の落とし子」と呼ばれる多種多様な海魔《クラーケン》やイッカクと呼ばれる魔物が生息する領域であり、海龍諸島と並ぶ危険度を誇ると言われている。海魔との遭遇は沈没を意味するため近寄る船団は存在しない。ララキエは伝説の「狗《く》頭《とう》の魔王」と敵対していた王朝でもあり、ララキエと魔王の激闘の果てに生まれた領域であるともされている。

領域内には四つの「封塔島」があり、神の浮島ララキエが海底に眠るとの伝説があるが、その「封塔島」には空王と呼ばれる魔王の眷《けん》属《ぞく》が棲《す》みついているとの伝承があり、浮き島と同等の大きさを持つ海王が封印されているとも言われている。

広大な南洋の海を彷徨《さまよ》っている骸《がい》骨《こう》王《おう》の真の目的も、この海域に眠るララキエの復活であるとか。ララギ襲撃事件を受けて勇者ナナシが海魔領域を訪れ骸骨王や魔王の眷属を全《すべ》て退治したという話もあるが、魔物が巣くう危険海域である事に変わりはなく、航路としての開拓は難しいようだ。

神の浮島ララキエ

四つの「封塔島」が交差する中央部、流動する渦に囲まれ、海中には無数の岩礁が隠れる島がある。これこそが浮き島ララキエであり、栄華を誇った超技術も失われずに残っているという。例えばそれは神の奇跡による超高効率魔法柔障壁であり、女王と王族の離宮にして歴代女王が神々と交信した場所である黄金に輝くオリハルコン製の天の塔だ。

島内には魔物はおらず、通常の動物や幻獣が生息し椰子《やし》の実やバナナ、マンゴーなどの果実が生い茂る。海産物も豊富で大粒の真珠を有する貝や珊瑚《さんご》も見られるようだ。

かつての都市の大半は海中に没した形になっているが障壁によって保護されており、町並みもそのままに残されている。そこでは、かつての民が未来永劫《みらいえいごう》を生きるために肉体を捨て、ララキエの幸福人と呼ばれる精神体として暮らし続けている。その姿は幸福そうでもあり、亡霊集団のようでもある。彼らは生きた者が近づいても反応する事はない。

これらの話はどこまでが真実かはわからない。だが、太古の超文明国が眠り続ける魔の海、そして今なお復活する可能性があるという話は、やはり浪漫がある。

ラクエン島

海魔領域にあるのは太古の残滓《ざんし》ではなく、現世の楽園であるとの話がある。その島には豊富な南国果実だけでなく、トマト畑やエルフの森と同じ木々も広がっている。二人の美少女が静かに暮らしており、時おり砂浜で戯れる姿はこの世の楽園そのものとの事だ。

是非ともこの目で確かめてみたいものだが、エルフが森を守るために張っているものと同じ「彷徨いの海《ワンダリング・オーシャン》」という結界に守られており、普通に航海していては決して辿《たど》り着く事はできないという。実はこの島は勇者の秘密の別荘地であるなんて説もあり、本当に浪漫の多い話だ。

出会ったキャラクター

レイ

ララキエ最後の女王レイアーネ。半幽霊《ハーフ・ゴースト》であり瘴気《しょうき》のある場所では生きられない。褐色肌の美女だが、魔力不足だと幼女姿になる。

ユーネイア

赤い毛先の黒髪を持つ美少女。レイを姉と慕うが血縁関係はなく、その正体は魔王との激闘の中でララキエが生み出した戦闘用ホムンクルスである。

迷宮都市セリビーラ

ガニーカ侯爵領の隣にある半島は東西にウケウ伯爵領とキリク伯爵領の港を有するが、この半島を経由して貿易都市タルトゥミナ、分岐都市ケルトン、フルサウと続くその先に迷宮都市セリビーラが姿を現す。王国三大都市の一つとしての威容を誇り、王都の門閥貴族の中でも最上級の権勢を持つ上級貴族が太守に任じられる。現太守のアシネン侯爵は婿養子であり、最大の権力者は太守夫人であるとの話もある。

東西南北に門を構え、北と南が一般市民や商隊の出入り口とされているが、東門にはエルフが残したとの伝説もある巨像が守護神として鎮座しているため、まずはそこを訪れる者が多いようだ。

都市最大の目玉といえば「セリビーラの迷宮」だ。探索者ギルドに管理され迷宮方面軍も駐屯するこの地下迷宮は、都市の西にある山々やその向こうの踏み出せば生きて帰る事がないと言われる大砂漠の地下にまで及ぶ広大さを誇り、その全てを踏破した者は存在しない。栄誉と財宝を得られる場として各地の腕自慢が集まるが、個人の栄達としての役割以上にシガ王国の資源確保場としての役割が大きいようだ。

探索者ギルド

東門の広場近くに東ギルドが、迷宮側の西門近くに西ギルドが存在する。東ギルドは貴族向けの施設が充実しているなどの差はあるが機能は共通で、利便性に応じて使い分けられる。

迷宮の真の管理者はシガ王国の迷宮資源省であり、ギルド長は名誉伯爵として迷宮資源大臣を兼ねている。現ギルド長の「紅《ぐ》蓮《れん》鬼」ゾナは、迷宮方面軍のエルタール将軍と並ぶ都市の有名人だ。迷宮探索はギルドでの登録が必《ひっ》須《す》となる。

蔦《つた》の館《やかた》

貴族街に隣接する南東側にある森には、迷宮で活躍したエルフの賢者トラザユーヤの館があると言われている。迷宮へと流れ込む魔力を奪い取る事で迷宮の力を削《そ》ぎ、その魔力を流用して街の水源を担っているため、その重要度を知る者は近づかぬよう心得ている。だが、それゆえに歴代太守から狙《ねら》われてもいる。もっとも「郷愁《リターン・ホーム》の結界」により、そもそも近づけないようだが。

市街

役所を兼ねた太守公館が構える東門前、とにかく賑《にぎ》やかな迷宮前広場、南北をつなぐ大通りに並ぶ商家に問屋街、職人が集まる南門に常に混雑している北門周辺、掘り出し物横丁や治安の悪い裏通りの歓楽街など、街全体が活発だ。

名産のセリビーラ鈍牛は脂身が多い肉質と美味な牛乳が売りで、様々な料理が楽しめる。迷宮の魔物を素材にした迷宮饅《まん》頭《じゅう》や「歩き豆」「跳ね芋」料理、ゴブリン酒などもある意味で名産だが、試してみるのは自己責任でお願いしたい。

あのチームペンドラゴンの一員であるタマ画伯の手による料理アートも名物だ。「踊るコロッケ」をはじめとする氏のアートが掲げられた屋台は通常の数倍の売り上げを誇るとか。

〈冒険者が集《つど》う酒場〉

ペンドラゴン卿《きょう》が残したもの

「傷知らず」として活躍したペンドラゴン卿の業績として、養護院と探索者学校がある。廃れていた公立養護院の復興に尽力し、私設養護院も設立。住処を持たぬ孤児達の境遇はかなり改善したと言われている。同じく私設の探索者学校はギルドにも大きな影響を与え、公式の教育施設との連動が進んでいる。

出会ったキャラクター

ミーティア

西の果ての小国と呼ばれるノロォーク王国の王女。ヘラルオンの巫女《みこ》であり「浄化の息吹」のスキルを持つ。探索者に憧れている。

出会ったキャラクター

ティファリーザ、ネル

横暴な貴族の被害にあい重度の火傷《やけど》を負っていたが、勇者ナナシの従者クロに救われ、エチゴヤ商会の一員として第二の人生を歩みはじめる。

セリビーラの迷宮

迷宮に挑むには探索者ギルドでの登録が必須であり、木証からスタートし、青銅、赤鉄、ミスリルと昇格する。貴族層向けの特別な黄金証も存在するようだ。

西門の先にある迷宮門を抜けて通路を下った最初の広間は迷宮方面軍の最前線駐屯地となっており、連鎖暴走《トレイン》による魔物の流出の警戒や、迷賊と呼ばれる無法者集団の対策を行っている。

内部は巨大な空洞を中心にした三〇個から一〇〇個近い小部屋の集合体となっており、それを一区画として一〇〇以上の区画が縦横無尽につながっている。さらに上層・中層・下層にとわかれ、「区画の主《エリア・マスター》」や「階層の主《フロア・マスター》」が存在する。「階層の主」を倒した者だけがミスリル探索者として認められ、シガ王国名誉貴族に任じられる事になっている。

迷宮で得た魔核《コア》は厳しく管理されており、王国が買い上げるため隠匿は重罪だ。それ以外は一部持ち出し禁止の素材もあるが探索者の自由となる。また、「階層の主」を倒して得た宝物は国王に献上するという建前で王都に運ばれた後、オークションに出され、その売り上げが国家からの恩賞として下賜される。

上層

〈迷宮別荘〉サトゥーが迷宮攻略の拠点のために造った別荘

第一区画から第五区画は駆け出し探索者が集中するエリアであり、第一区画は魔物よりも探索者の数の方が多い。低レベルの雑多な魔物が多いが、「迷宮蟻《メイズ・アント》の巣」などベテランでも近寄らない場所も存在する。巣に近寄らずとも護衛蟻《ガーディアン・アント》や精鋭蟻《エリート・アント》と遭遇してしまい迷宮での冒険が終わる探索者も少なくない。

中層

迷宮方面軍駐屯地の奥には「奈落《ならく》」と呼ばれる垂直の穴があり、昇降機でもって中層に直接向かうことができる。利用は赤鉄以上の探索者に限られているが、このルートは探索者同士での競合が発生しやすいため、それを嫌って違うルートで中層を進む探索者もいるようだ。

上層に比べて魔物のレベルが高い傾向はあるが、上層にも存在する「区画の主」の強さなどは同じ程度であり、そういった意味での差は大きくないようだ。

下層

王祖ヤマトが訪れ、「骸の王《キング・マミー》」「深淵《しんえん》血王」「鋼の王」「小鬼姫」といった魔王と遭遇したという伝説が残るエリアであり、通常の探索者はまず辿り着けない。「階層の主」はもちろんの事、最下層には「迷宮の主《ダンジョン・マスター》」がいるという。邪竜が棲《す》むとの話も。歴代の勇者が魔王を求めて潜る事があるようだ。

迷賊

迷宮に巣くう無法者集団の存在は、セリビーラ支配層を悩ませ続けていた。魔物より迷賊の方が怖いという探索者もいるほどで、一掃計画が立てられては頓挫《とんざ》してきたが、「迷賊王ルダマン」の捕縛成功から風向きが変わりはじめる。勇者ナナシとその従者により迷賊は駆逐されたという話も出ており、事実として遭遇報告は激減しているようだ。

迷宮村

迷宮上層の奥にあるこの村はカルダフト王の亜人戦争時代に、迫害を避けた土岩人や泥人と魔物使いの人族が建設したと言われている。探索者が遠征中継地として活用しているが独立した村であり、徴税官に入村料を払った上で村のルールに従う形でしか滞在が許されていない。迷宮では貴重な水の補給が行える他《ほか》、謎《なぞ》煮込みやゴブリン酒で一息つく事ができる。娼館も存在するようだ。パーティに魔物使いがいるなら、従魔屋での魔物購入も良いだろう。

〈迷賊王〉ルダマン

セリビーラの迷宮の迷賊たちを取りまとめて、魔人薬を栽培していた大犯罪者。一度は捕縛されるも、魔族によって「長角」を与えられ、再びサトゥーたちと戦うこととなる。

常夜城

迷宮村には稀《まれ》に「青い人」と呼ばれる存在が訪れ、雑多な生活用品や「レッセウの血潮」という葡萄酒を求める事が知られているが、その正体は迷宮下層に住む吸血鬼《ヴァンパイア》の真祖《しんそ》の眷属《けんぞく》であるという。その真祖が住むのが常夜城だ。

森や畑に囲まれた湖の中心部に建つ白亜の城には当主の他に七人の上級吸血鬼と一〇人の侍女、六名の奴隷が住んでおり、門の試練をくぐり抜けて当主に気に入られれば歓待してくれるようだ。ただし地上の住人に対して常に友好的というわけではなく、不心得者には容赦がないとの話もある。

王祖伝説に出てくる魔王と同一存在かは不明だが、伝説にある他の魔王たちと友人関係とも言われている。

ベリアの魔法薬

乾燥地帯に群生する植物であるベリアから作られる魔法薬は製法が失われて久しく、迷宮都市における詐欺の代名詞となっていたが、ある時期を境に迷宮の宝箱からレシピの断片が見つかるようになり、空前のブームとなっている。これから探索者を目指す者ならば、この薬は必ず押さえておきたいところだ。

正体不明の温泉別荘

一種の都市伝説ならぬ迷宮伝説として、中層の奥に魔物が湧《わ》き出ない広場があり、そこには複数の温泉と別荘が用意されているという話がある。過酷な迷宮内での遠征に苦しむ者達が夢見た妄想なのだろうが、外の常識が通じない世界でもある迷宮においては、そんな事もあるのかもしれない。

出会ったキャラクター

吸血鬼バン ——

セリビーラの迷宮の巨大な地下空洞にそびえる常夜城の主。真祖と呼ばれる吸血鬼であり、「一心不乱」というユニークスキルを持つ。実は転生者であり、後にサトゥーと意気投合する。

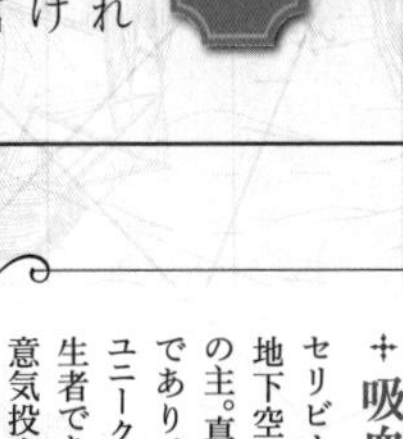

王都

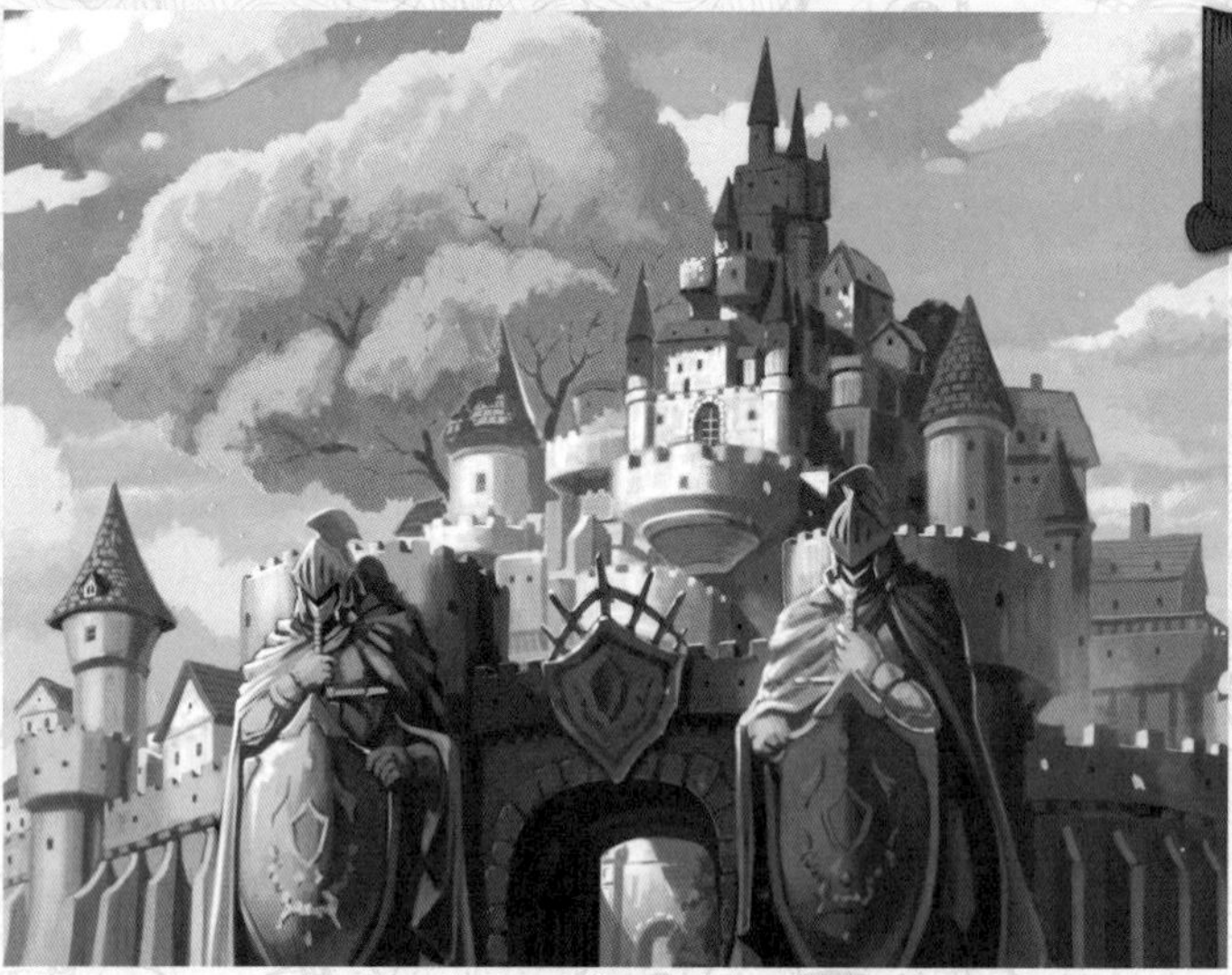

国王セテラリック・シガが治め、建国から六五〇年以上を誇るシガ王国王都。王城を中心に同心円状の内壁が七枚あり、近隣の村々や農地は王都を中心としたぐるりと輪を描く無数の結界柱に守られており、この輪は数百年をかけて広がり続けている。

東西南北に門を構えるが、迷宮都市から一番近い西門が最も大きく、その通りは四台の馬車が並んで走行できるほど広い。精緻《せいち》な彫刻と魔術的回路が組み込まれた正門や、王城と同じサイズの王桜、王城を中心に外壁まで六本延びる水道橋などの景観は圧巻だ。

人口の八割は人族で、残りのほとんどは鱗《うろこ》族や獣人族が占める。三〇〇人ほど妖精《ようせい》族もいるようだ。北部に比べると亜人差別は少ない。また、王都の地下を縦横に走る地下道には、大魔王の眷属《けんぞく》といわれるオークが潜むというまことしやかな噂《うわさ》がある。

王国の剣としてシガ八剣が憧《あこが》れの的であり、シガ王国制式剣術の人気も高い。英知の象徴としてはシガ三十三杖《つえ》が尊敬を集めている。半年に一度行われ、七神殿の巫女《みこ》や高位神官たちが総力をあげる魔禍払いの儀式も有名だ。近年の儀式では想定外の大事件が起きたが、勇者ナナシの活躍により解決している。

王桜

正式名を聖桜樹と呼ぶ王城と同じ大きさの巨大桜は、王都の象徴として愛されている。桜守りの警備により近づく事は叶《かな》わないが、遠目に見てこそ美しさを堪能できるだろう。毎年の開花を見守る事は王家にとっても重大事項となっている。

名物

漁師や運搬する魚屋の腕で味に天地の差が出ると言われる桜《さくら》鮭《じゃけ》は、身分を問わず親しまれている季節の名物だ。年越しの風物詩として醤油《しょうゆ》味や味噌《みそ》味で楽しむ蕎麦《そば》掻《が》きがあり、通年の定番としては葉物やジャムで楽しむガレットがある。王都では肉の価格が高めで、肉料理はやや富裕層向けのものが多い。

王都の商人たち

軍需品の御用商人として知られるノルン商会や、王都一の豪商と呼ばれるゴォークッツ商会が強い権勢を誇っている。そんな中で、飛空艇を献上した事で商業権とメダリオンを授与され王都に本店を構える事になったエチゴヤ商会が急成長しているようだ。この商会は鼬人《イタチ》や大陸西方の商人が活動する下町やスラムでの影響力も高めており、王都でのマネーゲームは過熱の一途のようだ。

芸術の都

伝説の宝石魔法使いジュエルの作品が展示された宝石博物館や、上級貴族でも特別席の確保は困難と言われる楽聖ケストラー率いる音楽堂など、芸術の都としても名高い。女性ダンサーのショーが売りのパブに世界各国の美女が接待する高級酒場、上半身裸の女性が給仕してくれる音楽酒場なども芸術鑑賞として一興だろう。芸術と思えば芸術である。

難民問題

西門近くの下町エリアではレッセウ伯爵領からの難民が問題視されている。公園に住み着く者、外壁近くの空き地にテントを立てる者が増加しているが、エチゴヤ商会が難民受け入れ事業と失業者対策事業を開始した事で、その動向に熱い注目が寄せられている。

自由の風

各地で暗躍し、魔王降臨を企《たくら》む「自由の翼」は王国中で警戒されているが、王都で活動する「自由の風」は少し事情が異なるようだ。怪しげな儀式や言動が目立つ集団なのだが、実害がないため司法側も扱いに困っている。真の目的が気になる集団ではある。

出会ったキャラクター

システィーナ

シガ王国第六王女。禁書庫の主であり重度の呪文《じゅもん》マニア。天才的な美しさの術式を生み出せる者になら嫁いでもよいと考えている。

ヒカル

長き眠りについていた王祖ヤマトその人。最愛の人を待ち続けるため、ミトという名前で王都に滞在する事になる。ミツクニ公爵としての地位も有する。

クボォーク市（旧クボォーク王国王都）

シガ王国中央街道を北に進み、ゼッツ伯爵領、クハノウ伯爵領、カゲゥス伯爵領と抜けた先にヨウォーク王国がある。ビスタール公爵領の反乱軍に加勢した事で国家間の緊張が高まっているが、シガ王国との正式な戦争状態にはなっていないようだ。

クボォーク市はかつてクボォーク王国の王都だったが、国内の裏切り者の手引きにより、ヨウォーク王国に侵略されたという。その一方で、王国が滅びたのは神の怒りに触れたためという話もある。その話について回る「亡国の魔女」伝説を少し見てみよう。

亡国の魔女伝説

忌み色の髪を持って生まれた王女は幼少時より卓越した知能を見せ、農地改革に踏み出す。それは劇的な効果を見せ、次々と誰《だれ》も聞いた事がない施策が打ち出される。

王国は富み、王女は希望の象徴となった。一時は。すぐに王国には「神の怒りに触れた」かのような不作や凶事が押し寄せるようになり、改革はことごとく裏目の結果を出す。裏切りと侵攻、国王の処刑と死んだ迷宮の復活。故郷の滅亡。そして彼女は「亡国の魔女」「乱心王女」と呼ばれるようになった……。

王国滅亡後のクボォーク市

ヨウォーク王国統治下では、旧クボォーク王国の住人は大半が奴隷同然の扱いとなっている。治安は最悪で路上生活者が溢《あふ》れ、乱暴狼藉《ろうぜき》も日常化している。かつての貴族街は焼け落ちて瓦礫《がれき》が散乱し、王城もその半分が崩れている。「小鬼迷宮」と呼ばれていた迷宮は「生贄《いけにえ》迷宮」と名を変え、その中では旧クボォーク王国の奴隷兵を盾にした練兵や、人体実験などが行われているそうだ。

王子の帰還

王族の生き残りがいるとの話はあり、市内でのレジスタンス活動も小規模ながら見られていた。とはいえ決定力に欠けていたところ、地下迷宮および地上の王城が崩壊する事件が突発した事で風向きが変わる。

混乱に乗じての一斉蜂起、それに連動したエルゥス王子率いる残党軍により、クボォーク市奪還は成し遂げられる。奪還軍は勇者の加護を得たと自称していたという。

その後のクボォーク市

ヨウォーク王国がそのまま黙っているとは思えなかったが、ビスタール公爵領への介入失敗、下級竜の襲来に内乱の勃発《ぼつぱつ》とそれどころではないのが現状のようだ。火の粉はいまだくすぶったままだが、このままクボォーク王国再興となるのかどうか、各国上層部の注目を集めている。

Death Marching
to the
Parallel World Rhapsody
Ex2

デスマーチからはじまる異世界狂想曲 Ex2

描き下ろしコミック

漫画：あやめぐむ

Ex2
エクストラ

チートなご主《しゅ》人《じん》様《さま》

一途《いちず》な転生者《てんせいしゃ》

はらぺこ対決《たいけつ》

実直《じっちょく》

エルフの偏食《へんしょく》

どのエプロン派《は》？

純《じゅん》然《ぜん》たる鑑《かん》定《てい》人《にん》達《たち》

黒髪《くろかみ》ご一行様《いっこうさま》

ナナ0歳《さい》

●おしまい●

Death Marching
to the
Parallel World Rhapsody
Ex2

デスマーチからはじまる異世界狂想曲 Ex2

店舗特典SS《ショートストーリー》集

Ex2
エクストラ

~砂糖航路周辺を回遊中のサトゥー一行~

海の友達

「しゅぱぱ~?」

幻花《ファイアワークス・イリュージョン》火の短杖《たんじょう》を持ったタマが踊るようにクルクルと回った。

とある孤島の入り江で停泊中の飛行帆船の甲板が、花火の光で照らされる。

「ポ、ポチもやるのです!」

先程までドラゴン花火を見つめていたポチがタマをマネて回り出した。

普通なら危ないけど、火を使わない光魔法の花火なので問題ない。

「子供は元気ね~」

アリサが偉そうに嘆息する。

さっきまでルルと一緒に、花火でハートマークを描いて遊んでいたのは棚上げのようだ。


「マスター、海に幼生体を発見したと報告します」

ナナの指さす方を見ると、幼い鰭人《ひれひと》族——人魚の娘が海面から顔を出していた。

どうやら、タマやポチの持つ花火に見惚《みと》れているようだ。

「誘う」

ミーアがやる気のようなので、ミーアを「理力の手《マジック・ハンド》」で海面に下ろしてやる。

「一緒、やる」

ミーアに驚いた人魚幼女が海中に逃げたが、ミーアが辛抱強く待つと、目だけを海面から出してこちらを見た。

「花火」

「ふぁなぶぃ?」

人魚幼女が恐る恐る近付いてきて、ミーアから短杖を受け取った。

くるりと回すと火花が海面と空を彩る。

「ふぁなーぶぃぃ‼」

興奮した様子で人魚幼女がイルカのように飛び跳ねる。

凄《すご》く気に入ってくれたらしい。

「リザ、ぴょーんってして～？」

「こうですか？」

人魚幼女のマネをしたタマが空をクルクルと回ってキャッチされる遊びを始めた。

ポチもナナにやってもらっている。

「タマちゃん、ポチちゃん、凄い凄い」

「まるでサーカス団ね」

アリサが呆《あき》れながらも楽しそうに笑う。

その横ではルルが笑顔で二人に拍手していた。

しばし、人魚幼女というゲストを得て花火に興じた後、少し遅い夕飯に突入した。

「ご馳走《ちそう》～？」

「今日はご馳走が一杯なのです！」

「ぐぉちぃすぉー！　ぐぉちぃすぉー！」

タマとポチにつられて、人魚幼女も興奮して甲板に尾びれを打ち付けている。

人魚幼女の好みが分からなかったので、色々と作ってみたのだ。

「人魚さんは刺身がお口に合いましたか？」

「さっすぃみー！　おいすぃー！」

給仕補助をしていたルルから受け取った食べ物を、人魚幼女は無警戒にパクパクと食べる。

煮炊きした料理よりも、刺身やイカ素麺《そうめん》が好みのようだ。

「そうだ――」

彼女の親が心配しているかもしれないと、マップ検索してみたがこの島の近くに彼女の同族はいない。

もう少し範囲を広げてみると、何十キロメートルも彼方に、彼女の同族の集落があった。

恐らく、潮に流されて迷子になっていたのだろう。

「寝ちゃった～？」

「ずいぶんはしゃいでいたし、疲れたんでしょ」

オレは静かに船を発進させ、食事の間に寝てしまった人魚幼女を連れて同族の下へと運んだ。

「またね～？」

「また会おう！　なのです！」

「幼生体、きっと、また来ると告げます」

「むぁた、うぃっしょ、ふぁなぶぃー！」

巨大な海藻樹の林に囲まれた人魚達の村で数日歓

待された後、名残惜しげな人魚幼女達に見送られて、
俺達は旅路に戻った。
やっぱり、旅の醍醐味《だいごみ》は一期一会だよね。

ウミガメ漁

「待て待て〜？」

「今度こそ、捕まえるのです！」

砂浜をズダダダッと走るタマとポチが、そう叫んで海へ飛び込んでいく。

ここはラクエン島の入り江にある砂浜だ。

「タマちゃん、ポチちゃん、頑張れ〜」

オレの横でルルが応援している。

「二人は勢子《せこ》なのかしら？」

オレが肩車している半幽霊のレイが言うように、二人の前方では小舟に乗ったナナとユーネイアのホムンクルスコンビが投網を構えている。

仲間達が狙《ねら》っているのは大きなウミガメだ。

綺麗《きれい》に広がった網が追い込まれてきたウミガメを狙うが、ウミガメは華麗に避《よ》けてその下を潜《くぐ》る。

「あ、リザさん！」

避けるのを見越していたリザが襲いかかるも、海中ではいつもの俊敏さはなく逃げられてしまう。

「真打ち登場」

「ん、魔法」

アリサとミーアの魔法がウミガメに炸裂《さくれつ》するもの
の――。

「ぐわっ、外した」

「むぅ、利口過ぎ」

アリサは水の屈折率で距離を見誤って外し、ミー
アの「追 尾 銛《リモート・ハープーン》」は近くの魚を盾にして逃れら
れていた。

その後も仲間達は奮闘していたが、沖の方に逃げ
られて終了となった。

そして、夕飯後の団欒《だんらん》にて――。

「明日はオレも手伝おうか?」

「いいえ! それはなんだか負けな気がするの。せ
めて明日一日はリベンジの猶予を頂戴《ちょうだい》」

拳《こぶし》を握りしめて気合いを入れるアリサに首肯する。

楽しんでいるようだし、裏技のようなオレの介入
は控えよう。

――おや?

昼間にマーキングしておいたウミガメの光点が、
砂浜にある。

これはもしかして――。

「皆《みんな》、浜辺まで夜の散歩にいかないか?」

オレはちょっとしたサプライズを企《たくら》みながら、仲
間達に声を掛けた。

「あれ見て~?」

「ウ、ウミガメのヒトが砂浜に上がっているので
す!」

砂浜に出ると、タマとポチが目ざとくウミガメを
見つけた。

ダッシュしようとする二人を素早く捕まえて、両
腕に抱える。

「つかまった~?」

「ご主人様、離してほしいのです」

両腕の二人がジタバタと可愛《かわい》く抗議する。

「もしかして――ウミガメの産卵?」

前世知識のあるアリサが、正解を言い当てた。

「泣いてる~?」

「ウミガメのヒトはお腹《なか》痛いのです?」

さっきまで食べようとしていたのに、タマとポチが産卵の痛みに涙するウミガメを見てオロオロとし始めた。

相変わらず良い子達だ。

「今なら捕らえられるけどどうする？」

アリサがちょっと意地悪な顔で、タマとポチに問う。

「きょ、今日のところは見逃してあげるのです」

「武士の情け～？」

ちょっと恥ずかしそうな二人の頭を撫《な》でてあげる。

――二ケ月後。

オレ達は小亀《こがめ》達の孵化《ふか》を見る為に、再びラクエン島を訪れていた。

「マスター、ウミガメの幼生体が出てきたと報告します」

「頑張れ～」

「頑張れ！　頑張れなのです！」

仲間達が砂浜から姿を現した小亀を見て応援する。

事前にアリサがレクチャーしていたので、「唐揚げ」などという食欲発言は回避できたようだ。

「ねえ、ご主人様、小亀達に物理防御付与《エンチャント・フィジカル・プロテクション》ってできないのかしら？」

なるほど、過酷な冒険に出る小亀達への祝福って事か。

「いいよ。せっかくだし、サービスしてやろう」

効果は数日で消えるだろうけど、ちょっとやそっとの苦難なら撥《は》ね除けられるだろうしね。

魔法は速やかに効果を発揮し、小亀達をオヤツにしようと寄ってきた海棲《かいせい》生物達から守る。

なお、同様に狙ってきた海鳥達は、オレ達のお昼ご飯となった。

いやはや、世は弱肉強食だね。

異世界のイルカ

「イルカ！　イルカはどこかしら?!」

キラキラとエフェクトをまき散らしそうな瞳《ひとみ》で、アリサが舷側《げんそく》の手摺《てす》りに身を乗り出して周囲を見回す。

砂糖航路の途中で立ち寄った小国の港で、イルカの噂を聞いて見物に来たのだ。

「いた！　あそこよ！」

アリサが指さす方向の海面に、イルカらしき背びれが見える。

オレのレーダーによると、イルカで間違いない。

「チャッピー！　こっちよー！　あなたのお友達のアリサが遊びに来たわ！」

アリサがフレンドリーな態度で呼びかける。

勝手にイルカの名前をチャッピーと名付けたらしい。

だが、友好的なのはアリサだけのようで――。

――CUICUEEEY。

イルカは嘲《あざけ》るように立ち泳ぎして、前びれを打ち合わせる。

するとイルカの周りに、海水の球が浮かび上がった。

異世界のイルカは魔法が使えるようだ。

「へ？　ちゃっぴー？」

アリサが呆《ほう》ける間にも、海水の球が子供の投げるボールくらいの速さで飛んできて船の防御障壁で弾《はじ》けた。

イルカがクケケケケと小憎らしく嘲笑《ちょうしょう》する。

どうやら、今のは攻撃と言うよりはこちらをからかっただけのようだ。

「チャッピー、酷《ひど》いぃいいい」

アリサがヨヨヨッと口で言いながら甲板に崩れ落ちる。

いつも通りのふざけた様子だが、一応自分のイメージとのギャップにショックを受けているらしい。

「ご主人様、イルカというのは美味《おい》しいのですか？」

「クジラと似たような味だよ」

銛《もり》をスチャッと構えながら問うリザに、そう答える。

「おう、ぐれいと～？」

「それは楽しみなのです！」

タマとポチが嬉《うれ》しそうにバンザイのポーズをする。

——CUCUCUUU。

獣娘達の食欲にまみれた視線に、本能的な危機感を覚えたのか、イルカが海中へと没する。

「逃げた」

「マスター、『追尾銛』の魔法をリクエストすると告げます」

ミーアは事実を報告しただけだが、ナナは獣娘達と同様にイルカを捕まえたいらしい。

「この距離なら大丈夫だよ」

五〇メートルほど向こうで浮かび上がり、余裕を見せて宙返りするイルカを「理力の手」で捕まえる。

——CUCUUYEEE。

慌てたイルカが必死に水魔法を放ってくるが、オレの自在盾《フレキシブル・シールド》を出すまでもなく、船の防御障壁で防げてしまう。

「串焼《くしや》き～？」

「ここは豪快に丸焼きがいいのです！」

涙目でキュイと鳴くイルカの哀願も、タマとポチの鉄壁の食欲には届かないようだ。

甲板でビチビチと跳ねるイルカに、獣娘達が解体用の短剣を持って近付く。

「ま、待って！」

イルカと獣娘の間に、両手を広げたアリサが割り込んだ。

「お願い！　チャッピーを逃がしてあげて！」

アリサの意外な行動に、イルカが一縷《いちる》の望みを掛けて媚《こ》びた鳴き声を上げる。

「イルカは愛《め》でるものなの！」

和歌山あたりでは普通に食されているのだが、それはここでは言わないでおこう。

「そうだね」

クジラ肉がたくさんあるし、わざわざイルカを解体するまでもないか。

「アリサがそう言うなら、逃がしてあげよう」

イルカを海に投げると全速力で逃げ出した。

「チャッピー、またねー！」

アリサがそう叫ぶと、まるでアリサにお礼を告げるようにイルカがジャンプする。

少しはアリサの想《おも》いが伝わったのかな？

いつか、アリサがイルカの背に乗ってはしゃぐ日が来るといいね。

安全な航路

「ようやく港だねぇ～」

「はい、レイリー様」

私達の乗る帆船が、砂糖航路の小国の一つへと入港していく。

「それにしても、今回も海賊が出ませんでしたね」

「やっぱり、アレかな？」

「アレでしょう」

船長の言葉に主語を濁して問うと、彼もそれに同意してくれる。

その証拠に、私達の帆船に掲げられた旗を見て、港の桟橋を子供達が手を振りながら走り、こちらに気付いた船が航路を譲ってくれるのだ。

上陸するなり、港の人達から熱い歓声を浴びる。

若い美女や美少女からのキスの雨、シガ王国の王都以外でこんなにモテるとは思わなかった。

「若様いないの？」

「私も若様と呼ばれる歳《とし》だけど、私じゃダメかな？」

幼女の問いに冗談を返し、私達は潮風を払いに酒場へと向かう。

「ワインか蜂蜜酒《ミード》をくれ！」

吟遊詩人の声に負けじと酒場の主《あるじ》に注文を出す。

「海賊退治の英雄――」

「丁度サビのところですね」

吟遊詩人の歌声をジャマした船長の言葉に、酒場の客の厳しい視線が刺さる。

「――魚船の海賊ニュースも亀艦《きかん》海賊シュッツザーも彼の手で捕らえられる」

前の港でも聞いた活躍話に新しい話が増えている。

まったく、彼の活躍は派手だね。

「その英雄の名はペンドラゴン、神の試練に挑んだ勇者の再来」

おっとこの歌詞の部分は初めてだ。

やがて吟遊詩人の歌が終わり、万雷の拍手とお捻《ひね》りの雨が彼に降り注ぐ。

「ワインだよ。お客さん見ない顔だね」

「ああ、さっき入港したばかりさ」

「もしかして、若様の旗を上げた船に乗ってきた人？」

「そうさ――筆槍竜《ふでやりりゅう》商会、ペンドラゴン卿《きょう》がオーナーをしている商会さ」

「ほ、本当に?! 私、若様に助けられたんだ！ 若様の家臣なら、いっぱいサービスしちゃう」

家臣じゃないけど、モテモテなのは良いことだ。

私は噂《うわさ》を聞きつけてやってきた美女達に囲まれて、良い気分で酒を飲む。

「船長！ レイリー様！ 商談がまとまりました。こちらに押印をお願いします」

良い気分でいるところに、無粋な会計士が書類を持ってやってきた。

ペンドラゴン卿の持ち船という事で、この港でも商売がすぐにまとまったらしい。

「ペンドラゴン様々ですね」

「まったくだ」

安全な航路、好意的な港の人々、まったく彼の援護射撃には頭が上がらないよ。

この恩に応《こた》える為《ため》にも、たっぷり儲《もう》けてたっぷり配当を渡さないと。

それから、彼に頼まれていた珍しい食材や調味料、酒なんかも忘れずにね！

～迷宮都市セリビーラでのサトゥー一行～

激辛料理

「あら、そっちのシチューは新料理なの？」

アリサが目ざとく新しいメニューを発見した。

「そうだよ。辛味葉鳥《カプサイシン・バード》から作った香辛料を使ってみたんだ」

そのままだと余りに辛すぎたので少量を使用し、舌触りがマイルドになるように片栗粉《かたくりこ》を使ってシチューにとろみを付けてある。

特製肉巻きも新メニューなのだが、そちらは目新しさがないので誰《だれ》も気付いていないようだ。

「へー、辛そうだけど美味しそうね」

アリサが取り皿にとったシチューを口に運ぶ。

「染みるっ。やっぱ、たまには辛い料理も良《い》いわよね」

「そうだね」

子供達は辛いのが苦手なので、あまり頻繁にはメニューに入れられないけど、たまにはこういう食べると汗が出るような辛いのが食べたくなるのだ。

「おいし～？」

「ポチも食べてみたいのです」

オレやアリサの様子に興味を引かれたのか、タマとポチが鼻をすんすんとさせながらシチューの鉢を覗《のぞ》き込んでくる。

「辛いわよ？　お子様は止《や》めておいた方がいいんじゃないかしら？」

二人がシチューを食べた結末を予想したアリサが、気遣うような声で二人を止める。

ただ、一言多かったらしい。

「アリサだって、子供なのです」

「ういうい～？」

同年代のアリサから子供扱いされた二人が反論する。

プンスカと怒るタマとポチが可愛い。

「いや、無理は止めた方がいいわ」

「だいじょび～？」

「そうなのです！　いつまでもタマとポチは昔のままじゃないのです」

なおも止めようとするアリサの前に立ったタマとポチが胸を張る。

「もう、甘口カレーだって食べられるのですよ！」

「……いや、甘口じゃん」

自信満々のポチが鼻息荒く言う。

アリサの呟《つぶや》きも聞こえていないようだ。

「それじゃ、ちょっとだけ食べてごらん」

「あい～」

「はいなのです」

オレは苦笑しつつ、深皿に注いだシチューを二人に手渡す。

マイルド仕立てだし、一気に食べたりしない限り問題ないだろう。

「にゅ！」

「うまっ！　なのです！」

タマとポチが目をむいて驚く。

口にあったようだ。

「大丈夫そうかい？」

「あい～？」

「これなら幾らでも食べられるのです」

タマとポチが凄《すご》い勢いで食べ始める。

――あっ、そんなに急に食べたら！

「みゅ！」

「うわわわ、く、口《くひ》の中か火事《かひ》らろれす」

案の定、二人が口を押さえて、辛さに足踏みする。

「水」

「水を飲むといいと告げます」

ミーアとナナが水の入ったカップを差し出す。

「――ま」

「あいやと～」

「あいがと、らろれす」

アリサが待てと言う前に、タマとポチの二人が水を一気飲みした。

一瞬だけ、ほっとした表情に戻ったタマが再び悲鳴を上げる。

「にゅにゅにゅ～」

「辛しゃが強くなっらろれふ」

ついに座っていられなくなった二人が、席を立って右往左往し始めた。

この香辛料は唐辛子系だから、水に溶けないんだよね。

「二人とも、これを」

オレはストレージから取り出した冷たいミルクをタマとポチに与える。

何杯かおかわりして、ようやく落ち着きを取り戻した。

「ごめんなさい～」

「ポチも反省なのです」

タマとポチがアリサに謝っている。

「大人な味はポチには早すぎたのです」

「ういうい～？」

ポチがキリリとした顔でタマと頷《うなず》き合う。

「ポチにはやっぱり肉が相応《ふさわ》しいのです」

「おふこ～す？」

いつもの調子で、特製肉巻きを食べ始める二人を見守る。

――何かを忘れている気がする。

それを思い出したのは新たな二人の悲鳴を聞いて

からだった。

「おう、じーざす～？」

「に、肉が裏切ったのです！」

そうそう、今日の肉料理は「ロシアン肉巻き」だったんだよね。

二つだけ入っていた辛い肉巻きを二人が引き当てたようだ。

オレは二人に謝りながら、ミルクの杯とハンバーグ入り肉巻きを差し出す。

「やっぱりハンバーグ先生は最強なのです」

「びみびみ～？」

心の広い二人は涙目で許してくれた。

うん、食卓での遊び心はほどほどにしよう。

トモダチ

「ミーティア様、峠の向こうに迷宮都市セリビーラが見えましたぞ！」

随伴する騎士ラヴナの頼もしい声が聞こえた。

ガタゴトとうるさい馬車の騒音にも負けず、良く通る。

「わらわも見るぞ！」

「お姫《ひい》様、危のうございます」

馬車の窓を開けて外を見ようとしたら、婆《ばあ》やに止められてしまった。

「あれが迷宮都市かや」

峠から見下ろす盆地の向こうに、砂色の都市が見える。

兄上からお聞きした通りの姿がそこにあった。

「――ついにわらわの伝説が始まるのじゃ」

「姫様？」

小声の呟きを耳聡《みみざと》く捉《とら》えた騎士ラヴナが、大きな身体《からだ》を屈《かが》めて耳を寄せてくる。

幸い、先ほどの恥ずかしい内容までは聞こえていなかったらしい。

「なんでもない。行くぞ」

「はっ！　小休止終了！　総員出発準備を急げ！」

わらわが馬車に乗ると、隊列はゆっくりと発進していく。


迷宮都市は開放的な土地柄と聞く。

——そんな都市なら、わらわにも王女という立場におもねらない友ができるかもしれぬ。

そう期待を膨らませていた。

「ミーティア様はノロォークの王女様なのですね」

とある事件で壊れてしまった馬車の代わりに、同乗をさせてもらった馬車で、わらわはアリサという娘に出会った。

礼儀作法を心得た聡明《そうめい》な娘で、わらわが密《ひそ》かに期待していた通り、王女と聞いておもねるどころか、萎縮《いしゅく》する事もない理想的な相手だ。

それはアリサだけでなく、主のサトゥー殿や同乗するミーア殿も同じだった。


決してわらわの事をニセ王女だと疑っているわけではなく、特に驚いたり緊張したりする相手ではないと思っているように感じられた。

そして、その理由はすぐに判明する。

「エルフ様だったのじゃ！」

ミサナリーア様の正体を知った今では、王族といえど只人《ただびと》であるわらわに緊張するはずがないと分かる。

兄上や兄上の教育係から、妖精《ようせい》族の中でもエルフ様方は別格だと教わった。

若いまま国より長生きする者も多く、世界樹の麓《ふもと》で世界の理《ことわり》を管理するという。

幼く見えるミサナリーア様でさえ、婆やの二倍は生きておられるのだ。

「ミサナリーア様とアリサも探索者になる為《ため》に来たのかや？」

「ええ、そうです」

「ん、修行」

種族全《すべ》てが魔法使いと噂《うわさ》されるエルフのミサナリーア様はともかく、幼いアリサまでもが探索者になる為にやってきたと聞いて驚きを隠せなかった。

「ギフトかや？」

「いいえ、修行の成果ですわ」

「同意」

驚くべき事に、四つは年下に見えるアリサが、自力で魔法スキルを学んだと主張した。

「そ、それは誠か？」

「ええ、苦労しましたから」

アリサが馬車の後ろから魔法書を出して見せてくれた。

どの魔法書もたくさんの栞《しおり》や付箋《ふせん》が挟まれ、その全てにぎっしりと異国の文字が書き込まれていた。

感嘆すべき努力の痕跡《こんせき》がそこにあったのだ。

「疑って悪かったのじゃ」

わらわは居住まいを正してアリサに謝罪する。

「改めて願う。わらわと友人になってくれぬか」

「ええ、もちろんですわ。もうとっくにお友達のつもりでした」

「ん、ティアは友人」

気の良いアリサだけでなく、ミサナリーア様まで友人と認めてくれた。

しかも！

しかも、わらわの事をティアと愛称で呼んでくれた。

もっとも、それは只一度の奇跡だったけれど、今度はわらわもミーアと愛称で呼べるように精進しようと思う。

そのためにも、ヘラルオン神の加護以外に人に誇れる事を探す必要がある。

わらわは苦手な勉学や修行に立ち向かうべく気合いを入れた。

いつかミサナリーア様やアリサにわらわの友だと誇ってもらえるように！

キノコの宝庫

「蔦《つた》や樹木系が多いね」

「ん、期待」

仲間達と一緒に迷宮の植物系魔物が豊富な区画での狩りを始めて一時間経《た》つが、この小広間の植物系魔物は食材に不向きなタイプばかりだった。

どうも、ミーアの期待に応えるには、もう少し先に進む必要があるらしい。

「葉っぱ猪《いのしし》がいたのです！」

「タマ！　逃がさないように回り込みなさい」

「あい！」

「葉毛猪鼠《ウィード・ボアラット》よ！　植物か猪か鼠《ねずみ》かハッキリしろと告げます！」

前衛陣が気合いを篭《こ》めて小型の魔物に殺到する。

この葉毛猪鼠は雑草風の毛皮をした鼠と猪の中間のような魔物で、経験値的にはイマイチなのだが、癖のない豚肉風の身が非常に美味なのだ。

次に倒したら、豚しゃぶにしようと皆《みんな》で約束していた。

「むぅ、子供」

大人げない前衛陣に、ミーアが少し拗《す》ねたように言う。

「あはは、ミーアは肉が嫌いだもんね」

ミーアは笑うアリサから視線をそらした。

「細蔦の茎を炊いたのはイマイチでしたか？」

「――普通」

ミーアが少し言い淀《よど》んで呟く。

見た目は蕗《ふき》のようだったのだが、妙な泥臭さがあってイマイチだったのだ。

植物を操作できる樹霊珠を使っても改善できなかったので、それが元々の味だったのだろう。

オレはマップを操作して、ミーアのお眼鏡に適《かな》いそうな魔物を探す。

「ミーア、次は向こうの通路を攻めてみよう」

「ん」

あまり気乗りしなそうなミーアの背を押して、オレ達はジメジメした洞窟《どうくつ》風の通路へと向かった。

「むぅ、毒茸《どくきのこ》」

「見た目はこんなだけど、食べられるみたいだよ」

ストレージ内にある資料を見ながら言う。

毒茸なのは、極彩色の手前のじゃなくて、奥にいる地味な色をした茸の魔物の方だ。

麻痺《まひ》毒を使う魔物に苦戦しつつ、最初の一匹を倒す。

仲間達が二匹目と戦っている間に、ルルと一緒に茸を解体する。

といっても、笠《かさ》に切れ目を入れて引っ張るだけで綺麗《きれい》に割けていくので、さほど苦労はしなかった。

「ちょっと味見してみようか」

「はい！」

「興味」

いつの間にかミーアも戦闘をサボって、こちらに来ていた。

支援魔法は使った後のようなので、特に咎《とが》める事もせずに試食に交ざらせる。

「良い匂《にお》いですね」

「期待」

火で炙《あぶ》ると極上の椎茸《しいたけ》を焼いた時のような香りが漂ってきた。

火の通りが早いので、加減が難しそうだ。

「さて、それじゃ一口食べてみよう――」

そう言いながら、良い感じに焼けた一つを口に入れてみる。

――うまっ。

思わず絶句するほど美味《うま》い。

でも、オレよりも過激に反応する者がいた。

――ミーアだ。

「美味《おい》しいの！　とってもとっても美味だわ、凄く美味しいの！　本当よ？」

ミーアがツインテールを振り乱して長文で主張する。

続いてフライパンを使って、スライスした迷宮茸《ダンジョン・ファンガー》をバターとしょうゆのソテーにしてみた。

「ん～～～、デリシャスなの、デンジャーじゃないわ！　危険なほど美味しいけど、美味しいけど危険じゃないの！　これは味覚革命なの！　とっても凄いのよ？　本当なんだから！」

ミーアがいつものタマとポチのように激しく身を震わせる。

ぶんぶんと振られる拳《こぶし》が、彼女の感動をよく表していた。

ここまで感情を露《あら》わにするミーアは珍しい。

「狩る！」

ミーアが獣娘達の方に駆けていく。

「■■　乱風刃《マッド・エア・ブレード》」

最前線で風石《かぜいし》付き長杖《ちょうじょう》を振り、精霊魔法で迷宮茸を狩る。

食欲に満ちたミーアが落ち着くには、日をまたぐ必要があった。

げに恐ろしいのは好物を前にしたヒトの食欲だと思う。

ギルドの宴会

「ギルド長、これもシガ酒に合いますよ」

小さな魔法道具で何かの干物を炙っていたサトゥーが、こちらに小皿を差し出す。

「――こいつぁ、何の干物だい？」

「それはスルメですよ」

「スルメ？」

「はい、イカを干したものです」

初めは「固くて喰《く》えたもんじゃない」と思ってたが、噛《か》めば噛むほど味が出る上に、辛口の酒に良く合う。

「やっぱ、酒はシガ酒だね」

普段はエールばかりだが、たまに飲む良いシガ酒は格別に美味い。

「ラム酒やリキュールはお口に合いませんでしたか？」

「いや、あれも美味かったが、あたしはエルタールと違って甘い酒より、辛口の方が好きだ」

あたしが杯を空けると、正面に座ったサトゥーがすぐに注《つ》いでくれる。

いつの間にか宴会に交ざって、好き放題飲み食いしているギルド職員どもに、見習わせたいくらいだ。

「ギルド長は甘口のお酒が嫌いだと、セベルケーア様にお伝えしないといけませんね」

早くもろれつの回らなくなった秘書官のウシャナが物騒な事を口にした。

「何を――」

「だって、セベルケーア様のお土産は甘口の赤ワインじゃないれすか」

れすか、ってお前、相当酔ってるな？

「あいつの故郷の酒は別格だ。だから、セベルケーアには言うな。あいつは涼しい顔で、しつこく根に持つからな」

あの酒が嫌いなやつがいたら顔を見たいぜ。

「うふふー、どうしようかなー」

酔っ払ったウシャナが、年甲斐《としがい》もなくサトゥーにしなだれかかる。

三〇前のババアにくっつかれても嬉《うれ》しくないだろうに、サトゥーは少し困った顔で「酔い覚ましが必要になったら言ってください」と言うだけだ。

「飲み過ぎだ。あとは水か果実水でも飲んでろ」

「えー、しょんにゃー」

ウシャナがいい年をして、子供のようにダダをこねる。

「らって、この料理の数々が美味し過ぎて、お酒が進むんですもん」

なにが、「もん」だ。

自分の年を考えろ、年を！

「あんまり聞き分けがないと、戻ってきたセベルケーアに説教してもらうよ」

「しょ、しょれだけはご勘弁をー」

身を震わせたウシャナが、今度こそ轟沈《ごうちん》する。

ウシャナの部下が現れて彼女を運び去り、今度は若手の娘達がサトゥーの左右を塞《ふさ》いだ。

「セベルケーアという方もギルドの職員なのですか？」

サトゥーが興味深そうに聞いてきた。

左右の娘達も器量よしだが、サトゥーのお眼鏡には適わなかったようだ。

「いや、あいつは個人的に雇った相談役だ」

そういえば今度の里帰りは長い。

あいつの故郷は遠いから、半年くらい帰ってこないのは普通だが、一年以上も音信不通なのは珍しい。

「怖い方なんですか？」

サトゥーがウシャナが運ばれていった方に視線を送りながら言う。

「普段はお淑《しと》やかなんですけどー」

「怒るとすっごく怖いです！」

「あいつの武勇伝を聞かせてやろうか？」

首肯するサトゥーに、脚色を交えつつセベルケーアの武勇伝を語る。

ギルドで暴れる熊人の探索者を土魔法の石柱で殴打して気絶させた最近の話から、迷宮から溢《あふ》れた魔物の大群を只《ただ》一度の土魔法で串刺《くしざ》しにして殲滅《せんめつ》した昔話まで、乞《こ》われるままに教えてやった。

てっきり怖がるかと思ったんだが——。

「へー、凄《すご》い人がいるんですね」

——と、畏《おそ》れるでなく、対抗心を燃やすでなく、疑うでなく、虚勢を張るでなく、ただ自然体のまま感心するだけだった。

まるで、特別な事など何もないかのように。

「そうだ、辛口のお酒が好きなら、とっておきのがあるんですよ」

宴《うたげ》が進み、飲み過ぎで倒れる者が増え出した頃《ころ》、サトゥーがそう言って小瓶を取り出した。

栓を抜くだけで、馥郁《ふくいく》たる香りが流れてくる。

「ちょっとしかないので、他《ほか》の方には内緒ですよ」

サトゥーがウィンクしながら、熱燗《あつかん》用の小さな酒杯に注いだ。

その日、あたしは竜の伝説の一つが事実だと知る。

それは奇跡の味だった。

アリサとはらぺこ子供達

「ぐあああ、やられたー」

「魔王アリサ、討ち取ったり！」

　勇者役の子が剣に見立てた棒を突き上げて勝ち誇る。

　同時に子供達の間からお腹《なか》の音が鳴り響いた。

「はらへった～」

「肉が食べたい」

「そんな贅沢《ぜいたく》はいいから、なにか食べたい」

　魔王ごっこが終わった途端、欠食児童達が空腹を訴えてきた。

　育ち盛りだから、朝ご飯をたくさん食べても、すぐにお腹が空《す》いちゃうのよね。

　ご主人様から貰《もら》ったお小遣いの他にも、色々と小金があるからオヤツをご馳走《ちそう》するくらいわけないいんだけど、さすがにそれは教育に悪そうなので止《や》めておく。

「日も高いし、一狩り行く？」


　某狩猟ゲームに誘う感じで声を掛けてみたら、子供達から「こいつ大丈夫か？」と言いたげな目で見られてしまった。

「何よ？　肉が食べたいんじゃないの？」

「アリサ、探索者証のない子供は迷宮に入っちゃいけないんだぞ？」

　ああ、そういう誤解か。

「違うわよ。わたしだって、子供連れで迷宮に行くような無謀な事はしないってば」

「じゃあ、どこで狩るんだよ」

「都市の外に決まってるじゃん」

「でも、大人と一緒じゃないと院長先生に怒られるよ？」

「なら、ナナを誘っていきましょう！」

　年少組を構っていたナナを拉致《らち》して、わたし達は迷宮都市の外にあるベリアが群生するあたりへとやってきた。

「逃げられた！」

「当たらねぇ！」

　子供達がベリアの間にいるベリア鼠を狩ろうと頑

張っていたけど、さすがに小学校低学年くらいの子供達に捕まるほどどんくさいヤツはいないようだ。

「アリサ、魔法を使いますかと問います」

「ダメよ。ナナは監督役」

わたしがそう言うと、最年少の子供をあやしていたナナが残念そうにする。

「捕まらねぇぞ、アリサ」

「当たり前でしょ。それより手伝いなさい」

「なんだそれ？」

「罠《わな》よ」

草を編んでネズミを捕まえる罠とモグラを捕まえる罠を量産する。

どっちも昔、サバイバル漫画で見た罠だ。

「おおっ、本当に取れた」

「アリサ、すげぇー！」

罠を設置して一時間もしない内に、ベリア鼠や砂土竜《もぐら》を捕まえる事ができた。

この辺りの動物は罠にスレていないようだ。

「帰ったら、厨房《ちゅうぼう》の子達に練習がてら調理してもらいましょ」


「やったー、これで毎日肉が食える！」

あんまり美味しくなさそうだけど、子供達は満足そうだ。

「アリサには一番美味い肉をやるからな」

——え？

「いや、わたしはいいわよ」

ネズミやモグラはちょっと。

食べられる種類なのは知ってるけど、現代日本の常識が邪魔をするの。

「遠慮するなって！」

いや、遠慮じゃないから。

「早く行こーぜ！」

「楽しみだな、アリサ！」

わたしは子供達に手を引かれて、ドナドナ気分で道を歩く。

「だから、わたしは肉はいらないって〜」

「あはは、アリサちゃん遠慮なんて水くさいわよ」

心からのわたしの願いは、子供達には届かないらしい。

誰《だれ》か、へるぷみー、ぷり〜ずぅ〜。

タマの薬草配達

「おねぇちゃんはどうして猫の耳があるの？」

「にゅ？」

探検してたら、誰かが話しかけてきた。

声の方に目を向けると、近くのお家《うち》の窓の向こうのベッドにちっちゃな女の子が寝ている。

塀の上からピョーンと跳んでお庭に入り、窓の下まで歩いて行く。

ここのお庭はお花がいっぱいで、とっても綺麗《きれい》。

窓枠に掴まってご挨拶《あいさつ》する。

「こばわ〜？」

「こんにちは？」

ちょっと失敗。

お昼はこにゃにゃちわ。アリサが言っていた。

「ねぇねぇ、どうして人族なのに猫の耳があるの？」

「タマは猫耳族だから〜？」

女の子がきょとんとして首を傾《かし》げた。

タマも一緒に首を傾げる。


「もしかして、勇者様のお話にある耳族の人なの？」

「おふこ〜す」

タマもご主人様に絵本を読んでもらったから知ってる。

「うわ〜、すご〜い」

「にへへ〜」

こんな風に褒められると照れちゃう。

「あたしはニース、猫耳のおねぇちゃんはなんて言うの？」

「タマの名前はタマ〜？」

ご主人様が付けてくれた。

「へー、いい名前だね」

「あい！」

こくんと頷《うなず》く。

でも、ニースはいい子。

でも、ちょっと不思議。

「どうして寝てるの〜？」

もうお日様はだいぶ上の方にいる。

お寝坊さん？

「病気だから、出歩くと倒れちゃうの」

「大変！　寝てないと！」

タマは驚いてニースを寝かせる。

なのに、ニースはクスクス笑うばかり。

病気は寝てないと死んじゃうんだよ？

「だから、寝ているのよ？」

「にゅ！」

タマ、納得。

「お薬飲んだ？」

「セリビーラ熱の薬は高くて買えないの」

タマのポッケには銅貨が一枚。

残りはポチと一緒に肉串を食べちゃった。

「これあげる～」

「ダメだよ。お友達とお金のやりとりはダメだって
おばあちゃんが言っていたの」

残念。

そうだ！

「タマ、お薬取ってくる！」

「え、タマちゃん？」

ニースに手を振って、レリリルのいる「蔦《つた》の館《やかた》」

へ向かう。


あの近くは薬草がいっぱい生えていた。

「——これ違う。これかな～？」

「猫耳っ子、何してやがるです？」

声を掛けてきたのはレリリル。

ヒマなのかな？

「病気に効く薬草探してる～？」

「何の病でやがります？」

「え～っと、ビリビリーラ熱？」

たぶん、そう。

「びりびり？　セリビーラ熱じゃねぇですか？」

「それそれ～」

レリリル、ナイス。

セリビーラ熱、タマ覚えた。

「この時期は人族の子供がよく罹《かか》るヤツでやがるで
すよ」

「熱冷ましの薬草でいい？」

熱病に良く効くってご主人様が言ってた。

「セリビーラ熱なら、熱冷ましの薬草一束と狐草《きつねぐさ》
半束、葛苺《くずいちご》の実二つを煎《せん》じたのが効くはず」

全部知ってる。

ご主人様が教えてくれた。

「せんきゅ～、レリリル」

タマは教えてもらった薬草を集める。

集める。

もっと集める。

ちょっと、集めすぎたかも。

持ちきれないから、集めたのは妖精鞄《ようせいかばん》に入れて行こう。

タマはニースの家に行く。

「ありゃりゃ」

ニースが眠ってたから、草を編んだ篭《かご》に入れた薬草をベッドの横に置いておく。

多すぎても傷んじゃうから、三日分だけ。

足りなかったら、また持ってこよう。

「にゅ～？」

散歩を続けてたら、同じような子がいっぱいいた。

せっかくだから、薬草をぷれぜんとふぉーゆー。

「薬草あげる」

「こ、これは！」

「セリビーラ熱の～」

ニースにあげたのと同じ薬をあげたら、「ありがたや、ありがたや」って拝まれちゃった。

ちょっと恥ずかしい。

「お祖母《ばあ》ちゃん？」

「さあ、お飲み。猫耳の子が薬草をくれたよ」

後ろでお婆《ばあ》ちゃんと子供の声が聞こえる。

元気になったら、ニースと一緒に皆《みんな》で遊ぼう。

でも、今日のタマは配達屋さん。

黒猫じゃなくて白猫だけど、配達屋さんなの！

お芋ハンター、ポチ

「ポチちゃん、本当に大丈夫？」

「当たり前なのです。迷宮はポチの庭なのですよ」

今日はご主人様のお願いで、運搬人のお姉さん達の護衛をする。

「おい！　そこのガキども！　運搬人だけで迷宮に入るのは禁止されているんだぞ！」

迷宮門から入った階段を降りていると、後ろから来たちょっと怖い男の子達が文句を言ってきた。

防具を着ていないし、男の子達は駆け出し探索者みたい。

「運搬人だけじゃないのです！　ポチは探索者なのですよ！」

ポチはくるりと後ろを向いて、腰の短剣を男の子達に見せる。

「おいおい、そんなオモチャみたいな短剣で何を狩るつもりだよ」

「お芋さんなのです！」

今日のポチはお芋ハンターなのです。

お芋さんには短剣が一番。

「けっ、芋狩りかよ」

「死骸漁《ルーター》りじゃないなら別にいいじゃねぇか」

ポチの答えを聞いた男の子達は、そう言って去って行った。

「ポチちゃん、あんなのの言う事なんか気にしなくていいよ」

運搬人のお姉さんがぷんぷん怒りながら言う。

「ポチは気にしていないのですよ？」

ああいうのは「マケマケのオーボエ」だってアリサが言ってた。

ポチ達はしりとりをしながら魔物のいない迷宮の道を進み、お芋さんのいる狩り場へと到着した。

「あ、さっきの人達だ」

男の子達が他の人の獲物を横取りしてる。

「ポチが注意してきてあげるのです」

「止めなよ、ポチちゃん」

「絡まれたら嫌だから、あっちに行こう」

「でも……」

悪い子にはメッてしてあげないと。

「お芋さんを狩って帰らないと若様に怒られちゃうよ」

「それは大変なのです！」

ご主人様の指令が最優先。

お芋さんは跳ねる蔓《つる》を踏んで、ナイフで切るだけで終了だから楽ちん。

「凄《すご》い凄い！」

「凄いね、ポチちゃんは芋狩りの天才なんだね」

「にへへ〜、なのです」

これで三匹だから、今日の狩りは終了。

「あれ？　なんだろう」

遠くの方が騒がしい。

ぴょん、と跳んで向こうを見ると、さっきの男の子達が兵蟷螂《ソルジャー・マンティス》に追われていた。

「こ、こっちに来るよ！」

ポチ達と目があった男の子達が足を止めた。

「やばい！　ガキどもがいる」

「おい、ガキども！　逃げろ！」

「俺達が戦っている間に早く！」


男の子達がそう叫んで、兵蟷螂の方を振り返った。

ひょっとして、守ってくれている？

でも、兵蟷螂に攻撃されたら死んじゃいそう。

兵蟷螂がブンッと腕を振ると、男の子達が固く目をつぶった。

「しゅんどー、なのです！」

ポチは素早く瞬動で割り込み、兵蟷螂の剣みたいな腕を斬《き》り落とす。

その腕を拾い上げて魔刃を通し、噛《か》みついてきた兵蟷螂の頭を首ちょんぱしちゃう。

「悪即ザザーン、なのです！」

かっこよくシュピッのポーズを決めるポチの後ろで、兵蟷螂が倒れる。

「ポチちゃん、すごーい！」

「これくらい何でもないのです」

魔核《コア》、魔核、ポチはイソイソと解体を始める。

「おい、そこの犬耳」

さっきの男の子が怒ってる。

もしかして、この子達が倒すつもりの魔物を横取りしちゃった？

「た、助けてくれて……その、ありがとう」

「ありがとよ、小さいのにすげーんだな」

「感謝する」

男の子達はお礼を言いたかったみたい。

「詫《わ》びと礼に、カマキリの解体と運搬は俺達がやってやる」

「ポチは魔核だけでいいのですよ？」

「バーカ、カマキリの甲殻がいくらすると思ってる」

「え？　えーっと、何本だ？」

「肉串《にくぐし》何本くらいなのです？」

「知るか、たくさんだ！」

「それは凄いのです」

ポチは素直に男の子達に手伝ってもらって、兵蟷螂の素材を持って帰る。

そして、皆で串焼きを食べるのです。

罪を憎んで焼き肉美味《おい》しいの精神なのですよ。

ナナのヌイグルミ作り

「マスター、ヌイグルミの作り方を教えて欲しいと懇願します」

屋敷の庭で久々の余暇を満喫していると、ナナが金髪と胸を揺らしながら駆け寄ってきた。

「作って欲しいじゃなくて？」

「自分で作った方が、幼生体の好感度が上がるとアリサが教えてくれたと報告します」

なるほど、元凶はアリサか。

「いいよ。ここで作るかい？」

「イエス・マスター」

ナナがこくりと頷いたので、そのまま庭で作り方をレクチャーする事になった。

ヌイグルミを作るなんて、旅の最初の頃以来だ。

「あー、ナナだ～」

「ナナ～、何してるの？」

屋敷の塀の向こうから、養護院の幼い少女達が声をかけてきた。

ポチやタマくらいの歳の子達だ。

「マスターにヌイグルミの作り方を教わっているとげます」

「――ヌイグルミ？」

ナナの答えに少女達が首を傾げた。

ヌイグルミを知らないようだ。

「これがヌイグルミだと告げます」

ナナが妖精鞄から取り出したヒヨコのヌイグルミを少女達に差し出す。

「わー、かわいい！」

「ふわふわ～」

「あたしも作ってみたいなー」

少女達がうらやましそうだ。

「ナナと一緒に作り方を教えてあげようか？」

「うん！」

「いいの？」

「教えて！」

嬉しそうに答えた少女達が裏口から庭へとやってくる。

「マスター、ヌイグルミ教室を開始して欲しいと告げます」


オレはナナと少女達にヌイグルミの作り方を教える。

ちょっと難しいけど、デフォルメした丸っこいクマのヌイグルミにチャレンジさせてみた。

「マスター、綿がはみ出ると告げます」

「入れすぎだよ。もう少し控えめで」

「ふわふわで丸々としたヌイグルミが作りたいと主張します」

ナナは理想が高すぎるのか、何度も作り直していた。

「できたー！」

「私も！」

「私もできたと告げます」

「うにゅにゅ、もうちょっと――」

少女達のヌイグルミは初めてとは思えないほど良いできだ。

一方でナナの作ったヌイグルミは――まあ、何度も作っていたらそのうち上手くなるだろう。

「――できた！」

一人だけ遅れている少女が完成したのと時を同じくして、屋敷の見習いメイドと一緒に養護院の子供達がやってきた。

子供達は少女達を探していたらしい。

「ナナだー」

「よーせいたい、って言ってー」

子供達がナナに群がる。

その姿を見ていると、「今更、好感度を上げる必要があるのだろうか？」と思ってしまう。

「何してらお？」

「ヌイグルミを作っていたと報告します」

「ぬいぐうみ？」

首を傾げる幼女に、ナナが自作のクマのヌイグルミを差し出した。

「幼生体にあげると告げます」

「わーい、あいあと……」

ヌイグルミを受け取った幼女が、お礼の言葉の途中で動きを固まらせた。

「ふえええええええん、こあいよぉおおおおお」

幼女はヌイグルミを手放すと同時に、大泣きし始めた。

他の子供達も一緒に大泣きだ。

まあ、悪夢を見そうな感じのクマだったから仕方ない。

「マ、マスター、助言を希望すると告げます」

無表情のままオロオロするナナがオレの腕にすがりつく。

「ほらほら、泣かないで、クマさんに笑われちゃうぞ」

オレがあやすよりも早く、少女の一人が自分の作ったヌイグルミを泣きじゃくる幼女に与えた。

幼女はえぐえぐと泣きながらも、受け取ったヌイグルミを抱きしめる。

その姿を見るナナが、無表情ながらションボリしているみたいだ。

「ナナ、これ」

もう一人の少女が落ちていたナナのヌイグルミを抱きしめ、自作のヌイグルミをナナに差し出した。

「幼生体？」

「あげる。ナナにはいつも遊んで貰ってるから」

ナナが受け取ったヌイグルミを胸に抱く。

どうやら、落ち込んだナナを慰めてくれているらしい。

オレはその様子を微笑ましく見守る。

「幼生体！」

「うわ、ナナ、そんなに抱きしめたら息ができないよ」

ナナがヌイグルミと一緒に少女を抱き寄せた。

どうやら、子供達の好感度を上げるはずが、ナナの好感度の方が上がったみたいだ。

養護院の扇風機

「あち～」

「暑いね」

養護院前の木陰で、養護院の子供達がとろけたバターのような顔で寝そべっている。

「らりほ～？」

「こんちゃ、なのです！」

一緒に来ていたタマとポチが、元気な声で子供達に挨拶《あいさつ》する。

「タマちゃんだ～」

「ポチちゃん、こんちゃ！」

「若様もいる！」

「わ～い」

タマとポチに返事した子達が、オレを見つけて飛びついてきた。

最初の頃《ころ》と違って、今はかなり懐かれている。

「若様じゃなくって、しゃしゃきゅ様って呼ばないとダメなんだぞ！」

「言えてないじゃん。士爵様だよ」

「むー、そう言ったもん」

大きい子が小さい子達の言葉を訂正する。

オレとしては呼び方なんて何でも良いのだが、養護院の先生から「士爵様」と呼ぶように言いつけられているのだろう。

「しゃーくさま、おみやげ、あう?」

「こら!　行儀悪いぞ」

オレの足に抱きついた小さい子がお土産をねだる。

大きい子は小さい子を窘《たしな》めつつも、お土産を期待している感じだ。

「先生には内緒だよ」

オレはそう言って、苔蟹蜂《モス・クラブ・ビー》の蜜《みつ》で作った飴《あめ》を一個ずつ口に入れてやる。

「あ～ん」

「なのです」

子供達の列の最後ではなぜか、タマとポチの二人もひな鳥のように口をパカリと開けて待っていた。

オレは微笑《ほほえ》みながら、二人にも飴を一粒ずつ口に放《ほう》り込んであげる。


「――士爵様。ようこそお越しくださいました」

玄関から養護院の院長が出迎えに来てくれた。

院長と挨拶を交わし、さっそく用件に入る。

「――これは?」

「扇風機です」

ここ最近の迷宮都市は気温が上昇していて真夏の天気らしいので、余っていた苔蟹蜂の素材を使って作ってみたのだ。

「魔法道具ですか?」

「ええ、簡単な仕組みの品ですけどね」

目を丸くする院長に、そう言って扇風機を動かしてみせる。

「するし～」

「うん、涼しくて気持ちいい」

子供達が扇風機の涼しい風を受けてはしゃぐ。

「こうするのですよ」

ポチとタマが扇風機に向かって「あ～」「う～」と声を出して響かせる。

「面白いね!」

「あたしもする!」

扇風機の定番ネタは異世界の子供達にも通用するようだ。

ポチやタマと交代した子供達が一巡する頃に、扇風機に篭《こ》めた魔力が尽きてゆっくりと止まる。

「あれ？　止まっちゃった」

子供達が「もっと遊びたい」とばかりにオレを見上げてくるので、タマに魔力を篭めるように言う。

「あいあいさ～」

「ちゃーじなのです」

「わ～、動いた！」

タマが魔力を供給すると扇風機が動き出した。

「――あれれ？　また止まった」

「今度はボクがやりたい～」

「次はあたし！」

しばらくして止まった扇風機を、子供達が代わる代わる魔力を供給して回してみせる。上手《うま》くいかない子も年長の子がやり方を教えてあげている。

もっとも、子供達の魔力は少ないので、一回魔力を流しただけで魔力が尽きてしまうようだ。


そのお陰で誰かが独り占めするという事は起きない。

「チビは元気だよな」

「魔力を流すのって疲れるのにね」

年寄り臭い会話をする年長の子がいた。

「おや？　そんな事を言っていていいのかな？」

「し、士爵様」

「俺達別に……」

「責めているわけじゃないよ」

年長の子達は咎《とが》められたと勘違いしたようなので、オレは素早くそれを訂正する。

「魔法道具を毎日使っていたら、魔力操作スキルの修行になるんだよ」

「魔力操作？」

「お、俺達別に魔法道具使いになりたいわけじゃ……」

「――知らないのかい？」

反応の悪い子達に、オレは意味ありげにニヤリと笑ってみせた。

「魔力操作スキルがあると、魔刃スキルを覚えるのが早くなるんだよ」

オレはそう言って、ポケットから取り出したミスリル製のペーパーナイフに魔刃を出してみせた。

「すげー」

「士爵様、すげー」

子供達に「他《ほか》の人には内緒だよ」と口止めしつつ、子供達の反応を見守る。

「俺達にもできるかな?」

「毎日頑張ったらできるようになるさ」

子供達が目を輝かせて、扇風機の方へと走っていった。

これで有用な魔力操作スキルを覚える子も増えるだろうし、皆《みんな》が快適な日々を送れて一挙両得だね。

オレは楽しそうな子達を眺めながら、次はどんな魔法遊具を作るかに思考を向ける。

やっぱり、遊びを作るのは楽しいね。

エチゴヤの扇風機

「──養護院に夜盗?」

首を傾《かし》げるアリサに、養護院に設置した扇風機が狙《ねら》われたようだと答える。

「それで夜盗は捕まったの?」

「ああ、優秀な夜警がいるからね」

警備用のゴーレムを配置しておいて良かったよ。

「なら、対策の相談がしたいって事ね?」

「話が早くて助かる。何か良い案はあるかい?」

「誰《だれ》かにレシピを譲って量産させるか、廉価版を量産させたらいいんじゃない?」

なるほど、盗みに入る理由を潰《つぶ》すわけか。

「どうせ、扇風機で儲《もう》ける気はないんでしょ?」

「まあね」

アリサの言葉に首肯し、オレはその二つを実行する事にした。

前者は迷宮都市の魔法道具関係を牛耳るデュケリ准男爵に押しつければいいとして、後者は自分でやるのが面倒そうだから、下町長屋のネルやポリナ達に頼んでみよう。

オレは夜明けまでの間に、迷宮入り口近くのチープな素材やありふれた材料で作れる廉価版を用意し、誰でも作れるような手順書を用意して下町長屋へと足を運んだ。もちろん、クロの姿でだ。

「クロ様！」

オレを見つけた元運搬人のポリナが笑顔でやってくる。

金髪貴族娘のエルテリーナが王都に出張し、連絡役のティファリーザが「蔦《つた》の館《やかた》」に詰めている為、下町長屋には彼女しか代表を務められる人間がいない。スミナの姐御《あねご》は迷宮だろうしね。

「ポリナ、今日は仕事を頼みたい」

「はい！　お任せください！」

――いやいや、内容くらいは聞こうよ。

ポリナが即答で引き受ける。

「これを作らせたい」

「これ、ですか？　小さな風車にも見えますが、何かの魔法道具でしょうか？」

廉価版の試作扇風機を見て、ポリナが首を傾げる。

「あー、クロ様っす！」

頭にタオルを巻いた赤毛ネルがオレを見つけて子犬のように駆け寄ってくる。

「なんすか、これ？」

ネルが扇風機の羽根と反対側に取り付けられたハンドルをクルクル回すと、扇風機の羽根も一緒に回る。

「……涼しい」

風を受けたポリナが短く感想を呟《つぶや》く。

「ウチワっすか？」

「扇風機という道具だ」

この廉価版の扇風機は魔法道具ではなく、普通の手回し式の扇風機なのだ。

羽根の部分も、虫の魔物の翅《はね》ならなんでも使える。工夫的なものと言えば、ハンドルを止めても慣性で羽根が回り続けるフリーホイール機構くらいだ。

これは意外に作るのが難しいので、フリーホイール機構なしの簡易版も用意してある。

「長屋に金属加工や木工のできる者は何人いる？」

たしか、生産系スキル持ちが何人かいたはずだ。

「鍋底《なべぞこ》の修理ができる程度の者が二人と、簡単な家具が作れる者が一人、日曜大工程度で良ければ一〇人以上いるはずです」

思ったよりも多い。

補強用の金具は外注すれば問題なく作れそうだ。

「ふむ、思った以上のできだ」

「頑張りました！」

「クロ様、クロ様、あたしも頑張ったっす！」

ぐいぐいくるネルの頭を撫《な》でてあしらいながら、ポリナとティファリーザに売却方法を指示する。

「クロ様、こんなのも考えてみたのですが」

「足踏み扇風機か――良かろう、試作してみせろ」

面白い事を考える者もいるらしい。

オレはニヒルな笑顔で承諾し、開発資金を渡しておく。

「では量産に入れ」

「「はい！」」


この手回し扇風機や足踏み扇風機が迷宮都市で受け入れられれば、養護院の扇風機を狙う夜盗もいなくなるだろうし、下町長屋の経済状況も良くなるだろう。

「後は任せる」

「「はい、クロ様！」」

オレは想像以上の結果に満足しながら、笑顔の増えた下町長屋を後にした。

准男爵と扇風機

「――どうだ？」

「デュケリ准男爵様、これは凄い魔法道具でございます」

扇風機の魔法道具を見ていた迷宮都市セリビーラの魔法道具ギルド長が、愚にも付かない答えを返す。

「そんな事は分かっておる。ワシが聞きたいのは、この魔法道具と同じものを魔法道具ギルドで作れるのかという事だ」

御用商人にはペンドラゴン士爵から聞いたアキンドーという商人と渡りを付け、魔導王国ララギにいるという製作者を探すように指示してある。

だが、輸入で稼ぐよりは、模倣品を作らせた方が利益が高い――そう考えて魔法道具ギルド長を呼びつけたのだ。

「採算を度外視すれば可能です」

ギルド長の答えに失望しつつ、質問を変えて問いかける。

「簡単な構造に見えるが、何がそんなに困難なのだ？」

「そこです！」

ギルド長がずいっと顔を寄せてきた。

ワシはその顔を押し返し、ギルド長の言葉を待つ。

「まず、ここです」

ギルド長が手で軽く羽根を回して見せながら言葉を紡ぐ。

「これほど軽く回るという事は、軸受けに掛かる重量が小さく、また回転時の摩擦が少ないという事です。それを実現するには希少な素材と高度な加工技術が必要となるのです」

「ふむ、確かに軽い」

私は羽根を回しながら首肯する。

「これほど精巧な加工は魔法道具技師だけでは不可能です。錬金術士や木工職人、鍛冶《かじ》師などの協力が必須《ひっす》。しかも、それぞれの分野で最高の技術を持つ者を集める必要があるでしょう」

それほど、なのか。

魔導王国ララギなど砂糖と野卑な酒だけの三流国

かと思ったが、考えていた以上に技術力が高いようだ。

「さらには回転部分に魔力を通しているのが軸受け部分です。私の知る限り、このような構造で効率的に魔力を伝達する方法は聞いた事がありません」

ふむ、王立学院で教鞭《きょうべん》を執った事があるギルド長をして、そこまで言わせるとは。

この扇風機を作ったのは、さぞかし才に優れた経験豊富な老賢者に違いない。

「魔法道具ギルドといたしましては、この魔法道具を分解して、構造を解析したいのですが……」

「却下だ」

この品は太守夫人よりお借りした品ゆえ、分解は許可できぬ。

「この扇風機は魔導王国ララギで作られたという事だ。類似品が輸入されていないか調べよ」

「承知いたしました。試作はいかがいたしましょう？」

「見積もりだけ持って参れ」

魔法道具技術者に青天井で試作させるなど、破産願望のある愚か者にしかできないだろう。


「旦那《だんな》様、ペンドラゴン士爵がおこしです」

魔法道具ギルド長を呼び出した翌日、ペンドラゴン士爵が屋敷を訪れた。

おそらくは、ワシがギルド長を呼び出して扇風機を作らせようとした事を知って、釘《くぎ》を刺しにやってきたのだろう。

「――扇風機の設計図、だと？」

だが、対決する気満々で迎えた応接室で、ワシは士爵から予想外の提案を受けた。

「はい、太守夫人からデュケリ准男爵が扇風機にご興味を持たれていると伺いましたので。宜《よろ》しければお納めください」

ワシには真贋《しんがん》は分からぬが、魔法道具ギルドで見たいかなる設計図よりも精巧で丁寧だ。

これならば駆け出しの魔法道具技師でも作れそうに思える。

「良いのか？」

「はい、素材自体の入手が比較的難しいので、割高な魔法道具になるかと思いますが――」

士爵は真意の読めない顔で頷《うなず》く。

貴族を相手にするなら、安く作れない方が高値で売る事ができて好都合だ。

「では、迷宮都市の魔法道具ギルドで作らせよう」

ワシがそう言うと、士爵は満足そうな顔で帰って行った。

「……最後まで金の話は無しか」

まさか「忘れていた」などという事はあるまい。

おそらく、対価はワシが決めよという事だろう。

その額によって、ワシが商売を委託するに相応《ふさわ》しい相手か見極めようといったところか。

「小賢《こざか》しい――」

だが、全《すべ》てを相手に委ねるという、その豪胆さは気に入った。

ペンドラゴン士爵か――。

太守次男に任せている筆槍竜《ふでやりりゅう》商会で財は十分。

オーユゴック公爵領の有力貴族達との豊富な人脈。

さらには魔族殺しや竜退者としての名声もある。

メリーアンは太守三男の第二夫人あたりにやるつもりだったが、あの士爵にならば嫁にやっても構わん。

メリーアンが承諾するようならば、士爵に縁談を持ちかけよう。

「――お父様、お呼びですか？」

「うむ」

全ては、目に入れても痛くない愛娘《まなむすめ》の幸せとデユケリ准男爵家の繁栄の為に――。

修行玩具《がんぐ》

「ご主人様、何を作ってるのです？」

ポチが興味深そうにオレの手元を覗《のぞ》き込む。

「玩具《おもちゃ》だよ」

前に贈った魔動扇風機のお陰で、養護院の子供達に「魔力操作」スキルを得る子が現れた為《ため》、遊びの中で魔力操作を学べる玩具を作って贈ろうと思ったのだ。

魔力操作スキルは色々と他《ほか》のスキルを底上げしてくれるので、探索者や魔法使いを目指さない子にも役に立つからね。

「よし、できた」

オレは完成した玩具を持って、ポチと一緒に養護院へと遊びにいく。

「しゃーくさあら」

「士爵様、こんにちは」

集まってくる子供達を引き連れて、中庭へと向かう。


「サトゥー」

「やあ、ミーアも来ていたのかい？」

「ん、演奏」

中庭で子供に囲まれていたミーアが、リュートを掲げてミニコンサートをしていたと教えてくれた。

「こえあに？」

子供の一人が持ってきた玩具に注目する。

「玩具なのです！」

ポチが自慢げに竹刀を振ると、「ぶおんぶおん」と星間戦争の理力騎士が使う剣のような効果音が鳴る。

「ポチちゃん、かっくいー」

「にへへー、なのです」

褒められたポチが照れ笑いをする。

「貸して」

「良いのですよ」

興味を持った男の子に、ポチが使い方を教えてあげている。

「あれ？　音が出ないよ？」

「魔力をいっぱい流してから振らないとダメなので

す」

「難し——あ！　出た！　音が出たよ！」

魔動扇風機で魔力を流すのに慣れていた子達は、すぐにコツを掴《つか》んだようだ。

この道具は魔力の瞬発力を鍛えるのに向いている。

「士爵様、こっちも玩具なの？」

「ああ、そうだよ」

板に三二個の色違い水晶をはめた魔法道具だ。

魔力を流すと、その量に応じて暖色から寒色へとグラデーションされた水晶が灯《とも》っていくのだ。

こっちの魔法道具は魔力の精密操作の訓練になる。

「うわー、きれー」

「凄い凄い！」

自演してみせると、幼女達が興奮した顔で飛び跳ねる。

そんなに凄いモノでもないと思うが、気に入ってくれたようでなによりだ。

「やってごらん、魔力を流すと色が変わるんだよ」

「やるー」

「次、私！」


ちゃんと順番を守るなんて偉い子達だ。

「サトゥー、楽器？」

「そうだよ。簡単な音しか出ないけどね」

最後のは横笛型の楽器だ。

口を当てる部分から魔力を流して、指で魔力を流しながら端子を押さえると音が変わるのだ。

短音を鳴らすだけなら問題ないので、皆の前で実演してみせる。この楽器は上級者向けなので、他二つの道具で練習してからじゃないと使いこなせないだろう。

「士爵様、何か演奏して」

女の子の一人が笑顔でオレにリクエストしてきた。

音痴のオレには辛《つら》い要求だ。

「えーっと……」

どう断ろうかと迷っていると、ミーアがオレの手から魔法道具を取り上げた。

「やる」

ミーア先生が優しい音を奏でる。

オレは音痴を披露しないで済んだ事に安堵《あんど》しつつ、ミーアの奏でる楽しげな曲に身を委《ゆだ》ねた。

やっぱり、楽器は聞く方が向いてるね。

温泉宿と和楽器

「なーんか物足りないわね」

迷宮温泉に併設した温泉宿で、アリサがそんな事を言い出した。

「何が足りないんだ?」

「音楽」

オレの問いに答えたのはアリサではなく、ミーアだった。

「音楽か……」

「温泉だったら、和楽器かしら?」

「そうだね」

アリサの言葉に首肯する。

「それじゃ、和楽器の作製はご主人様に任せるわ!」

「琴や三味線か? 作り方なんて知らないぞ?」

アリサが気軽に依頼してきた。

演奏した事があるどころか、テレビ越しに見た事があるだけで、触った事もない人間に無茶ぶりがすぎる。

「見た目が似てて、音がソレっぽかったらいいんじゃない？　楽器なんて音の振動や反響さえあれば大丈夫よ」

アリサが暴言を吐く。

世の音楽愛好家の人達から叱《しか》られそうなセリフだ。

「見た目か……こんなのだったっけ？」

オレは紙に三味線と琴の絵を描《か》いてみる。

「ここがちょっと違うかな？　三味線にフォークギターみたいな穴は空いてないわ。あと弦の振動を伝える駒《こま》は竿《さお》の方じゃなくて根緒——弦を固定する爪《つめ》みたいなヤツの方に付けるの」

「詳しいな、アリサ」

「えへへ〜、和物コスプレの小物を作る時に調べたのよ」

オレが褒めるとアリサが照れる。

「まあ、それっぽい感じに作ってみるか——猫の皮を使うのは三味線の四角い所だっけ？」

「にゅ⁉」

オレがアリサに問いかけるのを聞いたタマが、オレの膝《ひざ》の上で身を起こす。

目が見開いているし、尻尾《しっぽ》の毛も逆立っている。

「にゅにゅにゅにゅ！」

「どうかした——」

人語を忘れたようなタマに問い返す途中で気がついた。

「猫の皮って言ったけど、タマの皮を剥《は》いだりしないから安心して」

そんな猟奇的な趣味はない。

「にゅ〜」

タマが安堵《あんど》の声を出して、オレの膝の上で脱力した。

適当に質感の似た小型魔物の薄い皮を使えば問題ないだろう。

半日近く掛かったが、なんとか琴と三味線っぽいモノを作る事ができた。

和服のミーアが弾く雅《みやび》な琴の音に、楽器作りの疲れが癒《い》やされていく。

いつもはツインテールの髪も、演奏の邪魔にならないように結い上げて、和風の簪《かんざし》を挿してある。

「さすがはミーアだね。素敵だよ」

「ん」

オレの褒め言葉に、ミーアが薄い胸を張った。

ミーアの頭を撫《な》でつつ、オレは振り返る。

「どうしてこうなった……」

「あら～？　旦那《だんな》ってば、照れていらっしゃるのかしら？」

「かしら～？」

「照れ照れなのです」

妙な厚化粧をして日本髪を結った着物姿のアリサに続いて、同じ格好をしたタマとポチがオレの左右から迫る。

「これは何のマネだ？」

「決まってるじゃない！　ゲーシャよ芸者《ゲーシャ》」

ベンベンと三味線を鳴らしながら、アリサが微妙なポーズを取り、タマとポチも一緒に並ぶ。

どうやら、温泉芸者のコスプレらしい。

「マスター、芸者装備を称賛してほしいと告げます」

芸者と言うよりは花魁《おいらん》っぽいコスプレをしたナナや和服美人な感じのリザとルルが部屋に入ってくる。


どうやら、今日は和服デイらしい。

せっかくなので、オレも早着替えスキルの助けを借りて、和服に着替えてみた。

「ご主人様ってば、温泉で芸者遊びをする若様みたいね」

アリサの感想に苦笑いを浮かべつつ、皆でミーアの奏でる和楽器の音色に耳を傾けた。

温泉宿と土産物

「なーんか物足りないわね」

迷宮温泉に併設した温泉宿で、アリサがそんな事を言い出した。

「何が足りないんだ？」

「うーん、そうだ！　お土産コーナーよ！　お土産コーナーが足りない」

オレの問いにアリサが答える。

「確かに、温泉宿には付きものだな」

「そうでしょ！」

オレの返事にアリサが笑顔になる。

「オミヤーゲ～？」

「おみあげって何なのです？」

近くでコロコロしていたタマとポチが首を傾《かし》げる。

「お土産よ。その土地の名産品とか、三角のペナントとか、努力や根性って焼き印された木刀とかよ！」

アリサらしい、昭和なラインナップだ。

三角のペナントは祖父《じい》さんの家で見た事があるが、買った後どう飾るのが正解なのか、今ひとつ分からない品だと思う。

「銘菓や木刀はいいとして、ペナントはいるか？」

「いるに決まってるじゃない！　できればメダルに日付やイニシャルが刻まれる機械も欲しいところね！」

これはオレも東京タワーで見かけた覚えがある。

今でも観光地によっては残っていそうだ。

「それじゃ、皆で手分けして作りましょう！」

アリサの号令で皆が土産物作りに取りかかった。

「ふんふふん～？」

「さすがはタマなのです。ポチも負けないのですよ！」

「木刀の加工を手伝うと告げます」

タマがペナントの下絵を、ポチとナナが木刀を作っていく。

「銘菓ってクッキーや蜜《みつ》菓子だけでいいんでしょうか？」

「やはり保存性のいい干し肉などもあった方がいいかもしれませんね」

ルルとリザはお土産用の食品担当だ。

オレが量産した器をミーアが乾燥させてくれる。

「……■■■　粘土乾燥・改三《クレイ・ドライ・サード》」

やはり、土産物コーナーにはこういう焼き物がないとね。

「ご主人様、ここはダイヤルにしてよ。レトロな方がそれっぽいでしょ——リザさん！　干し肉を追加するなら、魚の干物や燻製《くんせい》も入れましょう！　ナナ、木刀はそんなに刃を鋭利にしないで！」

　アリサは皆のサポートに駆け回り、オレは陶器を作りつつ全体のフォローとアリサ依頼のメダル打刻機の製作を行った。

「なかなか、いい感じなんじゃない？」

「お店～？」

「とってもナイスなのです」

　フンスと鼻息荒いアリサの左右で、タマとポチもアリサをマネして胸を張る。

「——あら？　ご主人様、タマの絵はどうしたの？」

「できが良かったから、大きい絵は宿のエントランスホールに、小さい絵はフロントやロビーに飾ったよ」

　タペストリーはペナント用のタマの絵を元に、オレが染めた糸を織って作った。

　機材があったとはいえ、非常にめんどくさかったので、量産が必要な時は外注にしたいと思う。

　なお、大きい絵は「荒海の舟盛り」、小さい絵は「漂う温泉卵」「寛《くつろ》ぐ温泉饅頭《まんじゅう》」というタイトルの名画だった。

「ねえ、アリサ……」

　おずおずとルルが声を掛ける。

「なに？　ルルお姉様」

　アリサが踊るような声で答えて、ルルの方を振り向く。

「お店はいいけど、迷宮の奥には誰《だれ》も来られないんじゃないかしら？」

「——あっ」

　ルルのもっともな指摘を受けてアリサが固まった。

　他の子達も、「そういえば」という顔で互いを見る。

「いいじゃないか、そのうち役に立つ事もあるよ」

地面に手をつくアリサの傍《そば》にしゃがみ、彼女を慰める。

まあ、お土産コーナーを作るのは楽しかったから文句はない。

この日作ったお土産コーナーが役に立つのは、アリサ達が「階層の主《フロア・マスター》」へと挑んで、ここに大勢の妖《よう》精《せい》族の助っ人達が泊まりに来るまで、あと少しの時間を要する事になる。

なお、お土産物は妖精族の助っ人達に大好評だったとだけ記しておこう。

温泉宿と卓球

「なーんか物足りないわね」

迷宮温泉に併設した温泉宿で、アリサがそんな事を言い出した。

「何が足りないんだ？」

「遊戯施設が足りないと告げます」

オレの問いに答えたのはアリサではなく、ナナだった。

「遊戯施設か……」

「温泉宿だったら、卓球しかないっしょ！」

「まあ、定番だね」

アリサの言葉に首肯する。

「それじゃ、道具作りはご主人様に任せるわ！」

「それはいいけど、卓球のラバー面に何を使うか迷うね」

「適当でいいわよ。それこそ単なる板だって構わないわ」

アリサが気楽に言う。

まあ、競技大会があるわけじゃないし、ピンポン玉を跳ね返せたらそれでいいだろう。

「分かった。作ってくるよ」

「お願いね！　さあ、忙しくなってきたわよ！」

アリサが腕まくりして、部屋を飛び出していく。

——はて？

卓球の道具以外に必要なものなんてないはずなんだけど。

オレは首を傾げながら作業スペースに移動し、適当な木材を取り出して卓球台とラケットを作っていく。もちろん、ピンポン玉もだ。

ラケットのラバー部分に、ボルエナンの森や南洋で手に入れたゴムを使ってみたところ、摩擦係数が高くなり過ぎた為《ため》、使用を断念した。

試行錯誤を繰り返した結果、迷宮蛙《メイズ・フロッグ》の皮を使うのが最適だと分かった。

なお、ピンポン玉は弾力性のある迷宮団栗の殻を、樹霊珠で薄くのばしてピンポン玉サイズに加工したヤツだ。

丁度良い弾み方になるように調整するのに苦労した。


「臭い」

「ごめんごめん。でも助かったよ。ありがとミーア」

「ん」

卓球台のニスを乾かすのをミーアに手伝ってもらい、予定より早く卓球の道具ができあがった。

「——って感じでやるの。分かった？」

アリサから卓球の説明を聞いた皆が、ラケットを片手に頷《うなず》いた。

やはりアリサは説明が上手い。

それはいいのだが——。

「ところで、アリサ。どうして、皆、浴衣姿なんだ？」

「何言っているのよ。温泉卓球のユニフォームは浴衣に決まっているでしょ！」

決まっていないと思うが、ここまで力説されると否定しにくい。

「最初は私の番だと告げます」

無表情ながら、わくわくした雰囲気を纏《まと》ったナナがラケットを構える。

最初の内こそ場外ホームランを連発したナナだったが、数回の試行錯誤で力加減を学習して、普通に遊べるようになってきた。

「稲妻レシーブと告げます」

いや、稲妻でも回転でもいいけど、もう少し大人しく打とうよ。

さっきからナナの浴衣が緩んでいて、谷間がヤバイ感じに覗《のぞ》いている。

――おっと、いかんいかん。

被保護者の身体《からだ》に見とれてどうする。

「ナナ、胸元がはだけているから、直しなさい」

「イエス・マスター」

ナナが首肯して浴衣を――なぜ脱ぐ。

「ちょ、ちょっと、ナナ！」

「どうかしましたか、と問います」

一度、帯をほどいたナナが、ゆったりと浴衣を直して帯を結び直す。

もちろん、すぐに視線を逸《そ》らしたが、床に映る影がその動きを教えてくれていた。


「マスター、勝負再開だと告げます」

なんでもない顔で打ち始めたナナに接待卓球で花を持たせ、順番に皆で遊んだ。

ハプニングは何度もあったけれど、それも含めて楽しい一日だった。

やっぱり、温泉にはゆるい卓球が合うね。

温泉宿と庭園

「なーんか物足りないわね」

迷宮温泉に併設した温泉宿で、アリサがそんな事を言い出した。

「何が足りないんだ？」

「あーと～？」

オレの問いに答えたのはアリサではなく、オレの膝《ひざ》の上で丸くなっていたタマだった。

「そう！　それよ！」

「温泉宿にアートなんてあったっけ？」

今ひとつイメージできない。

「玄関に絵を飾ったり――」

「それなら、もうあるだろ？」

前にタマ画伯が描いてくれた名画「荒海の舟盛り」を飾ってある。

「だったら、庭園よ！　温泉宿には庭園が付きものじゃない！」

「枯山水とか？」

「それもいいけど、温泉宿なら岩と樹木のコラボに、灯篭《とうろう》や池をトッピングした感じの方が定番だと思うの」

確かに、綺麗《きれい》に剪定《せんてい》された樹木や大きな自然石で飾られた庭が多い記憶がある。

「客室から見える景色も殺風景だし、皆《みんな》で庭園を整えようか」

オレ一人でやっても数時間でできるけど、こういう事は皆でやった方が楽しい。

どんな庭がいいかを皆で楽しく協議し、翌朝から着工となった。

「ご主人様、一晩でやっちゃったの？」

「基礎工事だけだけどね」

後は皆で、昨日の打ち合わせ通りに植栽や岩を配置していくだけだ。

「まあ、いいわ。皆、工事開始よ！」

アリサの宣言で造園をスタートする。

「えっさほいなのです」

「えいほ～？」

「ハイホーではないかと問います」

ニッカポッカ風の作業着にタオル鉢巻きを装備したタマ、ポチ、ナナが植木を運ぶ。

「リザさん、すごいですね」

「これくらいはタマやポチでも運べますよ」

大きな自然石を運ぶリザを見て、ルルが目をまん丸にして驚きの声を上げた。

異世界に慣れて麻痺《まひ》していたけど、女の子が一人で自分と同じ大きさの岩を運ぶのはなかなか異様な光景だ。

「ミーア、剪定前に精霊魔法で樹木を根付かせてくれる」

「ん。■■……」

造園計画書を片手にアリサが指示を出している。

池に渡した橋が一度崩落したりと、多少のトラブルはあったものの、夕方までにはそれらしい感じの庭園が完成した。

今日は庭園がよく見える部屋で、夕飯にしよう。

「あれ？　アリサは？」

「呼びに行ってきます！」

ルルがそう言って資材置き場の方へと駆けていく。


何しに行っているのか知らないが、レーダーに映るアリサの光点もそこにあるから、しばらくしたら戻ってくるだろう。

そう思ったのだが、一向に戻ってくる気配がない。

アリサだけでなくルルもだ。

「ちょっと見てくるよ。皆は食事の前にお風呂《ふろ》にでも入っておいで」

オレはそう仲間達に言って、資材置き場へと向かった。

「アリサ、鎖骨の形はもっとこうよ」

「さっすがはルルお姉様！　鎖骨の第一人者だけあるわ！」

前方から聞こえる不穏な会話に足を速めると、オレの実寸大裸像を作るアリサと赤い顔でアリサに意見するルルの姿があった。

「……何をしている」

言い知れぬ脱力感に堪えながら、二人に声を掛ける。

「ご、ご主人様！　ち、違うんです！」

びくっと振り返ったルルが必死で言い訳する。

「えへへ、やっぱ庭園には目玉がないとダメじゃない？」

一方でアリサは悪びれた様子もない。

「肖像権の侵害だ」

オレはアリサの頭に軽く拳骨《げんこつ》を落とす。

「ぐっはあああ」

大げさに痛がるアリサをスルーして、裸像はストレージへと収納した。

さすがに力作を破壊するのはかわいそうだったからだ。

「さあ、晩ご飯にしよう」

「はあい」

「はい！　腕によりをかけて作ります！」

オレは意気消沈するアリサと、何かを誤魔化《ごまか》すように快活なルルを連れて宿へと戻った。

なお、アリサが裸像を置く予定だった場所には、タマ先生の新境地、「肉達の饗宴《きょうえん》」という肉料理石像が設置された。

うん、実にうちの子達らしい庭園だね。

エチゴヤ商会セリビーラ支店

「えへへ～」

エチゴヤ商会セリビーラ支店の長屋で、同僚のモコナが日に焼けた顔にニカニカと気持ち悪い笑みを浮かべていた。

「なんすか？　えらく上機嫌っすね」

「聞いてよ、ネル！」

モコナがハイテンションのままバンバンとあたしの背中を叩《たた》く。

「痛い！　痛いっすよ、モコナ！」

モコナは元運搬人をしていたせいか力が強い。

立ち話してると怪我《けが》しそうなので、部屋に呼んで板の間に敷いたゴザを勧める。

「あー、ごめんごめん。親方に褒められたのが嬉《うれ》しくってさ」

ゴザの上に腰掛けたモコナに、湯冷ましの水が入ったコップを渡す。

「親方って、養護院の子供達に木工を教えている元親方のご隠居っすか？」

「ぷっぱー。そう、その人。筋が良《い》いって。その気があるなら、現役の親方に弟子入りできるように紹介してくれるっていうの！」

モコナが水を飲み干して、おっさんくさい息を吐いた後、話を続けた。

「そりゃ凄《すご》いっすね！」

本当に凄い。

職人の親方はたいてい女が弟子に入るのを嫌がる。それになにより、親方に弟子として紹介するって事は、ご隠居がモコナの保証人になるって事。

「よっぽど、気に入られたんすねぇ」

「えへへ～、これも木工の基礎を教えてくれたサトゥー様のお陰よ」

モコナが続けて「もちろん、命を救ってくれた上に、エチゴヤ商会っていう生きる場所を与えてくださったクロ様が一番だけどさ」と続ける。

「いつの間に若様から木工なんて教わったんすか？」

「ほら、タコヤキ用の屋台を新しく作るって話があったじゃない？　あの時にポリナ支店長がサトゥー様に相談したら、作り方を教えてくれるって話になったのよ」

知らなかった。

「凄かったわよ～。最初以外は要所要所で教えてもらうだけだったんだけど、面白いように上手《うま》く工作できるようになっていくの！」

モコナも凄いけど、若様も凄いっす。

「あたしも教わりたかったっす！」

「いいじゃん。あんた達、屋台班は料理や計算を教えてもらったんでしょ？」

「それはそうっすけど……」

調理はルルちゃんに、計算はルルちゃんの妹のアリサちゃんに教えてもらった。

「ちょっと聞いて！　あたしの作ったピックアックスが売れたの！」

「えー、あんたも？　あたしも煙玉が売れたんだよ」

「へへん、あんたら遅いのよ、私なんて、日干しレンガの定期契約結んできたんだから！」

長屋の入り口の方から、商会の仲間達の声が聞こえてきた。

「なんか、他《ほか》の子達も凄いね。あたしも負けてられないわ！」

モコナがそう叫んで立ち上がる。

「ネル、いるかしら――」

「おっと、ごめんね、支店長！」

部屋に入ってきたポリナさんとぶつかりそうになりながら、モコナが部屋を飛び出していく。

「ずいぶん元気ね」

ポリナさんがあたしを見る。

「もしかして、ポリナさんもなんか良いことがあったんすか？」

「よく分かりましたね」

皆、あたしを置き去りにしてどんどん成長していくっす……。

「実はクロ様に命じられて王都に行くことになったの。それで――」

まさか、あたしが次の支店長っすか⁈

「何人か王都に連れて行くから――」

違ったっす。


まあ、柄じゃないのは分かってたっすけどね……。

「喫茶店の人員が足りないの」

――喫茶店？

エチゴヤ商会セリビーラ支店で開店させたお洒落《しゃれ》な店で、女給さんの制服が凄く可愛《かわい》いんっすよ。

「あなた、確か喫茶店のメイド服が着たいって言っていたわよね」

「もしかして――」

ポリナさんが頷く。

「やったぁあああああああっす！」

憧《あこが》れの制服が着られる！

「ちょ、ちょっとネル！」

あたしはポリナさんの腕を取って踊り出す。

踊り疲れて止まる頃《ころ》には、仲間達に感じた劣等感なんて綺麗に消え去っていた。

やっぱり、あたしに悩むのは向いてないっす。目の前の事を愚直にやっていくのが、あたし向きっす！

大きな篭《かご》と小さな篭

「新人ちゃん、そろそろ出発みたいっすよ」

エリーナさんが私を呼ぶ。

どこかに行っていたタマとポチが、篭を背負って戻ってきていた。

「今日も芋や豆を狩るっすか？」

「違う～？」

「これは戦利品を持って帰る為の篭なのです」

エリーナさんの質問に二人が答える。

そういえば前に芋や豆を狩りに行った時に、運搬人の子供達が背負っていた篭よりも二回りほど小さな篭だ。

「私達の篭はないんですか？」

「あい」

「今日はカリナやエリーナ達の修行だから、余計な荷物はポチ達が持つのです」

「戦利品用っすよね？　そんな小さな篭二つで大丈夫っすか？」

「いえす～」

「蟻《あり》さんの肉は毒があって食べられないから、これで十分なのです」

まあ、毒がなくても蟻は食べたくない。

「大きい篭の方が戦利品の回収漏れがなくていいんじゃないっすか？」

「大きなツヅラを選んだおじいさんはお化けに酷《ひど》い目に遭わされちゃうのですよ」

首を傾《かし》げる私達に、ポチが「大きなツヅラと小さなツヅラ」という話を教えてくれた、欲をかきすぎると酷い目に遭うという教訓らしい。

「もう！　戦利品なんてどうでもいいですわ！　そんな事よりも、早く行きましょう！」

カリナ様にせかされて私達は迷宮へと出発する。

薄気味悪い回廊を長々と進み、ようやく目的の迷宮蟻《メイズ・アント》が出る場所へとやってきた。

「うおりゃあああですわ！」

カリナ様が大きな剣を小枝のようにブンブン振り回して、迷宮蟻を吹き飛ばす。

事前に士爵様に聞いた話だと、迷宮蟻は一般的な兵士くらいの強さらしいので、ラカさんで強化されたカリナ様の敵ではない。

「こあっこあっこあ～」

「回収なのです」

タマとポチが嬉々《きき》として魔核《コア》を回収する横で、私とエリーナさんもカリナ様が倒し損ねた死に損ないの迷宮蟻に止《とど》めを刺していく。

「それにしても、蟻の数が多いっすね」

「もしかして、蟻の巣に入り込んでいるんじゃないですか？」

「だいじょび～」

「蟻の巣に入ってたら、どっちを見ても蟻ばっかりになるからすぐ分かるのですよ」

できれば、蟻に包囲される前に気付いてほしい。

「くっ、このっ！」

カリナ様の一方的な攻勢が止まった。

今までの蟻よりも大きくて強そうな蟻が、カリナ様と激しい攻防を繰り広げている。

「カリナ～、がんば～」

「強敵を叩き伏せてこそ、今日のお肉が美味《おい》しくなるのですよ！」

タマとポチが応援しながら、カリナ様に襲いかかろうとしていた新手をポコポコと倒していく。

「エ、エリーナさん、あれって……」

「雑魚みたいに見えるけど、カリナ様が戦っているのと同じ種類っすよね？」

エリーナさんにこくりと頷《うなず》く。

あんなに小さくて可愛くても、ミスリルの探索者証は伊達《だて》ではないみたい。

「新人ちゃん、あたし達はカリナ様に加勢するっすよ」

「はい！」

あまり役に立たなかったけれど、激闘の末、カリナ様が戦っていた強敵を倒す事ができた。

その後も戦いを重ね、カリナ様が体調不良で倒れたところで狩りが終了となった。

「金貨！　金貨っすよ！」

迷宮の出口で魔核や迷宮蟻関係の素材の売却額を見て、エリーナさんと二人で抱き合って驚く。

凄い金額だ。私達、領軍兵士の何ヶ月分もの給料に匹敵する。

「し、新人ちゃん……迷宮の中にいっぱい素材を捨ててきたっすよね？」

「はい……」

あれを持てるだけ持って帰ってきていたら、今頃大金持ちになっていたかもしれません。

少なくとも大きな籠だったら、小さな籠の二倍、いえ三倍は持って帰れたはず。

「今度は大きい籠を持って行くっす」

「ポリナさんも誘っていきましょう！」

お金に目がくらんだ私は、エリーナさんと一緒に気炎を上げた。

私の脳裏に「大きなツヅラ」の物語がよぎったが、「大は小を兼ねる」という素敵な諺《ことわざ》で誤魔化した。

何はともあれ、もうちょっとカリナ様達の役に立てるように自主練に励もうと思う。

もちろん、エリーナさんも道連れにね！

てんしょく

「イルナ先生！　素振り終わりました！」

あたしは探索者学校の校庭で、生徒達からの報告を受ける。

「よし！　今日の訓練はこれで終わりだ。夕飯までは自由時間とする。よく身体《からだ》をほぐしておけよ！」

「「はい！　ありがとうございました！」」

しごかれて死にそうな顔をしていた生徒達が、笑顔で元気な返事をして水場へと走っていく。

「お疲れ、イルナ先生」

「止《や》めてよ、ジェナ」

相棒のジェナが可愛い顔でニシャニシャ笑いながらタオルを投げてきた。

彼女の授業は先に終わっていたらしい。

「ありがとう」

ふかふかのタオルはすぅっと汗を吸収してくれる。

若様——ペンドラゴン士爵様が用意してくれたタオルは、いつも使っているボロ布とは比べものにならないくらい使い心地がいい。さすがは貴族様のタオルだ。

「今日は久しぶりに、外で晩ご飯食べない？」

「いいけど、珍しいね」

探索者学校にある食堂なら、無料で美味しいご飯が食べられるのに。

「食堂だと、お酒が飲めないからさ」

「ああ、確かに」

食堂は生徒達と一緒だから、お酒の類《たぐ》いは一切置いていない。

文句の付け所のない探索者学校で、唯一の欠点と言えるだろう。

あたし達はラフな格好に着替えてから、探索者達で賑《にぎ》わう「広場」へと向かった。

「制服でもいいじゃん」

「制服だと、落ち着いて飲めないでしょ」

「そう？　人気者になったみたいで楽しいのに」

探索者学校の教師用制服を着て飲みに行くと、若様に取り入りたい商人や探索者、それから探索者学校に入りたい子供達や新人探索者が寄ってくるのだ。


「あ！　イルナ！　ご馳走《ちそう》だ！　ご馳走があるよ！」

ジェナが「買っていこう！」と言って「迷宮蛙《メイズ・フロッグ》の串焼《くしや》き」を買いに行く。

一本大銅貨一枚がいる串焼きは、いつもカツカツで迷宮に潜っていたあたし達にとって、大きく稼げた時に食べるとっておきのご馳走だった。

「えへへ～、六本も買ってきちゃった」

もっとも、それも今は昔の話。

探索者学校の教師は高給取りなので、串焼きくらいは気楽に買えてしまう。

「そこの美人さん！　酒はどうだい？　エール、シードルにベリア酒、なんでもあるよ！」

「とりあえずエール、かな。イルナも同じでいい？」

ジェナから串焼きを受け取りながら「それでいい」と返す。

「じゃあ、かんぱーい！」

打ち合わせたカップを口に運ぶと、少し酸っぱい懐かしい味が口に広がる。

「ふー、美味しー。つっぎはお肉——あれ？　あんまり美味しくない？」

「食堂の味に慣れちゃったからじゃないか？」

若様の所で食べた朝食ほどじゃないけど、探索者学校の食堂もかなり美味《うま》いのだ。

「まーいっか。お酒には合うし」

再び上機嫌となったジェナが肉とエールを堪能《たんのう》する。

「どうしたの？　なんか悩み事？」

ジェナがあたしの顔を覗《のぞ》き込む。

「そんな顔してた？」

「うん。探索者してた時に三日くらい水と雑草だけで飢えを凌いでた時みたいな感じ」

「大した事じゃないよ――」

それで話を終わらせるつもりだった。

でも、久々のエールで酔っ払ったせいか、愚痴が止まらない。

「石に齧《かじ》り付いてでも探索者って仕事にしがみついていた時よりも、教師やってる今の方が成功してるじゃない？　だからさ、あの時の苦労は無駄だったのかなって思ってさ」

「――無駄じゃないよ」


ジェナが断言する。

「若様が言ってたんだけどさ。昔の失敗も思い出したくない辛《つら》い過去も、皆《みんな》、今の自分を形作っている土台なんだって」

――土台か。

確かに、探索者としての経験がなかったら、探索者学校の教師なんてできない。

「だから、イルナの人生に無駄なんてないんだよ――ってなんで、私ってば、こんな恥ずかしいこと言ってるのよ」

ジェナが真っ赤な顔で叫んだ後、「お酒が足りないせいだー！」と叫んで席を立った。

「「先生ー！」」

広場に接した通りからあたしを呼ぶのは、青いマントの卒業生達だ。

「今日は兵蟷螂《ソルジャー・マンティス》を倒したんだぜ！」

「迷宮飛蝗《メイズ・ホッパー》を狩ってたら、湧《わ》き穴から出てきたんだ」

そう言いながら卒業生達が、背負い篭に入った兵蟷螂らしき素材を見せてくれた。

誇らしげな卒業生達を褒めてやる。

「早く行かないと買い取り店が閉まるんじゃないか?」

「うわっ、やばい!」

「急がなきゃ!」

卒業生達が慌てて走って行く。

「あの子ら、一月前は剣の振り方も知らない初心者だったんだよね」

「若いって凄いね」

戻ってきたジェナから新しいジョッキを受け取る。

「何言ってるのよ! あたし達だってまだまだ若いじゃん!」

「そうだね」

「そうよ! これからもガンガン、有望なぺんどらい達を卒業させて、若様に恩返ししないと!」

「本当に、そうだ」

ジェナの言葉に頷いて、もう一度乾杯してからジョッキを傾けた。

気持ちの問題なのか、二杯目のエールはいつもより、ずっと美味しい気がする。


「今日はとことん飲むよ!」

「おー!」

英気を養って、明日からも頑張らないとね!

ミーアの秘密

「ロジー」

あたしの名を呼ぶ声に振り返ると、エルフのミーア様がいた。

あたしがキッチン・メイドを務めるお屋敷で暮らすお嬢様の一人だ。

なぜか、大量の野菜が入った篭を持っている。

「貰《もら》った」

言葉少なに篭を差し出してきたので受け取って、中の野菜を厨房《ちゅうぼう》地下の食料庫へと運ぶ。

「あら？　今日の配達分はもう届いてましたよ」

「これはミーア様がどこかから貰ってきたらしいんです」

食料庫にいたルル様にそう告げると「ああ、またいただいてきたんですね」と答えて野菜を、手際よく食料棚に並べていく。

鮮度が重要なモノはホシツ冷蔵庫とやらに入れていた。


扉を開けると、白い靄《もや》のような冷たい空気が流れてきて、とっても涼しい。

──あれ？　今、ルル様は「いただいてきた」って言ってた？

「買ったんじゃなくて、ですか？」

「ええ、ミーアちゃんはよく農家の方達から野菜やおやつを貰ってくるんですよ」

ルル様が嘘《うそ》を吐《つ》くとは思わないけれど、それほど生活に余裕がないはずの農家の人達が、あんなに山盛りの野菜をくれるなんて──。

「……ロジー……ロジー？」

「はい、ルル様」

余計な事を考えていたせいで、名前を呼ばれていたのに気付かなかった。

「小麦の在庫が足りないから、いつものお店に発注してきてくれる？」

「はい、分かりました！」

あたしはポチちゃんがよくやってるシュタッのポーズで了解し、お使いに出かけた。

──あれ？

曲がりくねった路地の向こうに、淡い青緑色という珍しい髪色の女の子を見かけた。

あれはミーア様だ。

なんとなく気になって、あたしはその後をつけた。

「ミーアちゃん、この間はありがとね。お陰で水路の流れが良くなったよ」

「ん、重畳」

農場で働くおばさんにお礼を言われて、「おやつに食べな」とキュウリを貰っていた。

少し先にあった農家のお庭で鶏と挨拶《あいさつ》をしていたミーア様を見つけたおばさんが駆け寄ってくる。

「あーー！　ミーアちゃん、うちの旦那《だんな》が屋根から落ちたんだ。悪いけど頼めないかね？」

「ん、任せて」

家に近寄って窓から覗くと、ミーア様が水魔法でおじさんの怪我《けが》を治してあげているのが見えた。

家を出る時に、ザル一杯に入った卵を貰っているのが見えた。

その後も、何軒かの家で呼び止められて、魔法で何かしたり、リュートで素敵な音楽を奏でたり、畑を荒らす害獣たちを説得したりしていた。

「御用聞き――じゃないなー」

どう見ても、散歩しているミーア様を見かけた近所の人達がお願いしているだけみたい。

あれだけ色々していたら、たくさんの野菜や卵を貰ったりしているのも納得だ。

「ルル様に教わって料理人を目指しているけど、魔法使いもいいなー」

なんて夢物語を呟《つぶや》きながら、お屋敷へと戻る。

「お帰り、ロジー」

「ルル様！　聞い――」

あたしは挨拶も忘れて、今日知ったミーア様の秘密を聞いてもらおうと語り出す。

「小麦粉はいつくらいに届けてくれるって言ってました？」

――あっ。

「すみません、忘れてました！」

頼まれていたお使いのことを思い出したあたしはお店へと走った。それはもう全力で。

きっと、今までで一番速く走れたと思う。

教導

「私達が教官に？」

「そうだ、ゼナ」

私の前でセーリュー伯爵領軍迷宮選抜隊の隊長である騎士ヘンスが頷いた。

「ペンドラゴン士爵から教授された知識を、他《ほか》の隊員達にも伝えてやってほしい――」

騎士ヘンスが言葉の途中で、何かに思い当たったような顔になった。

「――やはり、士爵から口外しないように言われているのか？」

「いいえ、訓練方法や戦術は部隊の仲間達に開示して構わないと許可を頂いています」

それどころか、サトゥーさんは開拓したばかりの秘密の狩り場さえ、私達も使っていいと言ってくれていた。

「そうか、なら何の問題もないな。まずは魔法兵ノリナの分隊から訓練を頼む。ゼナ分隊と同じ構成の

「すっげぇぇぇぇ！」

ノリナの訓練を見守っていると、中庭で訓練をするイオナさん達が見えた。

どうやら、大盾使いのルウがノリナ分隊の三人の攻撃を一人で捌《さば》いたところのようだ。

——あれ？　一人多い。

よく見ると騎士ヘンスまで攻め手に交ざっている。

「確かに凄《すご》いぞ。それだけの腕があれば、従士にだって推挙できる」

騎士ヘンスに褒められてルウが恥ずかしそうに鼻の頭を掻《か》く。

「あとは乗馬戦闘の訓練と礼儀作法を学べば騎士すら目指せるぞ」

「乗馬は得意だけど、礼儀作法は自信ないなあ」

「ははは、イオナから学べばいい。彼女なら並の貴族子弟より良い教師になる」

「それじゃ、いっちょ目指してみるかな」

照れ隠しに笑うルウは冗談だと思っているけど、騎士ヘンスは割と本気で言っている気がする。

「次はイオナだ！」

彼女達なら教えやすいだろう」

騎士ヘンスの言葉に首肯する。

確かに、私と同じ風魔法を使う魔法兵ノリナの分隊なら、私達がサトゥーさんに教えてもらった通りに教えればいいのであれこれ考えなくて済む。

任務を拝命した私は、その日の午後からリリオ達と一緒に、ノリナ分隊への教導を始めた。

「——はあ？　魔法を維持しながら別の魔法を使うの？」

ノリナが理解不能という顔で私をまじまじと見る。

その気持ちはよく分かるので、苦笑いしつつそれを実演してみせた。

「うわっ、本当にやってる」

「使えるようになると結構便利ですよ」

感心してくれるノリナに微笑《ほほえ》み返し、どんな風に便利かを語って興味を誘ってから、簡単な訓練を始める。

それはサトゥーさんやアリサちゃんが私に教えてくれたやり方だ。

騎士ヘンスが楽しそうに次の戦いを始める。

イオナさんは最初こそ遠慮がちに手加減をしていたけど、本気の騎士ヘンスに釣られて手加減抜きの一撃で騎士ヘンスを吹き飛ばしてしまった。

もちろん、一緒に訓練していたノリナ分隊の盾使いと大剣使いは、早々に二人の剣戟について行けなくなってとっくに降参していた。

「ルウもイオナさんも凄いじゃない。リリオはなんかないの？」

「ヤナっち。あたしは華奢《きゃしゃ》な斥候だよ？　あんな筋肉な連中みたいな斬《き》り合いなんてできるわけないっしょ」

「だよね～」

工兵隊のガヤナと話していたリリオが、ノリナ分隊の斥候と訓練を始める。

私はノリナの訓練を見ていたので、その内容は知らない。でも――。

「リリオの裏切り者～」

ガヤナがそんな言葉を残して走り去ったのを見る限り、リリオも何かやりすぎてしまったようだ。


皆、サトゥーさんの訓練で急に強くなったから、手加減が上手《うま》くいかなかったのだろう。

後でちゃんと言っておかないと――。

「ゼ、ゼナ……もうちょっと手加減して……」

魔力回復薬を飲み干したノリナが息も絶え絶えに訴えてきた。

「――はい」

どうやら、私も手加減が甘かったらしい。反省、反省。

凄い絵の噂《うわさ》

「タマ先生！」

タマを先生って呼ぶのは赤毛のネル。

屋台の看板を描《か》いてあげると喜んでくれる。

「へろ～」

ネルは好き。

手を振って挨拶すると、手をブンブン振り返して
「へろ～っす！」って返事をくれるから。

「これから迷宮に狩りっすか？」

「おふこ～す～」

今日は迷宮蛙じゃなくて、迷宮鋼海老《メイズ・シュリンプ》で「しゅりんぷぅ」な感じ。

「タマちゃん先生ってば今日も可愛《かわい》いわ～」

「可愛いのに強いなんて凄すぎる」

「照れる～？」

ネルの友達が褒めてくれた。

褒められるのはとってもとっても嬉《うれ》しいけど、やっぱりちょっと照れちゃう。


「もうすぐ若様達と王都に行っちゃうんっすよね？」

「あい。楽しみ～」

王都は色んな肉料理があるってご主人様が言ってた。

「やっぱり、王都のお肉？」

「王都の肉料理は高いだけで味は微妙だよ～」

「にゅ！」

ネルの友達が怖い事を言う。

「何言っているっすか！」

タマはネルの方を見る。

本当は美味《おい》しい肉もあるよね？

「タマ先生だったら、王都の美術館で絵画見学っすよ！」

「美術館～？」

肉の話じゃなかったけど、絵も好きだから興味ある。

「王都には凄い絵がいっぱいあるってエルテリーナ様が言っていたっす！」

「支配人は王都生まれの貴族様だからそういうのはよく知っているよね」

ちょっと怖い金髪のヒトかな？

そんな事より――。

「どんな絵～？」

「えーっと」

ネルが質問に答えずに横にいた友達を見る。

「それは――」

友達が「ね！」と言ってもう一人の友達の肩を叩《たた》く。

「え、ええ？　私？」

その子にネル達が頷《うなず》いてみせた。

「そう、凄い絵よ！」

「にゅ？」

よく分からない。

「とにかくとっても凄い絵なの！」

「そうそう！　一度見たら、その絵の前から動けなくなるくらい凄いんだ！」

「それは凄い～？」

どんな絵か想像できないけど、それはきっと凄い絵だと思う。

王都に着いたら、絶対に絶対にご主人様に連れて行ってもらうの。

「二人とも王都出身だったっすか？」

「いや、違うけど」

「タマ先生をからかってたら承知しないっすよ？」

「そんな事しないって。凄い絵があるって支配人が言ってたもん」

なんだか揉《も》めてる。

「喧嘩《けんか》はダメ～？」

だって、喧嘩したらお腹《なか》が空《す》くから。

「喧嘩なんかしてないっすよ」

「タマちゃん先生。王都から帰ったら、どんな絵があったか教えてね」

「あいあいさ～」

ネル達にシュタッのポーズでお約束。

「そういえばタマ先生は狩りに行く所じゃなかったっすか？」

「う～っぷす～」

忘れてた。

「行ってくる～？」

ブンブンと手を振って迷宮へと向かう。

海老《えび》がたくさん獲《と》れたら、絵の事を教えてくれたネル達にも分けてあげよーっと。

今日は海老。明日はお肉。王都に着いたら「凄い絵」。

ご主人様と一緒になってから、毎日がとってもとっても楽しいにゃん。

将来の夢

「将来の夢～？」

「そうよ！　将来どんな大人になりたいか、順番に言ってみそ」

養護院の子供達にアリサが声を掛ける。

「ルル様みたいな料理人になりたい！」

「あたしはミーア様みたいな音楽家！」

「俺はリザさんみたいな武芸者！」

「僕は商人になりたい！」

「あたしはタマちゃんみたいにお絵描きの人になう！」

「俺はポチ達みたいに探索者になって肉を狩ってくる！」

「僕も！」

子供達が口々に将来の夢を語る。

「あーしはひよこ！　ひよこになってナナにかわいがってもあうお！」

「ぼくもひよこがいい！」

最年少の幼児達の回答は少し変だったが、年長の子達も馬鹿《ばか》にする事なく一緒に笑顔になる。

「タマとポチは？」

「タマは忍者～？」

「ポチはお侍様か勇者様になりたいのです！」

アリサに話を振られた二人がぴょこんと手を挙げて答える。

「タマは画家に興味ないの？」

「画家～？」

「絵を描いてお金を貰《もら》う人よ」

「にゅ？　お金は別にいらない～？」

タマが首を傾《かし》げる。

「そうなの？」

「あい」

タマがこくりと頷く。

彼女にとって、絵を描いた対価は金銭ではなく、受け取った人の笑顔と「ありがとう」という感謝の言葉で十分なようだ。

「ポチはサムライや勇者以外になりたいモノはないの？」


「それ以外、なのです？」

ポチが首を傾げる。

「タマのお絵描きみたいなの」

「むむむ、なのです」

腕を組んだポチが、眉《まゆ》をループさせそうなほど悩む。

「そんなに悩まなくても。好きな事でいいのよ？」

「ポチはお肉がいっぱい食べられる人になりたいのです！」

ポチのお馬鹿な発言に、子供達が「僕も」「あたしも」と同意の声を上げる。

やはり、いつの世も、子供達は肉が大好きなようだ。

「あはは。またポチ達と狩りに行ってきたら、ちゃんとお裾《すそ》分《わ》けするわよ」

アリサがハイ！　ハイ！　と手を挙げる子供達を宥《なだ》め、ポチの方に顔を向ける。

「そうね――小説家は？」

「小説家、って何なのです？」

「物語を書く人よ。前に絵本を作った時に、ポチが一番自由なお話を書いてたじゃない」

説明後、アリサが小説家を薦めた理由を続けた。

「おう、いえす〜。ポチの物語は世界一〜？」

「そ、そんなに褒めても何も出ないのですよ」

ポチは照れながら、とっておきの「くじらジャーキー」を妖精鞄《ようせいかばん》から取り出して、タマの口に押しつけた。タマが「ばりま〜」と感想を呟く。

「いや、出してるじゃん」

アリサのツッコミをかき消すように、子供達がポチを褒め始めた。

「タマちゃんだけずるい！」

「俺達もポチを褒めるぞ！」

「「「うん！」」」

「ポチちゃんの物語は最後まで予想が付かなくて面白い！」

「終わり間際で初登場のキャラが強すぎ！」

「思わせぶりな登場キャラは終盤で忘れ去られるけど、話が面白すぎてそれに気付かないところがすごい！」

「おーしろい！」

「もっと読みたい」

「そんなに褒めたらポチも困っちゃうのです」

ポチが妖精鞄から取り出した各種ジャーキーを子供達に「一つずつなのですよ」と言って配る。

どうやら、ポチはおだてに弱いようだ。

「なんか批判の方が多かった気が……」

皆《みんな》、ジャーキーを味わうのに夢中で、アリサの呟《つぶや》きに反応した者はいない。

「そういえばアリサは？」

「ほへ？　わたし？」

「うん、アリサの将来の夢は？」

「決まってるじゃない！　ご主人様のお嫁さんよ！」

アリサが握りこぶしで宣言した。

「さて、オチも付いたところで、ドロケーの続きしようぜ」

「やっぱ、アリサはお約束がよく分かってるよね」

腰を上げた子供達がパンパンとお尻《しり》の土埃《つちぼこり》を払って駆け出す。

「いや、違うから！　オチとかじゃないし！」

アリサの必死の叫びに応《こた》える者はいない。

「今世は絶対に大好きな人のお嫁さんになるのよぉおおおおおお！」

養護院の広場にアリサの絶叫が響き渡った。

ワインの村

「もう村は終わりだ」

そんな言葉が村の集会所に満ちていた。

半月ほど前に、領都レッセウが魔族に滅ぼされてから、悪い事ばかりが起こる。

「ねぇねぇ、シシナ姉ちゃん」

窓の外から集会所の中を覗《のぞ》いていた私の服を村の子供達が引っ張る。

「村を捨てるって大人が言っているよ」

「僕らはホセウの街まで行くの？」

「うん、たぶんね」

不安そうな子供達に頷く。

この村の者は「レッセウの血潮」っていうワインを造るのを生業《なりわい》としている。

大人達の会話を聞いていると、村で作るワインは特別美味しいっていうわけじゃないみたいだから、街の酒造で雇ってもらえるかは微妙らしい。

「俺は村を捨てないぞ！　あの葡萄《ぶどう》畑は祖父《じい》さんの

祖父さんが死ぬ想《おも》いで開拓した場所なんだ！　それを捨てて生き永らえたって意味なんてない！」

村で一番美味しい葡萄を作るブリミさんが叫ぶのが聞こえた。

「だが、逃げねば魔物達に殺されるぞ」

お父さんがブリミさんを説得する。

「だけど、村長！」

「魔物が巣を作ったのは裏山だ。早く逃げる準備をしないと足の遅い子供や老人達が真っ先に喰《く》われるんだぞ」

反論しようとする人に、お父さんが村を捨てる理由をもう一度語る。

葡萄畑を荒らしていた魔物を退治した後、狩人のトドンさんが魔物の痕跡《こんせき》を追跡して分かった事だ。

「シシナ姉ちゃん、怖いよ」

すがりついてくる村の子供達を抱きしめる。

「大丈夫よ。ちゃんとホセウの街まで逃げられる」

「本当？」

「うん、お姉ちゃんが守ってあげる」

不安がる子供達に空元気で微笑《ほほえ》んでみせる。

「お姉ちゃんは怖くないの？」

「当たり前よ！　これくらいでびびってるようじゃ村長の娘は務まらないんだから！」

嘘《うそ》だ。

私も怖い。

「――何か取り込み中か？」

私の後ろから聞き覚えのない声がした。

振り返ると、頬傷《ほおきず》がある白い髪の男の人が立っていた。

のっぺりした仮面で顔の上半分を隠していて、なんだか怪しい人だ。

「おじさん、傭兵《ようへい》？」

「違うよ、行商人だよ。武器をもってないもん」

「行商人は仮面なんてしないよ」

口々に言う子供達を下がらせて私が男の人の前に立つ。

「取り込み中です。村の近くに魔物が巣を作ったんです」

「魔物の巣？」

男の人は特に驚いた様子もなく周囲を見回す。

「ああ、裏山に大牙蟻《ラージ・ファング・アント》の巣ができたのか……。小規模だが、村人だけで対処するのは難しそうだ」

「巣、巣の事を知っているんですか?」

もしかしたら、この人が村の近くに魔物の巣を――。

「――え?」

男の人が綺麗《きれい》な宝珠を取り出してぶつぶつ言うと、魔法使い様が使う透明な矢が現れた。

それも一本じゃない。王祖様の物語にあるみたいにたくさんだ。

無数の矢が凄《すご》い速さで裏山へと飛んでいく。

「安心しろ。巣の魔物は全《すべ》て倒した」

「えええっ」

驚く私に笑顔を残し、男の人は集会所の中へと入っていく。

後から教えてもらったけど、男の人の名前はクロ――「勇者の従者」クロ様。

クロ様は村で作っている「レッセウの血潮」を全て買い上げてくれた上に、「今後、村が魔物に脅かされないように」と、村や葡萄畑を囲むように頑丈な外壁と六体もの石像――石ゴーレムを村の守りに配置してくれた。

お陰で、あれから村は平和だ。

「シシナ姉ちゃん、今日も守護獣様達にお供えするの?」

「うん、クロ様との約束だもの」

守護獣様――猫、犬、蜥蜴《とかげ》、鳥、兎《うさぎ》、猿を模したゴーレム達。

私は今日もお花を供えて、美味しい葡萄の実りを祈り、クロ様に感謝を捧《ささ》げる。

「シシナ! 皆、集まってるぞ!」

「すぐ行くー!」

今日からは私も葡萄踏みでワイン造りに参加する。

頑張って最高のワインを作るんだ。クロ様が美味しいって言ってくれるように!

～ナナと姉妹の日常～

ナナのヌイグルミ修行

「ご主人様～？」

「見て、見てなのです！」

王都邸の庭でお茶を楽しんでいると、タマとポチが人形を持って駆けてきた。

「可愛《かわい》い人形だね」

「にへへ～？」

「ナナが作ってくれたのです！」

ナナが迷宮都市で子供達の好感度を上げる為《ため》に練習した人形作りは、オレの知らない間に円熟の域に達していたようだ。

最初の頃《ころ》のクリーチャーが裸足《はだし》で逃げ出す造形から長足の進歩と言える。

「あ、アリサとミーアなのです！」

「見て、見て～？」

窓の向こうにアリサとミーアを見つけた二人が、人形を自慢しに走っていった。

「マスター」

エプロン姿のナナがオレの下にやってきた。

「相談があると告げます」

新作の人形を見せに来たのかと思ったが、違ったらしい。

「子供が喜ぶ新しい見本が欲しいと告げます」

「見本？」

タマとポチが持っていた人形を見る限り、そんなモノが必要だとは思えない。

そうナナに告げると、ナナの部屋に連れて行かれた。

――うわっ。

部屋に飾られたヌイグルミや小物の大半は普通に可愛いのだが、作業台横の棚に並べられた人形はバランスがおかしい。

「昔の作品かい？」

幾つかは迷宮都市の屋敷で見た覚えがあったので、そう尋ねてみた。

「これとこれは最新作だと報告します」

それは「ヒヨコのような何か」と「イルカのような何か」だった。

――これが最新作？

オレの脳裏にさっきタマとポチが持っていた、可愛い人形の姿がよぎった。

それと同じ人形が部屋に飾られているのを見つけた。

「もしかして見本っていうのは――」

「イエス・マスター」

オレが全てを言う前にナナが首肯する。

「状況理解」

「自分で作ると変な人形になっちゃうのね」

そう言ったのは部屋の入り口から顔を出したアリサとミーアだ。

「アリサ、『変な人形』というのは傷付くと抗議します」

無表情なので分かりにくいが、心持ちしょぼんとした声でナナが言う。

「ごめんごめん。それでご主人様の作る見本が欲しかったのね」

ナナが「イエス・アリサ」と答える。

「でも、見本のマネばかりじゃ上達しないんじゃないか？」

「そんな事ないわよ」

「ん、模倣大事」

「そうそう、模倣をする内に、徐々に自分のカタチができてくるんだから。ご主人様だってそうでしょ？」

そう言えばそうだな。

オレもプログラムを学び始めた時は本に書かれたプログラムのパラメータをいじる事から始めたっけ。

「なら、色んな見本を作ってあげるよ」

オレは象やキリンなど地球でしか見た事がない動物に加え、ペンギンやユニコーンなどの子供達に人気が出そうなのも色々と作った。

「可愛い」

「これなら子供達からもモテモテね」

「マスター、感謝しますと告げます！」

感激したナナがオレに抱きついてきた。

「ぎるてぃ」

「ちょ、ちょっと、ナナ！　おっぱいを押し付けるのはギルティよ！」

「合法なのでギルティではないと告げます」

ふかふかな感触を満喫する時間はすぐに終わり、ナナは人形作りを始めた。

模倣から始めるのがナナに合っていたのか、レパートリーが増えただけで終わらず、アレンジ・バージョンも作れるようになっていった。

でも――。

「にゅ！」

「魔物の人形なのです！」

完全オリジナルは、まだまだ先のようだ。

姉妹の修行風景：№8

「テイムですかと問います」

ナナ姉妹の末妹、№8ことユィットが無表情に言う。

「うむ、双曲刀の訓練も続けるが、お前には調教師《テイマー》の才能もある。眠らせておくには惜しい才能だ」

ユィットの師匠をしているエルフのポルトメーアがそう言ってから、後ろで見学していた人物を呼んでユィットに紹介した。

「こいつはエプル。猿人族の調教師だ」

「たしか蜘蛛《くも》の魔物を支配して移動に使っていたのだろう？」

「クモ助は友達だと否定します」

僅《わず》かに気分を害した口調で、ユィットが答える。

「すまんすまん。その友達を作るのをテイムって言うんだ」

「なるほど、と理解を示します」

「魔物は人族やホムンクルスよりも体力や耐久力が

高いからな。種類によっては盾役や偵察役も任せられる」

まずは仲良くなるコツから教えてやる、とエプルが言う。

「何をテイムする？」

「何でも良いのですかと問います」

「ああ、お前が気に入った相手なら構わん。最初は小さくて大人しいのにしておけよ」

「イエス・エプル」

ユィットは周囲を見回す。

「——ヤメロ。オイラヲ、ツカムナ」

「これにしますと報告します」

ユィットの手の中で、乱暴に掴《つか》まれた羽妖精《ようせい》が暴れる。

「いや、羽妖精はダメだ」

「小さいですよと確認します」

「小さいが、ダメだ。ヒトは種族を問わずテイムできん」

エプルに言われたユィットが首を傾《かし》げる。

「オイ！　ハナセヨ！」

「残念だと告げます」

ユィットが手を開くと羽妖精がビュンッと音がしそうな速度で逃げていった。

「最初はリスやウサギやハトあたりから始めるといいだろう」

エプルの勧めに従って、調教師の訓練を始めたのだが——。

「むむむ、これは予想外だ」

リスに噛《か》まれ、ウサギに後ろ足で土をかけられ、ハトにはフンを落とされる結果となった。

「テイムは向いていないと告げます」

ヘソを曲げたユィットがそっぽを向くと、エプルもそれ以上は強要せず、今日の訓練は終了となった。

「アレは——」

森を散歩していたユィットが、木々の向こうに姉妹を見つけた。

「トリアは遂《つい》に幻獣を捕らえたと宣言します！」

そこにいたのは№3ことトリアだ。

「トリア、何を捕まえたのですかと問います」

「ユィット！　トリアは捻《ねじ》れ角を捕まえました！」

トリアが蜘蛛の巣のような罠《わな》に捕らえられた捻れ角こと捻角獣《ジュルラホーン》を見せる。

「捻れた角がとっても強そうだと主張します」

ふてくされたようにそっぽを向いていた捻角獣がユィットをちらりと見た。

「白い毛が素敵だと告げます！　少しだけ触っても良いですかと問います」

捻角獣が顔を背けた後、チラリとユィットを見る。触って良いようだ。

「ふわふわで凄く手触りがいいと告げます！」

ユィットが興奮して言うと、捻角獣が少し得意そうに目を細めた。

「――あいつ、あの気難しい捻角獣に触りやがった」

「やっぱり、調教師の素質がありそうだね」

「ええ、あとは経験を積めば良い調教師になるでしょう」

師匠達の会話など気にした様子もなく、ユィットは楽しげに捻角獣との友好を深めていた。

ユィットが調教師として名を上げるのも、そう遠くない未来の事だろう。

「……トリアは、トリアは少し寂しいです」

なお、ふてくされたトリアを宥《なだ》めるのに、ユィットが苦労した事を追記しておく。

姉妹の修行風景：№３

「師匠！　トリアの罠に獲物が掛かっていると報告します！」

　ナナ姉妹の三女、№３ことトリアが嬉《うれ》しそうにぴょんぴょん跳ねる。

「トリア、静かに。あまり騒いでは罠に掛かった獲物が暴れ出すよ」

　トリアの指導をするボルエナンの森のエルフ、ヒーヤことヒシロトーヤがトリアに注意を促す。

「了解です、師匠。トリアはサイレントモードに移行します」

「それでいい。見なさい、罠に掛かっても獲物はまだまだ抵抗を諦《あきら》めていない」

　ヒーヤの言葉にトリアがこくこくと頷く。

「だから、遠くから素早く倒す」

「トリアは獲物を疲れさせてから仕留めれば良いと思います！」

「それも手だが、ネーアの話だと疲れさせてから倒すと味が落ちるそうだ」

　トリアの目がくわっと開かれる。

「それはダメです！」

　料理人を目標とするトリアには看過できない事だったようだ。

「トリア、静かに」

　ヒーヤに注意されて、トリアは大声を出した事に気付いて、空いている手で口を押さえた。

「トリアは反省しています」

「いい心がけだ。それじゃ、仕留めよう。大猪《おおいのしし》の頭蓋骨《ずがいこつ》は固いから、心臓を狙《ねら》うといい」

「トリアの刃槍《ブージ》なら頭蓋骨も割れますよ？」

　トリアが背負っていたミスリル製の刃槍を見せる。

　森の中の移動で、幾度も木々や藪《やぶ》に引っかけながらも頑《かたく》なに持ち歩いていたトリアの愛用武器だ。

「振り下ろせればね」

　ヒーヤが枝が張りだした木々を指さす。

「トリアは理解しました。突きこそ正義だと宣言します」

　身体《からだ》を低くしたトリアが、罠に掛かった獲物――

ボルエナン大猪に躍りかかる。

ブモッと一声吼《ほ》えた大猪が鼻先のキバでトリアを威嚇するが、長い旅《クエスト》の間に数多《あまた》の魔物と相対したトリアを怯《ひる》ませる事はできなかった。

頭部を狙った刃槍の突きが大猪の頭蓋を滑り、トリアの無防備な脇腹《わきばら》に大猪のキバが迫る。

「罠に捉《とら》えたと告げます」

トリアの額に魔法陣が浮かび、理術による「魔法の矢《マジック・アロー》」が大猪の眼前に現れる。

それは大猪が首を振って避《よ》ける暇も与えずに、その眼窩《がんか》を射貫《いぬ》いて見せた。

どうやら、彼女は最初からこれを狙っていたようだ。

「師匠、やりました！」

「お見事」

絶命した大猪の前でトリアが勝利のポーズを取る。

「でも、飛び道具を使うなら、離れた場所から狙撃《そげき》した方がいいよ」

「トリアは浪漫を求めてしまったと反省します」

「ははは、浪漫はいいけど怪我《けが》をしないようにね」


ヒーヤがそう言って、事切れた大猪に歩み寄る。

「解体は水辺がいいから、宝物庫《アイテムボックス》に収納するよ。手伝って」

「イエス、師匠」

理術による身体強化をしたトリアが、数百キロはありそうな大猪を持ち上げてヒーヤのアイテムボックスへと収納した。

「浪漫が好きなら、人族が好んで使っていた遅延術式を教えてあげようか？」

「どんなモノですかと問います」

「術理魔法を罠のように使うんだ。里では複数の遅延術式の罠を上手《うま》く配置して、連鎖《コンボ》させるのが流行《はや》っていたんだ。上手く繋《つな》がると、けっこう楽しいよ」

「トリアは！　トリアは興味があります！」

トリアがぴょこんと片手を上げて宣言する。

罠の連鎖というのが、トリアのツボに入ったようだ。

「あとで幾つか見せてあげるから、その中で気に入ったのを覚えればいい」

「でもでも、トリアは術理魔法が使えないと報告します。見るだけしかできないなんて、トリアは残念無念です」

しょんぼりとするトリアに、ヒーヤが「大丈夫」と告げる。

「サトゥー君がナナの理術強化に使っていた調整槽があるから、そこで理術の空きスロットにインストールするといい」

術理魔法とトリア達が使う理術は互換性が高い。

「それはとっても素敵な提案だとトリアは思います！」

未来の自分を想像して、トリアが笑みを浮かべる。

「師匠！　すぐ行きましょう！」

「待って、待って。調整槽は準備がいるから何日か後だよ。アディーンの許可も貰《もら》わないとだしね」

ヒーヤがトリアの長姉であるNo.1ことアディーンの名を挙げる。

「今日は大猪の処理をしよう。きっとネーアも待っているよ」

「そういえばそうでした！　トリアはうっかりしていたと告げます」

すぐに思考が料理に切り替わったトリアが、解体に適した水辺へと足を向けた。

その脳裏にはすでに遅延術式の事はなく、大猪をどんな風に料理するかに占領されていた。

「皆《みんな》で食べようトンカツ、しゃぶしゃぶ、豚丼、ぼたん鍋《なべ》～。忘れちゃいけない酢豚に生姜《しょうが》焼き～」

トリアが即席で作った「猪料理の歌」を歌う。

「「「食べきれない分は、ハムやソーセージにしちゃえ～」」」

ヒーヤがアイテムボックスから取り出したリュートで曲を奏で、歌を聞いて集まった羽妖精《ようせい》達がトリアの歌に合わせて合唱を始めた。

「「「青椒肉絲《チンジャオロース》と角煮もお勧めさ～」」」

笑顔のトリアが楽しそうに羽妖精達とダンスを踊る。

ボルエナンの森は今日も賑《にぎ》やかなようだ。

～王都周辺でのサトゥー一行～

シガ八剣、選抜談義

「ジュレバーグの旦那《だんな》、新しい御同僚は決まったのかい？」

はすっぱな口調でシガ八剣筆頭「不倒」のジュレバーグに声を掛けたのは、シガ八剣の末席で「草刈り」のリュオナだった。

「これが決まったように見えるか？」

「なんだよ、まだ決まってないのか？　三席のうち二席はサトゥーとリザで確定だろ？　サトゥーは成人したての小僧のくせにゴウエンの旦那と互角に斬《き》り合う腕があるし、リザに至ってはまぐれでも旦那に勝ったくらいだ。資格は十分だろ？」

渋面のジュレバーグにリュオナが言う。

「強さだけで決まるなら苦労はない」

「なんでだよ。シガ八剣に一番必要なのは強さだろ？　じゃなきゃ、あたしみたいな学も家柄もないやつがシガ八剣になれるわけないし」

「――今回はゴウエンの件がある。公爵達や門閥貴族どもの意見を無視できぬのだ」

「まったく、貴族同士のお遊びは自分達だけでやってくれよなー」

面倒くせぇぜ、とリュオナが鼻を鳴らす。

「ヘイムの旦那は誰《だれ》がいい？」

「それを聞いてどうする」

「いいじゃねぇか。聞くくらいさ」

「興味本位か……俺もお前と同じだ。サトゥーとリザ、後はジェリルと『風刃』あたりだな」

リュオナに話を振られたシガ八剣第七位の「雑草」ヘイムは、嘆息した後に自分の意見を口にした。

「ジェリルってのはあの色男だろ？　正統派の剣術使いだから、あたしの好みからはちょっと遠いな。もう一人の『風刃』ってのは刀使いか？　たしかゴウエンの旦那と似た名前だっけ？」

「ああ、『風刃』バウエン。サガ帝国出身のサムライだ」

「ありゃ、ダメだな。対人戦に特化しすぎだ。試合場で戦うのは面白いが、あんな細い剣じゃ魔物相手だと役に立たねぇよ」

シガ八剣は王族の護衛をする事もあるが、基本的に聖騎士団とともに大型の魔物を討伐する任務に就く事が多い。

対人戦に特化した人材はシガ八剣よりも、近衛《このえ》騎士団の方が向いている。

「そうでもないぞ。サガ帝国の『血吸い迷宮』でアンデッド化したヒュドラを討伐したそうだ」

「へー、ホラ話じゃないなら、どうやって倒したか聞いてみたいね」

リュオナの瞳《ひとみ》がきらりと光る。

「ヘルミーナは誰がいいと思う?」

ヘイムがシガ八剣第五位の「銃聖」ヘルミーナに尋ねた。

「ペンドラゴン卿《きょう》は私も良いと思うわ。でも、リザは人族じゃないから無理でしょ。後はジェリル卿とケルンあたりじゃない?」

「ケルンか……。あいつは真《ま》っ直《す》ぐすぎるのがダメだな。もっと強《したた》かさがいる」

ヘルミーナの発言を聞いたリュオナが、ケルンを批評する。

「レイラス殿はどうだ?」

「ふむ、我らが誰を挙げようと結果は変わらんと思うが……。武人としてならリザだが、やはりペンドラゴン卿が頭一つ飛び抜けているな。あとは彼の部下にいた盾使いの娘も面白いと思う」

「盾使いの娘? ……巨乳の金髪美人か! まったく、レイラスの旦那も男だねぇ」

「下種の勘繰りはよせ」

真面目《まじめ》なシガ八剣第三位の「聖盾」レイラスが、リュオナの下品な冗談に目くじらを立てた。

「結局、全員一致なのはサトゥーだけか。公爵か門閥貴族の推薦があったら一人目は決まりじゃね?」

「ペンドラゴン卿なら、オーユゴック公爵が推薦しているわよ」

リュオナのまとめをヘルミーナが補足する。

「なら決まりじゃねぇか!」

「……ペンドラゴン卿はシガ八剣にはならん」

沈黙して話を聞いていたジュレバーグが、そう断言した。

「どうしてさ？」

「ゴウエンの件の前に打診して本人に断られた」

「マジで！　シガ八剣を断るなんて、すげーな」

　意外な話に、リュオナが愉快そうに笑う。

「あの子が前衛だと安心して戦えるから、うちに欲しいわよね」

「なら、ヘルミーナの美貌《びぼう》で落としちまえよ。やりたい盛りの歳《とし》なんだから、すぐだろ？」

「そんなので落とせるような子じゃないわよ」

「金は？」

「そこらの上級貴族より稼いでるわ」

「なら、権力や地位は？」

「興味ないって」

「くそー、なら勝負して――」

「サトゥーは手数の多いタイプよ。非正規な戦いも得意だから、リュオナとは相性が悪いと思うわ」

「ちぇー、せっかく面白そうだったのに」

「全くよね～」


　リュオナとヘルミーナの会話にシガ八剣達が頷《うなず》く。

　もし、ここにサトゥー本人がいたら「面白くありません」と言って逃げ出しただろう。

　シガ八剣の空席問題は、当分の間、ジュレバーグを悩ます事になりそうだ。

秘密基地の日々、肉を求めて

「タマ、一緒に秘密基地の周りを探検するのです！」

「おっけー。何を探す～？」

「もちろん、美味《お》しい肉なのです！」

ポチが宣言し、二人は鏡の通路を通って秘密基地へと移動する。

「あっちの山行こ～？」

「はいなのです！」

二人は王都と反対側の山へと駆けていく。

「発見したのです！」

「この足跡は穴兎《あなうさぎ》～？」

「今日は大物狙いで行くから、これはスルーなのです！」

「あいあい～？」

駆けていく二人を、穴兎が住《す》み処《か》の穴から見ていた。

「今度は大きな足跡を見つけたのです！」

「おう、ぐれいと～？」

顔より大きな足跡に、二人は期待を膨らませて追いかける。

「岩が動いているのです！」

「亀《かめ》～？」

追いかけていた足跡の主は巨大な陸亀だった。

二人は陸亀の甲羅にぴょんと乗る。

「狩る～？」

「うーん、悩むのです。どちらかというと今日は亀さんな気分じゃないのです」

「そっか～？」

ずしんずしんと歩く陸亀の甲羅の上で二人が暢気《のんき》な会話を繰り広げる。

急に陸亀が足を止めた。

遠くの方で木々が揺れる。

陸亀がのそりのそりと方向を反転した。

木々が揺れた方向から逃げてきた青鹿《あおじか》や紅猪が、凄《すご》い勢いで陸亀を追い抜いていく。

「獲物がいっぱいなのです！」

片やポチは揺れた木々の事など忘れて、飛び出してきた青鹿や紅猪を眼《め》で追う。

「来る～？」

片や木々の方を注目していたタマが、ポチの肩を叩《たた》いて注意を促す。

木々をなぎ倒し、魔物「二鼻長節象《ツインノーズ・エレファント》」が現れた。

「変な生き物なのです」

「魔物～？」

二人は陸亀の甲羅から飛び降りる。

タマが投げた手裏剣が硬く分厚い皮膚で弾《はじ》かれた。

二人が妖精鞄《かばん》から愛用の剣を取り出す。

「固い～？」

「そんな時は魔刃なのです！」

「らじゃ～？」

魔刃を展開した二人が、二鼻長節象の横を駆け抜け、臑《すね》を切り裂く。

二人の背後で、二鼻長節象が体勢を崩して木々をなぎ倒しながら転倒した。

「とどめ、なのです！」

二鼻長節象がパオーンと叫びながら、長い鼻でポチの死角から攻撃してきた。

「危ない～」

それをタマの剣が受け止める。

「タマ、ありがとなのです」

「なんくるないさ～」

「えいやー、なのです」

「首刈り～？」

ポチが鞭《むち》のように襲いくる鼻より速く心臓を貫き、タマが長い鼻の鞭を器用に避けつつ首を斬《き》り裂いた。

「討伐終了～」

「なのです！」

大きな獲物に二人は大満足のようだ。

「今日は肉祭りなのです！」

「わ～い」

獲物の前で二人は喜ぶ。

肉をどうやって持ち帰るか悩む事になるのはもう少し後の話だ。

秘密基地の日々、果物を求めて

「タマ、一緒に秘密基地の探検をするのです！」

「おっけ～。何を探す～？」

「肉は昨日のがあるから、今日は美味しい果物を探すのです！」

「おう、まーべらす～？」

ポチが宣言し、二人は鏡の通路を通って秘密基地へと移動する。

「今日は果物だから、こっちの森に期待なのです！」

「あいあいさ～」

二人は東の森へと駆けていく。

「あ～、クコの実～？」

「こっちはシイの実がいっぱいなのです！」

移動中に見つけた大量の木の実を、二人は最初の目的も忘れて一心不乱に集め出した。

「大猟大猟～？」

「ポチはこーんなに大きなどんぐりも見つけたのですよ！」

「タマは三段松ぼっくり～？」

「それはとってもとってもグレイトなのです！」

「ポチのも凄い～」

お互いの戦利品を褒め合う。

「――はっ、こんな事をしている場合じゃなかったのです！　今日は果物を探すのですよ」

「ちょっとミステイク～？」

ようやく本来の目的を思い出した二人は、木の実でパンパンになった袋を妖精鞄に押し込む。

「再出発なのです！」

「れっつらご～？」

ポチとタマは山道を登る。

「紫色の果実みっけ～？」

「それは苦い香りがしているのです」

「止《や》めとく～？」

「はいなのです。ポチ達はあま～い果物を探してご主人様に褒めてもらうのですよ」

「あいあいさ～？」

二人は紫果実を放置し、次の果実を探す。

その紫果実が錬成材料として貴重なのは、二人には関係のない事なのだ。

「あけび～」

「こっちには柿《かき》もあったのです！」

「イガイガの栗《くり》もみっけ～？」

「茸《きのこ》はミーアへのお土産にするのですよ」

「いっぱいある～」

二人は見慣れた果物や茸を回収する。

果物の生《な》る木の傍《そば》には野生動物も多かったが、肉の貯蔵が十分な二人は涎《よだれ》を拭《ぬぐ》ってそれを見逃してあげていた。

「いっぱいとれた～？」

「はいなのです」

頷《うなず》きつつも、どこかポチの表情は優れない。

「どしたの～？」

「お土産にイ、イ、インクパ、トがないのです」

インパクトを言い間違えたポチに突っ込む者はいない。

「困った～」

「そうなのです。困ったのです」

二人は腕を組んだまま眉《まゆ》をくるりと一回転させそうなほどしかめる。

「ポチ、匂《にお》いを探そう～」

「匂い、なのです？」

「いえす～。ポチの鼻なら見つけられる～？」

タマが期待に満ちた眼をポチに向ける。

「頑張るのです！　甘味ハンターポチのジツリキを見せるのですよ！」

アリサの影響が見られる表現でポチが拳《こぶし》を振り上げた。

「がんば～」

「はいなのです！」

目を閉じたポチが鼻をスンスンさせ、タマが両手に扇子を持って応援の踊りを舞う。

だが、ポチの鼻に匂いは届かない。

「ダメなので――」

言葉の途中、一陣の風がポチの鼻をくすぐった。

「――見っけた！　ポチは見つけたのです！」

ポチが眼を開けて駆け出し、タマもその後を追う。

それは自然のイタズラか、扇子を持ったタマの応援が生んだ奇跡か。

そんな事は関係ないとばかりに、ポチとタマは匂いの下へと駆けていく。

「あった！　あったのです！」

「と～げんきょ～？」

盆地のようになった場所には、桃の木が群生していた。

たわわに実った桃の甘い香りを、二人は眼を細めて堪能する。

「さあ、お土産にたくさん集めるのですよ！」

「あいあいさ～」

ポチとタマの二人が桃を集める。

大きな袋一つを満杯にしたところで、タマがポチを止めた。

「ポチ、ストップ～？」

「どうしたのです？」

「残りはあの子達の分～？」

タマが遠くから果樹を見守る小動物や鳥を指さす。

ポチとタマの登場と同時に逃げ出した果樹園の先住民達だ。

「了解なのです。ポチ達は帰るのです。また今度遊ぼうなのですよ～」

「またね～？」

桃の袋を妖精鞄に詰め込んだ二人は、小動物や鳥に手を振って果樹園を後にした。

その日のオヤツは、秋の果実や木の実で作られた絶品スイーツだったらしい。

秘密基地の日々、未知を求めて

「タマ、一緒に秘密基地の探検をするのです！」

「おっけー。何を探す～？」

「肉や果物はもうあるから、今日は未知を求めて冒険なのです！」

「おう、あめーじんぐ～？」

ポチが宣言し、二人は鏡の通路を通って秘密基地へと移動する。

「今日は冒険だから、まだ行ってない西の谷がいいのです！」

「おっけ～」

二人は西の谷へと駆けていく。

「これは攻略甲斐《がい》があるのです」

「ういうい～？」

二人がぎりぎり通れる狭い洞窟《どうくつ》で土の小妖精《リトル・ノーム》と出会い、クジラジャーキーで友好を深めた。

洞窟の向こうにあった苔《こけ》でヌルヌルした垂直な崖《がけ》を登り、オーバーハングな岩を空歩で突破する。

岩の上で見つけた迷子の鳥人の子供達を、襲い来るハーピーの群れから救い出し、親の下に届けた。

尖《とが》った山を下った二人は、彼女達の背丈の何倍もある雑草の森へと突撃する。

「大きなバッタやイモムシがいっぱいなのです」

「魔物～？」

ポチがイモムシを捕まえてくんくんと臭《にお》いを嗅《か》ぐ。

臭いを吟味していたポチが、首を左右に振る。

「濃い瘴気《しょうき》の嫌～な臭いがしないから、多分違うのです」

ポチには魔物が発する濃い瘴気の臭いが分かるらしい。

「雨～？」

「降ってきちゃったのです」

「あそこで雨宿りしよ～」

雑草の林の向こうに、大きな木が一本生えていた。

「はいなのです」

二人は近くの大木の下に駆け込む。

「びちゃびちゃ～？」

「山の天気は変わりやすいってリザが言っていたの

ですよ」

タマとポチが本降りになった空を見上げる。

「ぷるぷる～」

タマが猫のように身体を震わせて水気を取る。

「ポチもぷるぷるするのです！」

ポチもタマをマネして水気を払う。

「てってて～。こんな時は長靴さんの出番なのですよ！」

「タマも装備ちぇんじ～？」

二人は自分達の妖精鞄から取り出した長靴をいそいそと履く。

「傘がないのです」

「タマも～？」

「そういえばお屋敷で陰干ししていたのを思い出したのです」

傘なしで雨の中に踏み出すか、二人はしばし迷う。

「ポチあれ～？」

「葉っぱ、なのです」

タマが指さした小さな池には、水の中から大きな葉っぱが付いた茎が突き出ていた。


「こうするる～」

タマが投擲《とうてき》した小石で茎を切り裂き、忍者道具の分銅付きワイヤーを投げて大きな葉っぱ付きの茎を回収した。

「タマは器用なのです」

「ほら傘～？」

「凄いのです！　葉っぱの傘なのです！」

タマは同じ動作を繰り返し、二人分の葉っぱを調達した。

傘を得た二人は冒険を再開する。水たまりでちゃぷちゃぷと遊び、水辺の生き物に目を輝かせた。

やがて雨が上がり、七色の虹《にじ》が空を彩る。

「うわ～」

「虹なのです！」

雨粒でキラキラした雑草の林を見上げる。

雫《しずく》がぽたりぽたりと垂れる。それが見上げたタマとポチの顔を伝って口に入った。

「にゅ！」

「甘いのです！」

甘い雨。それは奇跡ではなく、雨上がりの甘露草の特徴だった。

　でも、そんな理屈は二人には関係ない。

「雨が飴《あめ》になったのです！」

「でりしゃす～？」

「皆にも教えてあげるのですよ」

「あい！」

　二人は甘い雫を堪能《たんのう》し、大好きなご主人様や仲間達に大発見を伝えるべく駆け出した。

　今日の冒険は大成功だったようだ。

貧乏令嬢の婿探し

「これがリットン伯爵夫人主催の園遊会。なんて煌《きら》びやかなのかしら」

　暢気な姉が周囲を見回して感嘆の吐息を漏らした。

「姉様、本来の目的を忘れないでください」

　クラスメイトに頼み込んで頼み込んでなんとか招待状を確保したのだから、絶対に無駄にできない。

「私達の目的は貧乏な実家を立て直せるようなお金持ちの旦那《だんな》様です」

「分かっているわよ。お金持ちで美しい殿方の方がいいじゃない」

　その目は赤いマントの美丈夫の後ろ姿を追っている。この面食いめ。

「そんな方が十人並みの容姿の私達を選ぶわけがありません。私達の取り柄は若さと積極さだけなんですよ」

「もう、あなたは夢がないわね」

　現実を見ないから、今まで恋人の一人も――いいえ、喧嘩《けんか》は家に帰ってからですね。

「安心してください、姉様。もう狙《ねら》いは絞ってあります」

情報通の友人から聞いてある。

慈善事業を趣味にしたミスリルの探索者――。

「あの黒髪の少年？」

「はい、サトゥー・ペンドラゴン名誉士爵です」

「成り上がり、にしては若いわね。異国風の顔立ちだけど、悪くないわ」

姉が乗り気になったので、士爵様の所に向かう。

士爵様の周りには年若い淑女達が群がっている。

衣装や装飾品からして、私達と同じような家格の子達みたい。

どこから割り込もうかと考えていると、明らかに一山幾らの私達とは格が違う美女が現れた。

「綺麗《きれい》な桃色の髪――カツラかしら？」

「何を言ってるんですか！　ルモォーク王家の方ですよ！」

王立学院の魔法学舎に通われているという噂《うわさ》を聞いた事がある。メネア様と仰《おつしや》ったかしら？


「王家の方？　――黒髪の少年に抱きつきましたわ！」

「凄《すご》く親しげですね――あら？　誰《だれ》かを呼んで……」

何、あの美人！

いえ、顔だけならメネア様の方が上ですけれど、あの暴力的なまでに凄いプロポーションは見た事がありません。大きすぎるくらい大きな胸に、私と変わらないウェストが作るお手本のようなくびれ。少しお尻《しり》が小さめだけど、縦ロールにした豊かな金髪がそれを隠している。

サトゥー様が金髪美女にカリナ様と声を掛けているし、きっとお知り合いなのね。

「素敵な赤ね。あんなドレスを着てみたいわ」

「無理ですよ。あれはララギの朱絹です。私達の家の年金じゃ、百年経《た》っても袖《そで》一本分の布さえ買えません」

カリナ様の着けている宝石なんて、門閥貴族の令嬢だってそうそう身につけられるような物ではありません。きっとカリナ様は領主か太守を任されるような大貴族のご令嬢なのでしょう。

——ダメです。

女としての魅力どころか貴族としての旨味《うまみ》でも敵《かな》いません。

サトゥー様の周りにいた淑女達も同じ思いだったのか、悔しそうな顔をメネア様とカリナ様に向けつつ三々五々に散っていく。

「姉様、私達はもっと身の丈にあったお相手を探しましょう」

「ええ、それが良《い》いわ」

そう言いながらも姉が見ている相手は、見目麗しい殿方でした。

姉の面食いは直りそうにありません。

溜《た》め息《いき》を吐《つ》きつつ、私の視線は黒髪のあの人に向いてしまいます。

幸い、私は次女ですから正妻じゃなくても構いません。

ここは正妻を争う美女達の隙《すき》を突いて、妾《めかけ》の座を狙うのも……。

「うふふ」


そうと決まれば、あの方の好みを調べなくては！

後日、幼い容姿の子が好みだと情報通の友人から聞き出す事に成功しました。私のスレンダーすぎる容姿も役に立つ日が来たようです。

思ったよりも隠れファンが多いようですが、有象無象の中で頭角を現してみせましょう。

待っててくださいね。サトゥー様！

サトゥーの保存食作り

「サトゥー」

保存食を作りに秘密基地に行くと、ミーアが精霊達と何かをしていた。

「何をしているんだい？」

「干し茸」

茂みの陰で見えなかったけど、三〇畳ほどの空間に所狭しと色々な茸が並べられていた。

「精霊達で乾燥させているのかい？」

「そう」

光精霊のサニーが太陽光を増幅させ、風精霊シルフが熱を適度に逃がし、掌《てのひら》サイズの小さな精霊が茸をひっくり返している。なかなか賑《にぎ》やかだ。

「サトゥーは？」

「オレも保存食を作りに来たんだよ」

事前調査でレッセウ伯爵領周辺が酷《ひど》い事になっているのが分かったので、そういった場所で便利に配れる保存食を量産しに来たのだ。


「どんなの？」

「干し肉や干しクラーケンだよ」

魔物肉も多いが、クラーケンの切り身は一向に減る様子がない。

「……肉」

ミーアが口をへの字に曲げる。

何かミーアが喜びそうな――あった。

「干し芋も作ろうか？」

「干し芋！」

ミーアが期待に目を輝かせる。

「いいわね、干し芋！　でも、お芋なんて、いつの間にストックしたの？」

茂みの向こうからアリサがひょっこりと顔を出した。

写本を手に持っているところから見て、王城の禁書庫で手に入れた禁呪《きんじゅ》を暗記していたのだろう。

「これだよ」

オレは身長の何倍もある超巨大サツマイモを取り出して見せる。

「げっ、それって落とし子事件の時に手に入れたサツマイモ！」

「ちゃんとマウスや猿で実験して安全を確認しているよ」

「ならいいけど……」

その過程は別で語るとして、オレ自身も食べて変な状態異常にならないのを確認してある。ちょっとした副産物もあるが、それはまた後日アリサに教えてやろう。

「それでどんな風に作るの？　電子レンジとか？」

「電子レンジは仕組みが分からないから」

「マイクロ波で水分子を揺らすんじゃないの？」

「原理は知っているよ。そのマイクロ波を出すマグネトロンの構造を知らないのさ」

闇《やみ》オークションで手に入れたスマホを調べたら分かりそうな気もするけど、ロックを解除できないのでそのままだ。

「だから、普通にオーブンの魔法道具を使おうと思ってね」

「天日干し、最強」

「一緒じゃないのか？」

「違うの！　太陽の光をいっぱいいっぱい浴びた野菜や果物は、ぐんぐん美味《おい》しくなるの！　旨味が凝縮されるってエルフの里では常識。びたみんでーの精霊が住み着くって勇者ダイサクも言っていたの。本当よ？」

ミーアが長文で捲《まく》し立てる。

「天日干しだとビタミンDが蓄積されるっていうのは聞いた事があるわ」

「ふーん、なら一度試してみようか」

オレは一日で終わるという精霊天日干しとオーブンの魔法道具で何種類か試してみる。

「美味」

「やっぱ天日干しの方が美味しいわね」

製造に時間がかかるが、ミーアの主張通り、天日干しの方が味に深みがある気がする。

自分達で消費する分はこっちにしよう。

「さてと」

オレは空き地に大型の魔法装置を取り出す。

「何それ？　ずいぶん大きいわね」

「量産用の乾燥魔法装置だよ」

今日はオレの魔力で動かすが、本来は魔力炉に繋《つな》いで使用する装置だ。

「そのサイズなら一回で超巨大サツマイモが一個分乾燥できそうね」

「うん、これくらいないとやってられないからね」

「どういう事?」

オレはストレージから一メートル立方のクラーケンのブロックを取り出す。

「なるほど、確かに必要だわ」

「サトゥー、何個?」

「ほへ? 何個?」

「カットしたのは一万個だね」

色々な場所で放出したけど、まだほとんど残っている。

「い、いちまん?」

「そうだよ。これを朝までに干しクラーケンにするのさ」

「マジで?」

アリサの問いにこくりと頷く。

「さあ、デスマーチの始まりだよ」


「ぎえええ〜〜」

「無理」

オレの冗談に悲鳴を上げて逃げ出すアリサとミーアを微笑《ほほえ》みで見送り、オレは干しクラーケン作りに取りかかった。

さて、朝までに何トンくらい処理できるかな?

賢者鼠《ねずみ》

我が輩は賢者鼠である。名前はまだ無い。

「きゃー、ネズミ！」

まろやかなるチーズの香りに惹《ひ》かれて厨房《ちゅうぼう》に来たのは間違いだったようだ。

そこには危険な猟犬がいた。

「ポチはネズミ取りのプロなのですよ！」

「タマは逃がさない～？」

必死で物陰から壁の隙間へと逃げ込もうとするも、瞬く間に捕まってしまった。

「獲物、捕まえた～」

「さすがはタマなのです」

「ふさふさ～？」

「良い毛並みですね。小さいので姿焼きにするのがいいでしょうか？」

食べるのか？

偉大なる我が輩を食べるのか？

「皆《みんな》、待って」


「ご主人様」

颯爽《さっそう》と猫耳人の手から我が輩を救い出してくれたのは、我が輩のご主人だった。

「ご主人様のペット？」

偉大なる我が輩をペットだと?!

失礼な紫髪め。

「ペットっていうか実験の協力者かな？」

さすがはご主人。

我が輩は誇らしげに胸を張る。

「なんだか、わたし達の言葉が分かっているみたいなリアクションね――賢者鼠？　名前の通り知能が高いの？」

「見た目はハツカネズミと変わらないけど、知能は人族の子供くらいはあるよ」

ご主人が紫髪に謙遜《けんそん》する。

我が輩のことはもっと褒めて良いのだぞ、ご主人。

「どこから連れてきたの？」

「実験していたら進化しちゃったんだよ」

「進化？　どんな実験したのよ」

「落とし子事件の時に、超巨大サツマイモを作った血が混ざった上級魔法薬を飲ませたら、ね」

あの薬は苦しかったぞ、ご主人。

我が輩、もう二度とあの薬は飲まないのだ。

「サツマイモの方は大丈夫だったから油断したよ」

うむ、あのイモは美味《うま》かった。

我が輩、お代わりを所望するのであるぞ。

「ふ～ん、名前は？　アルジャーノンとか？」

「悲しい結末が待ってそうだから、無しで。ネズミだし、チュー太でいいんじゃないかな？」

――チュー太！

なんと素晴らしい名前だろう。

さすがは我がご主人！　先鋭的な響きと親しみやすいまろやかさが調和した良い名だ。賢者鼠たる我が輩に相応《ふさわ》しい。

「それで、この子はどうするの？」

「実験は終わったし、屋敷のネズミや害虫を処理してもらおうと思っているよ」

我が輩にまかせるがいい、ご主人。

この屋敷の安寧は、いや、この都の安寧は我が輩達が守ってみせよう。

我が輩には見える。数を増やした我が輩達が地下道に偉大なる帝国を築き繁栄する姿が。

知的な瞳《ひとみ》を暖かな光が降り注ぐ窓の外に向ける。

我が輩は賢者鼠である。名は「チュー太」。偉大なるご主人が付けてくれた。

やがて、偉大なる賢者鼠帝国の初代皇帝になる者である。


「チュー太、チーズケーキを食べるかい？」

チーズケーキ！

もちろん食べるのであるぞ、ご主人！

クロの開拓村

「ついたぞ」

開拓予定地を確認したいというので、エチゴヤ商会のエルテリーナ支配人やティファリーザと一緒に森の奥へとやってきていた。王都から馬車で五日ほどの距離にある王家直轄の未開発地帯だ。

「は、はい」

ティファリーザはすぐ離れたのに、支配人は腰が抜けたのかオレに抱きついたままだ。

転移ポイントから空を飛んできたので、腰が抜けたのかもしれない。

「支配人、クロ様がお困りです」

「わ、分かっています。もう少しくらい役得を楽しんでたって……」

後半は常人には聞こえない声量だったので、聞き耳スキルが拾ってきた妄言には気付かなかったフリをする。美人に抱きつかれて迷惑って事はないしね。

「川も近いし、山崩れや氾濫《はんらん》の心配のない良い場所ですね」

「最初の内は水くみが少々大変でしょうが、おいおい村の中に井戸を作らせれば問題解決でしょう」

いや、魔法もなしに井戸を作るのは大変だから、最初から魔法で作っちゃうよ。

マップで水脈を探してから、土魔法の「落とし穴《ピット》」で掘れば一瞬だしね。穴の補強も「石製構造物《ストーン・オブジェクト》」の魔法で簡単にできるし。

「暗い森ですね」

「都市の近くとは木の太さが違います」

太い木だけど、山ほどもある山樹や虚空まで届く世界樹に比べたら常識的なサイズだ。

樹齢一万年級の杉や檜《ひのき》のような真っ直《ます》ぐな木がたくさん生えている。日が地面まで届かないせいか下生えは少ない。

「これだけ太い木だと大型ゴーレムが必要になりますけれど、ここまで運ぶのはなかなか手間がかかりそうですね」

「必要ない」

オレは魔刃拡張した魔斧《まふ》でサクサクと木々を伐採

し、根の処理が面倒そうな切り株は「落とし穴」の魔法で根を露出させてから「理力の手《マジック・ハンド》」で回収する。穴の後始末は「土壁《ウォール》」で行った。

十分なサイズの畑は「農地耕作《カルティベーション》」の魔法で一瞬でできる。肥料には腐葉土を漉《す》き込んでおこう。

家は使い道に困る切り株を素材に、「家作製《クリエート・ハウス》」の魔法で予定世帯数分の家屋を建てていく。村長宅の近くには集会所や倉庫も建てておこう。予《あらかじ》めアリサ達と「理想の村」をディスカッションしていたので、作業に迷いはない。

水回りは村に数カ所の井戸に加え、川からの水路も用意した。

もちろん、下水や排水もばっちりだ。

畑や村を囲む堀に水路の水を流し込み害獣対策を行い、魔物避《よ》けの結界柱を立てていく。結界柱だけだと、魔物に侵入される可能性があるので、石狼《おおかみ》、石虎《とら》、石蜥蜴、石鷲《わし》、石牛、石騎士といった六体の防衛専用ゴーレムを配備した。等級の高い魔核《コア》を内包した自律型だ。


「——ティファ。私、夢を見ているのかしら?」

「い、いいえ、現実です」

村を作り終えて戻ると、二人が呆然《ぼうぜん》とした顔でこちらを見ていた。

「こんな感じで作るつもりだ。最終的に三〇ほどの開拓村を作る」

「三〇！」

いきなり三〇はまずかったかな?

「最初は五つほど作って、問題点を洗い出すとしよう」

「はい、クロ様。計画を前倒しして、入植予定者の募集と初期物資の調達を行います」

さすがはティファリーザ。頼りになる。

「……クロ様。クロ様の偉大なるお力を過小評価した事をお許しください」

支配人は大げさだ。

「これからはクロ様の実力を正しく理解し、事業計画を立て直したいと思います」

「ほどほどに頼む」

そんなに気合いを入れなくていいからね。

なお、この後に訪れた鉱山開発を見て、支配人とティファリーザが再び呆気《あっけ》に取られていた事を追記しておく。

マップと魔法の組み合わせはチートだよね。

Death Marching
to the
Parallel World Rhapsody
Ex2

デスマーチからはじまる異世界狂想曲 Ex2

書き下ろし
『真珠の国のお姫様』

Ex2
エクストラ

プロローグ

「……姫様」

乳姉妹で侍女のナナエが心配そうに私に声を掛ける。

私はそれに応《こた》えずに、城の灯台から凪《な》いだ海を見渡した。

このササリエスーファ王国は四方を海に囲まれた小さな島国だ。四つの島からなるが、ほとんどの国民は「王の力」に守られたこの島で暮らしている。

「いっそ、何もかも捨てて海の彼方《かなた》に旅をしたい」

何も分からない子供の頃《ころ》は、大人になったらナナエと二人で国を出て世界中を旅するんだと毎日のように語り合ったものだ。

でも、今のナナエはそんな私を悲しそうな顔で見るだけ。

彼女を見るのが辛《つら》くて視線を巡らせると、城の建つ切り立った崖《がけ》の下に小さな港が見えた。外洋船が三隻も停泊したら一杯になるような狭い港には、一隻の黒いガレオン船が係留されている。

「堂々と桟橋に……」

苛立《いらだ》ちとともに、自分がここに来る原因になった経緯が脳裏に蘇《よみがえ》った。

『――嫁げ？　この私に海賊ごときに嫁げと言うのですか！』

偉大なる天空人の末裔《まつえい》だと事あるごとに言っていた父様が、ここまでの世迷《よま》い言《ごと》を口にするとは想像の埒外《らちがい》だった。

『殿下、お言葉ですがラレーツァ閣下はビンデニア王国の伯爵閣下でございますれば――』

怪しい黒メガネをした商人がしたり顔で口を開く。

『黙れ！　商人風情が王族の会話に――』

カッとなって自分が思ったよりも強い言葉が出てしまった。

『――口を挟むな！』

でも、王族が口にした以上、途中で止める事もできず最後まで言い切る。

私ももう一四。来年で成人を迎えるというのに、公の場で感情の一つも制御できないようでは、また父様や乳母に叱《しか》られてしまう。

それにビンデニアなどという国が実在しないのは、ここにいる誰《だれ》もが知る事だ。

海賊達が己の箔《はく》付《づ》けの為《ため》に作り上げた虚構でしかない。港の酒場で船乗り達が噂《うわさ》していた。ある程度の規模がある一家を率いる海賊が、伯爵を名乗るそうだ。

『リリナーレ殿下、平民とは申せ、ブンドル商会は王国になくてはならぬ大切な柱の一つ。粗略に扱うのは感心いたしませぬ』

『大臣！　貴様もか！』

まさか我が国を支える大臣までもが、海賊に与《くみ》する悪徳商人の味方をするとは！

『リリン、ササリエスーファの国王として命ずる。ビンデニア伯爵に嫁ぐのだ』

『私に海賊の情婦になれと？　それとも人質ですか？』

『口を慎め』

父様が怒声を上げる。

気の弱い父様がここまで怒りを露《あら》わにするのは初めて見た。

本当は分かっている。この無力な国にはこんな選択肢しか残されていない事くらい。

でも、それを呑《の》み込めるほど私は大人ではなかったのだ。

『父上の馬鹿《ばか》ぁあああああああああ！』

そう力の限り叫んで私は謁見の間を飛び出した。


「……はあ」

思い返しても溜《た》め息《いき》しか出ない。

自分がこんなに子供だとは思わなかった。

自責の念に押しつぶされまいと周囲を見渡す。

私の国、ササリエスーファは本当に小さな国だ。穀物を育てられるほどの平地もなく、小さな段々畑で野菜を育て、「王の力」で守られた狭い漁場で魚介類を得て暮らす。

ときおり訪れる貿易船に水と新鮮な食糧を供給し、保存の利く穀物や島では得られない品々を買い求める。

貿易船が途絶えれば、すぐに立ちゆかなくなるか弱い島。自給自足するには国の人口が今の半分くらいじゃないと無理だって、兄様の先生が言っていた。

「はあ、お山が噴火しないかしら……」

「姫様！　縁起でもない事を仰《おつしや》らないでくださいませ」

島の中央にある休火山を振り返りながら呟《つぶや》いたら、ナナエが真面目《まじめ》な顔で諫めてきた。

この子とは生まれた時からの付き合いだけど、本当に冗談が通じないんだから。

「そんな気分なのよ」

私は人気《ひとけ》の少ない港を見下ろす。

海賊達が航路を封鎖していて、もう三ヶ月も貿易船が来ない。

この国に軍事力はほとんどなく、自前の外洋船もない。自分達の力で海賊達を討伐するなんて不可能だ。

父様は仲介を買って出たブンドル商会に期待しているけど、代替わりして海賊寄りになった外道な商会に自分を預けるなんて自殺行為にしか思えない。

「ナナエ、王妃殿下がお呼びです」

母様の侍女がナナエを呼びに来た。

きっとナナエに私を説得するように命じる為だろう。

「は、はい。すぐに行きます。──姫様、今は危ないですから城を抜け出して港街に行ってはいけませんよ」

「分かってる。早く行きなさい」

ぴらぴらと手を振ってナナエを行かせる。

母様は父様と違って沸点が低いから、すぐにヒステリックに叫ぶので要注意だ。

「……まあね。私にだって本当は分かっている」

このままだと国民が餓《う》える。

魔物がいるせいで、安全に漁業ができるのは「王の力」が届く港周辺だけ。

でも、それらがなければ早々に詰んでいた。

城の備蓄もいつまでも保《も》たない。あと三ヶ月もしたら、それも尽きる——って大臣が言っていた。

段々畑の野菜は交易用だから、収穫量は大した事がない。

だから、備蓄が尽きたら、漁師達は危険な魔物のいる漁場へと出るだろう。

……多くの犠牲を出して。

「分かっているのよ。国を捨てるか、私を海賊に差し出すかしかない事は」

溜め息とともに海を見る。

港を守る小さな湾、その向こうに一隻の船が見えた。

足が速い小型のガレオン船。マストにはためく旗は見覚えがないけれど、海賊船には見えない。

気がついたら、私は走り出していた。

そこに希望を求めて。

南洋の小国

〝サトゥーです。バックパック一つで旅する貧乏旅行ばかりですが、楽園のような南洋の島々を旅するのは好きでした。いい人も悪い人もいましたが、さすがに海賊とは未遭遇です。〟


「港〜？」

メインマストの上にある物見台からタマが報告してくれた。

ララキエ事件から半月、オレ達はレイとユーネイアと別れたラクエン島とシガ王国の丁度中間地点、砂糖航路の途中にある島に近付いていた。

「黒いお船が泊まっているのです」

タマと一緒に物見台にいたポチが追加情報をくれる。

全マップ探査した情報によると、あの船は海賊船だ。オレ達が入港しようとしているササリエスーファ王国は砂糖航路によくある小さな島国で、そんな小さな国の中には海賊に支配されていたり、海賊と協力関係にあったりする国もあるようだ。

まあ、都市核《シティ・コア》の力に守られた王都を正面から侵略するのは難しいから、オレ達が見てきた中では海賊に直接支配されている国は一つしかなかったけど、実効支配されている国は幾つかあった。

「なんだか、ショボそうな港ね」

「外洋船が停泊できるだけマシだよ」

中には喫水の深い外洋船は沖に泊めて、ボートで荷を上げ下ろしする港だってあった。

ここは外洋船が泊められる桟橋が二つあり、片方には海賊船が停泊している。

「海賊旗っぽい～？」

「戦いの予感に、ポチのハートがドキでムネムネするのですよ！」

タマとポチは戦う気満々だ。

湾の外でシーサーペントを斃《たお》したばかりなのに、血の気が多い事だね。

「マスター、新しい貯金箱は何が入っているか楽しみだと告げます」

ナナが海賊船を貯金箱扱いしている。

まあ、ここしばらく、隔日くらいのペースで海賊を退治していたからね。

「下品。反省」

「イエス・ミーア」

ミーアに叱られたナナがしょぼんとしている。

「ご主人様、艦首の六連装魔砲を用意しますか？」

「いや、それはいいよ。魔力砲だけ用意しておいてくれ」

海賊船に積んである魔力砲なら、この船の障壁で確実に防げる。サルベージした古代ララキエ文明の超兵器やエルフ達の超技術が詰まった浮遊帆船の性能は伊達《だて》ではないのだ。

ルルとナナがリザを手伝って魔力砲の用意を始めた。

「ご主人様、海賊船の甲板を見て」

空間魔法の「遠見《クレアボヤンス》」で海賊船をチェックしていたアリサに言われて、オレも確認する。

「ちょっとマズいね」
甲板の魔力砲が街の方を向いている。
状況を確認する為に、空間魔法の「遠見」に続いて「遠耳《クレアヒアリス》」も使ってみた。
『余所《よそ》の船だと？　封鎖班は何やってやがる！』
罵声《ばせい》が「遠耳」を通して届く。
どうやら、向こうもこちらの船に気付いたようだ。
『女子供しかいないぜ？』
『運がいいだけの獲物か？』
『おい！　ふるいつきたくなるような色っぽい女もいるぜ』
『あっちの黒髪は――後ろ姿だけかよ。期待させやがって』
最後のヤツの顔は覚えた。何かあった時に手加減を控えめにしよう。
『いいじゃねぇか、行きがけの駄賃に、あの船も乗っ取ろうぜ』
海賊達が気勢を上げる。
良い傾向だ。港町の方を向いている魔力砲をこちらに向けてくれた方が退治しやすい。
『待て、ありゃなんだ？』
『何か曳《ひ》いてやがるな』
『シーサーペントだ！　あいつらシーサーペントの死骸《しがい》を曳航《えいこう》してやがる！』
湾に入る直前に斃したんだけど、交易品にできないかと思って曳いてきたんだよね。
『シーサーペントだと？　見張り！　シーサーペントの様子は?!』

『よく見えないが、頭の上半分が吹っ飛ばされているぜ』

マストの上で酒を飲んでいた海賊が甲板に叫び返す。

『腕のいい魔法使いがいるか、中型以上の魔力砲があるって事だ。どうする船長代理』

『戦って勝てねぇって事はないが、ここで被害を出すわけにもいかねぇ。万が一船が動かなくなったら、お頭の命令を果たせないからな。お前らだってお頭に吊《つる》されたくないだろ？』

どうやら、シーサーペントがお守り代わりになってくれたようだ。

港町が人質になっているような状況で、いきなりドンパチを始めるわけにもいかないので、オレ達は小舟に誘導されて海賊達と反対側の栈橋に接舷《せつげん》した。

◆

「ようこそ！　ササリエスーファ王国へ！」

栈橋には港湾管理者や兵士達が待っていた。

海賊達がいるので、護衛のリザと交渉役のアリサだけを連れて船を降りる。

降りる時に、皆《みんな》と「戦術輪話《タクティカル・トーク》」を繋《つな》ぐようにアリサに頼む。これで不測の事態にも対処できるだろう。

「出迎え感謝します。私はシガ王国のサトゥー・ペンドラゴン名誉士爵と申します」

「ペンドラゴン卿《きょう》、挨拶《あいさつ》早々に不躾《ぶしつけ》だが、この船の船長にお目にかかりたい」

「私が船長です」

「き、貴殿が……」

シガ王国の名を聞いた瞬間、港湾管理者や兵士達の目が輝いたが、その後に続けた名誉士爵という最底辺の階級で色あせ、オレが船長だと聞いて失望の色に変わった。

「ご主人様は魔導王国ララギで酒侯の地位をお持ちですのよ」

「そうか、それは凄《すご》いな」

アリサの発言を港湾管理者は聞き流した。

酒侯は一代限りではあるものの侯爵相当の地位がある非常にレアな爵位なのだが、レアすぎて分かってもらえなかったようだ。一つ下の酒伯だったら砂糖航路でメジャーらしいから、彼も恐れ入ってくれたかもしれない。

「ところで管理官殿、あの黒い船はどこの国の軍艦でしょう？」

港湾管理者は苦々しい顔で、素っ気なく「王の客だ」とだけ答えた。

「ご主人様」

リザが港の方を見るように促す。

そちらに視線をやると、こけつまろびつやってくる五人の商人達がいた。

「船長は？　船長はどなただ？」

「食料品があったら買いたい！」

「穀物はないか？　なければ豆でも芋でもかまわんぞ」

「この際、多少傷んでいてもかまわん」

「隣の国までうちの家族を乗せてくれ。可能なら一族全員を乗せたい」

商人達は挨拶もそこそこに、自分達の要求を口にする。

この島は飢饉《ききん》でも起きているのか、食料品を買い求める声が多い。食料品は方々で買い集めたのがたっぷりとあるので、困っているなら多めに分けてあげたい。

最後の商人は切羽詰まった感じで少し迷ったが、客船じゃないので移民の手伝いは断った。

「皆様、抜け駆けはよろしくありませんね」

少し遅れて垢抜《あかぬ》けた衣装の商人がやってきた。なんだか、大物ぶった態度だ。

移民を希望していた商人が「ブンドル商会」と忌々しげに呟くのを、聞き耳スキルが拾ってきた。他《ほか》の商人達も彼に隔意がある感じだ。

彼の傍《そば》にAR表示される隠し称号には「海賊ご用達」「悪徳商人」というのがある。

なるほど、普通の商人達に嫌われているはずだ。

「あ、あれは！」

商人の一人が曳航してきたシーサーペントの死骸に気付いた。

「「「売ってくれ！」」」

商人達が声を揃《そろ》える。悪徳商人もだ。

元々売るつもりだったので、オレは快諾し、港湾管理者の勧めで港湾施設の中にある会議室で取り引きをまとめる事になった。

「シーサーペントの肉を樽《たる》一つにつき金貨四枚で、七樽まで買うぞ」

「わ、わしは樽一つにつき金貨四枚と銀貨二枚で、八樽！」

「私は樽一つにつき金貨四枚しか出せないが、なん樽でも買う！」

「私もだ！　シーサーペントの肉以外も保存が利く物ならなんでも買うぞ」

肉一キロあたり銅貨三枚から四枚ってところかな？

あの味からすると日本円換算でキロ三千円というのは妥当な気もするが、この海域の魚介類の相場から考えると高すぎる気もする。五キロくらいの立派な鮮魚でも銅貨数枚が普通なんだよね。貿易船が多い港でそれだから、ここみたいに流通の少ない島から考えたら異常な値付けだ。

海に囲まれた島なのに、食糧不足が起こるほど魚介類が獲《と》れないのだろうか？

「皆さん必死ですね」

悪徳商人が余裕の表情だ。

小さな声で「ちょっとイヤミな感じ」とアリサが呟《つぶや》いた。

「金貨六枚です」

そう言って悪徳商人がオレを見る。

「私に全《すべ》て売るなら、樽一つにつき金貨六枚出しましょう」

勝ち誇った顔で商人達を見回す。

オレが承諾もしていないのに、悪徳商人がささっと契約書を書き出す。

「私も金貨六枚出す！　だから五樽でいいから売ってくれ」

一人が言い出すと、他の者達も資金で収まるギリギリを買おうと値上げを申し出てきた。

「おやおや困りますね。私の条件は全て私に売るならば、一樽あたり金貨六枚です。一樽でも欠ければ、取り引きはいたしませんよ」

悪徳商人が勝ち誇った目で押し黙った商人達を見下ろす。

「買い占めはご遠慮願えますかしら？」

アリサが悪徳商人を窘《たしな》めたが、「子供が大人の商売に口を出すな」と怒鳴られて眦《まなじり》を決した。

言い返そうと口を開いたアリサを制し、オレが悪徳商人の相手をする。

「それでは仕方ありませんね」

「ええ、その通りです」

悪徳商人はこちらについっと書き上げた契約書を差し出してきたので、そのまま押し返す。

「どういうつもりですか？」

「あなたの条件を満たせそうにないので、他の商人の方達に買えるだけ買っていただきます。余った分は自分達で消費しますよ」

オレがそう言うと、諦《あきら》めムードだった商人達の目に輝きが戻った。

「さっすが、私のご主人様！」

アリサがオレの首に抱きついてくる。

そのままキスしようとしたので、間に手を滑り込ませて阻止した。

「ば、馬鹿《ばか》な！　あなたは損得勘定ができないのですか！」

悪徳商人が椅子《いす》を蹴倒《けたお》して抗議してきたが、皆が困っている時に買い占めするような人間に売るのは嫌なのでスルーした。

だって、最終的に困るのは島の人達だろうからね。

「わ、我がブンドル商会を敵に回して、ただで済むと思っているのですか！」

悪徳商人が恫喝《どうかつ》してきたけど、アリサが勝ち誇った顔で「シーサーペントの頭部みたいになる人は見ないで済むと嬉《うれ》しいですわね」と礼儀正しく返していた。

なんだか、その後も罵倒《ばとう》を続けていたが、相手にするのも面倒なのでスルーしていたら、いつの間にかいなくなっていた。

「よ、良かったのですか？　ブンドル商会は王家や貴族にも知り合いが多いのですが……」

「大丈夫ですよ」

食糧難なら美味《おい》しい物も期待できないし、狭い島の名所観光なら一日で終わりそうだしね。

心配してくれる商人達に礼を言い、シーサーペントの肉や脂身は均等割りで各商人に売却した。

支払いは銀の地金で行われたが、そのほとんどは彼らの商会から商材を購入する事で還元する事にしよう。

港湾施設の傍に彼らの倉庫があったので順番に見て回る。

珊瑚《さんご》や真珠が安い。真珠は不揃いでバロックなどの歪《ゆが》んだモノの方が多かったが、これはこれで色々と使えそうだ。錬金素材にもなるしね。この島独特の工芸品も多く、椰子《やし》の実の繊維で作ったという上着は風通しも良く、異国情緒豊かで気に入った。

この辺りの値段交渉はアリサが三面六臂《さんめんろっぴ》の活躍で、交渉役の面目躍如といった感じだ。

かなりの分量になりそうなので、空き倉庫の一つを借りて、そこに購入した商品を運び込んでもらう事に決めた。

「ペンドラゴン船長、少数ですが借金奴隷もおります。若い娘や力のある若者もおりますので一度ご覧になりませんか？」

「新しい船乗りをお求めなら、私の友人が『船乗りの酒場』を経営しています。使えそうな船乗りや見習いを見繕わせますよ」

アリサの交渉を眺めていたら、奴隷や船員を薦められたが、そちらは即答で断っておいた。

オレ達の船は秘密が多いからね。

幕間：影武者

「■　縁故契約《コネクト・フェイト》」

国王陛下の厳粛な声が儀式の間に響き、白い輝きが私を包む。

私の魂の奥底で何かが組み替えられたような不思議な感覚が伝わってくる。

「――ナナエ」

陛下が私の名を呼んだ。

姫様の侍女になってから久しいけれど、陛下に名前を呼ばれたのはこれが初めてだ。

「これから、お前はナナエ・ササリエスーファだ」

「光栄でございます」

私は最敬礼で陛下に答える。

「……すまぬ、ナナエ」

顔を伏せた私の耳に、陛下の謝罪が届いた。

あまりに意外な出来事に思わず頭を跳ね上げそうになる。下位者に謝る陛下なんて見た事がない。

どう答えるべきか分からず、あわあわと戸惑っていると陛下が言葉を続けた。

「娘を想《おも》うあまり、お前を海賊に差し出す愚王を好きなだけ詰《なじ》ってくれてかまわん」

陛下が罪悪感に満ちた顔で私を見る。

そう。私が王族と同じ家名を与えられたのは、姫様の代わりに伯爵を詐称する海賊の下に輿入《こしい》れする為《ため》だ。

「いいえ、陛下。謝罪の必要はございません。我が一族は王家に対し、返しきれない恩義がございます」

流浪の民であった私達の一族が安住の地を得る事ができたのは、先々代のササリエスーファ王が一族を受け入れてくれたからだ。

長く苦しい流浪の生活から解放してくれた王家に恩返しをする事、それは私達一族の者全てに課された義務であると、一族の古老や父母から事あるごとに聞かされ続けてきた。

下の兄は押しつけだと反発していたけど、私はそうは思わない。

この過酷な世界で、王の庇護《ひご》下で命の危険なく安全に暮らせるのは、それだけの価値がある事だ。

姫様に連れられていった港で聞いた船乗り達の話からは、外の世界がいかに大変な場所か、話半分に聞いても察する事ができる。

それに――。

「何より、これは私のお仕えするリリナーレ姫殿下の御為でございます」

大好きな姫様。彼女のどこまでも自由な瞳《ひとみ》を守る為なら、私自身が犠牲になる事くらいなんでもない。

彼女のお陰で、私は一族の狭い世界や王宮の中以外の生活を知る事ができた。

私には無理だけど、姫様なら狭い国から飛び出して、この国をもっと豊かにする方法を見つけられるだろう。

それを傍で見守れないのは残念だけど、それを支える礎の一つになれたのなら本望だ。

「リリンはそなたのような乳姉妹を得て果報者だな」

陛下がそう言って扉を開くと、隣室に控えていた母が立ち上がるのが見えた。

「あまり時間はやれぬが、しばしの間、家族と別れを惜しむがいい」

私は陛下の温情に礼を言い、母の胸に飛び込んだ。

母以外にも兄達や弟達も来ている。口の悪い下の兄からは「お前は馬鹿だ」と詰られたが、涙を流しながら言われては反論する事もできない。

私は家族からこれほど愛されていた。

その事実だけで、過酷であろうこれからの日々を生きていける。

――リリン。

私の姫様。どうかご壮健で――。

男装の王女

〝サトゥーです。男装の麗人というと、大きなリボンがトレードマークの王女様を思い出します。

白い馬に乗った王女様が細剣で大の男達をバッタバッタと倒すのが爽快《そうかい》でした。〟


「止《や》めて！　止めてったら！」

取り引きを纏《まと》めて外に出たところで事件に遭遇してしまった。

色っぽいお姉さんが海賊達にセクハラされている。

周りにいるガタイの大きな男達も、海賊達とは揉《も》めたくないのか割って入れないような感じだ。

「ご主人様、不埒者《ふらち》を叩《たた》きのめしてよろしいですか？」

リザが対処しようとしたが、オレはそれを制した。

剣を持った男装美少女が止めに入るのが見えたからだ。

「あれって女の子よね？」

「そうだよ」

あれだけ地顔が可愛《かわい》かったら、鑑定するまでもなく判別できる。

「――王女様じゃん」

アリサは男装美少女の正体を人物鑑定したようだ。

「ご主人様」

戦いを見守っていたリザがオレに注意を促した。

剣で海賊の曲刀を弾《はじ》いた王女だったが、注意が逸《そ》れた隙《すき》を突かれて海賊に蹴とばされてしまった。

戦っている海賊は一人で、残りはお姉さんを拘束した海賊の周りで見物している。

「そこそこ強いが、お座敷剣術だな」

地面に転がった王女が、落とした剣を拾おうとするも、海賊に踏みつけられてしまう。

「泣いて詫《わ》びを入れるか?」

曲刀を王女の眼前に突きつけて、海賊がニヤニヤとほくそ笑む。

「リザ」

「――承知」

一瞬で間合いに飛び込んだリザの槍《やり》が、海賊の眼前に突きつけられる。

「う、うわっ」

驚いた海賊が慌てて距離を取った。

他《ほか》の海賊もうろたえて注意力が散漫になっている。

その隙にセクハラ海賊の急所を、魔術的な念動力《サイコキネシス》である「理力の手《マジック・ハンド》」で殴って悶絶《もんぜつ》させ、お姉さんを逃がす。素早く人混《ひとご》みに紛れてくれたので、彼女の方はこれでいい。

オレは視線を、海賊と戦うリザに戻す。

海賊リーダーはリザの攻撃を辛うじて捌《さば》くくらいの腕前はあるらしい。

他の海賊達は激しい二人の攻防に割り込めずにいる。

「お怪我《けが》はありませんか?」

人質解放ミッションをクリアしたので、地面に座ったままリザ達の戦いを見守る王女に手を差し伸べて立たせる。

「――私の剣を。このままではあの鱗《うろこ》族の女性が危ない」

視線を巡らせて剣を捜す王女に、アリサが剣を拾って渡す。

男装に合わせてか、無理に男口調を作っているようだ。

「ありがとう。これさえあれば――」

「大丈夫ですよ」

加勢しようとする王女を止める。

割り込もうとした海賊をリザが一撃で昏倒《こんとう》させ、その身体《からだ》を使って海賊リーダーのブラインドから強打を入れていた。

リザの死角からスリングで攻撃しようとしていた海賊は、オレが投石で阻止する。

「そろそろ終わりそうですね」

海賊の子分達を全《すべ》て叩きのめしたリザが、地面に転がった海賊リーダーの喉元《のどもと》に槍を突きつけた。

「あちらもようやくお出ましのようよ」

アリサが示す狭い路地の向こうから、兵士達がやってくるのが見えた。

それを見た王女が人混みの中に逃げ出す。走り出す時に「この礼は必ず」と囁《ささや》いていたから、感謝の気持ちはあるようだ。

「騒動を起こしたのはお前達か!」

兵士達の長が居丈高に怒鳴る。

その視線が地面に転がった海賊を捉《とら》えた。

「お前達は……」

「ラレーツァ一家の者《もん》だ」

海賊が偉そうに答えると、兵士長は苦々しげな顔で舌打ちした後、「行け」と言って海賊を立ち去らせた。

「ちょっと！　元凶を行かせてどうするのよ！」

海賊が解放されてアリサがお冠だ。

他の兵士達や周りの人達も不満そうだが、表だって兵士長の決定に異を唱える者はいない。

「ふん、よそ者に何が分かる」

兵士長は「海賊と揉めるな」とオレ達に言って去っていく。

「もー、何よ！」

ぷんぷん怒るアリサに、立ち去りながら「悪いな、嬢ちゃん」と謝る兵士や苦々しい顔で「俺達は上の命令に逆らえないんだ」なんてぼやく兵士もいた。

なかなか複雑な事情がありそうな感じだ。

アリサを宥《なだ》め、船の方に足を向けると、城から続く道を見上げている人が多いのに気付いた。

何かの行列があり、その中に美少女が乗った輿が見える。

「姫様の嫁入り行列だ」

「姫様、綺麗《きれい》」

子供達は無邪気に行列を眺めているが、大人達は複雑な表情だ。

「……姫様」

「海賊なんぞの所に……」

言われてみれば、行列の先頭を行く海軍将校みたいな服装の男は海賊だ。

AR表示によると、輿に乗った王女様はナナエ・ササリエスーファという名前で王女の称号を持つが、隠し称号に「影武者」というのがあり、備考欄に「養子」という情報があった。

どうやら、彼女は王国と海賊の縁を繋《つな》ぐ為に、養女に仕立て上げられたようだ。

戦記モノの物語みたいに、海賊を取り込んで自国の海軍にするとかなのかな？

周りの反応からして、あまり良い話とは思えないので、念の為に影武者王女にマーカーを付けておこう。

「ちょっと嫌《やー》な雰囲気ね」

「何か事情がありそうです」

アリサとリザにオレが知った情報を耳打ちする。

「ふーん、ありがちなパターンね」

「海賊を壊滅させれば良いのではないのですか？」

「国王と共犯関係にあったらややこしいから、情報収集してからの方がいいと思うわ」

「そうだね。彼女の行方は追えるし、オレ達の船ならすぐに追いつける」

そんな会話をするオレ達の視線の向こうで、影武者王女を乗せた海賊船が港を出航した。

「――あの黒髪の少年です」

振り返ると、色っぽいお姉さんと一緒に恰幅《かっぷく》の良い商人が、人混みの向こうからやってくるのが見えた。女性は海賊からセクハラされていた人だけど、商人さんの方も見覚えがある。さっきシーサーペントを売った商人の一人だ。

「娘を助けてくださったのは、サトゥー船長でしたか！　これはお礼の宴《うたげ》を開いておもてなしせねば！」

アリサが「どうする？」と言いたげな顔で見上げてきたので「受けよう」と小さな声で伝える。

情報収集に丁度良いし、普通の船が半日で行ける範囲に海賊の拠点らしき場所はない。宴で情報収集をしてからでも、オレ達の浮遊帆船なら十分に追いつけるはずだ。

海賊船も去った事だし、船で留守番をする仲間達も呼んで一緒に宴に参加した。

島の食糧は不足気味のようだったので、増えた仲間達の分の食材はこちらから「差し入れ」という形で提供してある。

◆

「とってもとっても美味《おい》しそうなのです！」

「えきぞちっく～？」

ポチとタマが大きなテーブルに並べられた異国の料理に目をキラキラとさせる。

砕いた木の実や海藻を酢であえたサラダ、目玉の大きな魚をどろりとしたオレンジ色のスープで煮たシチュー、タマネギのような野菜と魚で作ったマリネらしき料理が所狭しと並び、中央にシーサーペントのモノらしき大きな輪切りがメイン料理としてドーンと置かれている。

「田舎料理ですが、どうぞご賞味ください」

謙遜《けんそん》する商人さんにお礼を言い、アリサ達の「いただきます」の合図で食事が始まる。

食卓にはオレ達やホストの商人さんだけじゃなく、商会の人達や近所の人達も呼ばれていてなかなか賑《にぎ》やかだ。

「ピスタチオみたいなナッツね。ミーアも気に入った？」

「うん。炒《い》りたてだから、とっても香りもいいの。パキッて皮を割るとナッツの香りがふんわりと溢《あふ》れてくるのよ。でもでも、香りだけじゃないわ。硬い殻と違ってナッツはふんわりと柔らかくて、でもナッツらしい食感もあるの。苦みもなくて上品な味でとっても美味しいの。本当よ？」

こりこりと一心不乱に食べていたミーアにアリサが話を振ると、アリサが苦笑いするくらい長文が返ってきた。

ミーアが気に入るだけあって、なかなか美味しい。

小麦なんかの食料品と交換して少し仕入れて行きたいね。

「海藻のサラダも隠し包丁が入っていて食べやすいですよ。お酢が効いていて、口の中がすっきりします」

タマとポチの二人は一口食べて「酸っぱいのです」と言って目元をバッテンにしそうな顔をしていたが、ルルの言うように意外に食べやすくて美味しい。薄切りの蛸《たこ》を入れると、もっと良くなる気がする。

「船長さん、こちらもどうぞ」

商人の奥さんがシチューを注いだ器を、オレや仲間達に渡してくれる。

「びみびみ～？」

「とろりとしてて、中に入っているお魚さんがパリポリして美味しいのです」

「ちっちゃな蟹《かに》や海老《えび》も入ってる～」

タマとポチががふがふと食べる。

「島芋焼き」

「ほくほくしていますね」

「ん」

ミーアとルルは島芋の輪切りを焼いて発酵調味料が塗られた料理を食べているようだ。

「リザ様、お口に合いますか？」

「ええ、とても美味です。このとろみは小麦でしょうか？」

「いいえ、島芋っていうお芋を煮込むととろみがつくんですよ」

リザの疑問に商人の娘さんが答える。海賊から助けたリザに憧《あこが》れがあるようで、さっきからリザの傍《そば》で給仕に励んでいる。

オレも一口食べてみる。磯《いそ》の香りは好き嫌いが分かれるかもしれないが、濃厚な味で海を丸ごと食べているような満足感がある。トマトソースとも味噌《みそ》とも違う橙《だいだいいろ》色の味付けは、この島に古くから伝わる秘伝のソースを使っているとの事だ。

こういう新しい出会いは旅ならではの醍醐味《だいごみ》だね。

「――荒々しき外海の向こう。太陽の昇る水平線の彼方《かなた》に宝島あり」

宴のお零《こぼ》れを狙《ねら》って現れた吟遊詩人が、参加者に乞《こ》われて音楽に合わせて昔話を諳《そら》んじ始めた。

『『天海の羅針盤』は宝島への航路を指し示し、『天海の羅針盤』は人魚の幻を見破る。だが、努々《ゆめゆめ》忘れるな。『天海の羅針盤』は天空人の末裔《まつえい》の物。盗人《ぬすびと》が用いれば財宝の番人たる『滅びの魔獣』にパクリと一呑《ひとの》みにされるだろう』

最後のフレーズで子供達が嬉《うれ》しそうに「キャー」と悲鳴を上げた。

てっきり『神の浮き島』ララキエの事かと思ったけど、どうも違うみたいだ。

昔話は二番や三番まであるこの島の定番らしく、手に入る宝も「大陸を買える財宝」とか「大海の国々を統べる力」とか、どんどんインフレーションしていて楽しい。

共通しているのは「天海の羅針盤」というキーアイテムの存在と天空人以外の者が宝に近付くと破滅するという流れくらいで、後はわりとフリーダムに変わっている。

「船長、地酒はいかがですか?」

「いただきます」

商人さんが差し出してくれた地酒は、先ほど話に出た島芋を発酵させて作るそうだ。

ねっとりとした里芋料理のような舌触りの後に、ほどよい酒精が舌を痺《しび》れさせる。ここしばらくはラム酒が多かったので、たまにはこういう濁り酒もいいね。

シーサーペントの輪切りを肴《さかな》に地酒を傾け、商人さんにこの島の事情を尋ねてみた。

「この島には海賊の船がよく寄港するのですか?」

「……ええ」

商人さんは少し逡巡《しゅんじゅん》してから、オレの質問に首肯した。

「ブンドル商会が仲立ちして、表向きはビンデニア王国の商船という名目で寄港し、補給や盗品の売却を行っています」

「海賊達が他《ほか》の国の名前を騙《かた》っているのを、この国の王はご存じないのですか？」

「もちろん知っています。ですが、見て見ぬ振りをしているのです」

商人さんが杯に残っていた酒を一気に呷《あお》る。

「この国は交易船が来ないと成り立たない弱い国です。海賊達が航路を封鎖してから、たった三ヶ月で干上がりかけています。その間に入港した船は海賊船を除けば、サトゥー船長の船だけですよ」

オレは瓶に入っていた酒を彼の杯に注ぎながら、重要事項を確認する。

「つまり、航路を封鎖している海賊達を討伐すれば、この国は海賊達に頭を下げる必要がなくなるのですね？」

「――船長、まさか？」

驚く商人さんに首肯する。

「ダメです！　止《や》めてください。小型の外洋船一隻でどうにかなる相手ではありません！」

「大丈夫ですよ」

砂糖航路で海賊退治をするのはいつもの事だし。

情報通の商人によると、一部では「海賊狩りのペンドラゴン」とか「海賊退治のペンドラゴン」なんて呼ばれているそうだ。

「大丈夫じゃありません！　航路を封鎖するラレーツァ一家は強大です。大型船こそありませんが、中型から小型の高速船を十隻以上も保有しています。火杖《ひづえ》だけじゃありません。魔力砲や隷属化した魔法使い達だって！」

商人さんがオレの肩を掴《つか》んで揺さぶる。

「そんなに心配しなくても大丈夫よ」

「ええ、ご主人様やアリサの言う通りです。海賊船が何隻あろうと敵ではありません」

「そうなのです。ポチ達は海賊退治の専門家なのですよ！」

「楽勝～？」

「油断大敵」

「イエス・ミーア。逃がさないように慎重に一網打尽にするべきと進言します」

「あはは。そうですね、ナナさん。海賊さんはちゃんと捕まえないと、余所《よそ》で悪い事をしちゃいますから」

仲間達が賑やかに海賊退治の話をする。

「海賊退治は私達ペンドラゴン家にお任せください」

仲間達の会話が一段落したタイミングで、オレは商人さんにそう告げる。

商人さんや宴会に参加していた人達は、どこまで信じたらいいのか分からないと言いたげな顔になった。

まあ、女性や子供達しかいないオレ達が海賊を退治する姿が想像できないのだろう。

「……ペンドラゴン？」

船乗り風の男性がそう呟《つぶや》く。

「どうした？」

「――そうだ、ペンドラゴンだ！」

「サトゥー船長の家名がどうしたんだ？」

「海賊退治のペンドラゴンだよ！　海賊から逃げ延びた難破船の生き残りが言っていたんだ！　砂糖航路には海賊の天敵とも言われている海賊退治の専門家がいるって！」

男性の言葉を聞いた酒場の人達が一斉にオレ達を見る。

噂《うわさ》に負けない速さで北上を続けていたつもりだったが、いつの間にか追いつかれていたようだ。

「わたし達こそ、そのペンドラゴン家よ！　退治した海賊の数は両手じゃ足りないわ！」

アリサが元気に宣言する。

人々の視線がアリサからオレの方に向いたので、首肯して「事実です」と答える。

オレの答えを聞いた人々が爆発するように歓声を上げ、その場で踊り出す者やオレに握手を求めたり、オレのジョッキに酒を注《つ》ごうと集まってきたりと賑やかになった。

酒場の女性達からのスキンシップもサービス満点だったのだが、アリサとミーアの鉄壁ペアに阻まれてあまり堪能《たんのう》できなかったのが少し残念だ。

「サトゥー、船長。よろしくお願いします」

「ええ、お任せください」

商人さんと固い握手を交わす。

宴はまだまだ続きそうだったが、そろそろ追いかけないと海賊船がマップ境界を越えそうだったので、途中でおいとまする事にした。

「ふう、いい風だ」

海風で酔いを覚ましつつ船へと向かう。

帰還した船の甲板には先客がいた。

「簀巻《すま》き～？」

「ぐるぐる巻きの人がいるのです！」

タマとポチの二人が、ロープで簀巻きにされた密航者を見つけて驚きの声を上げた。

捕まえたのは船の留守番をする船首像《フィギュアヘッド》型のゴーレム「カカシ」だ。

もがもが言う密航者の顔を覗《のぞ》き込んだアリサが、こちらを振り返る。

「この子って――」

アリサに首肯する。

彼女は海賊騒動で出会った男装王女だ。

まあ、密航した事情は想像がつくが、出航前に一応確認しておくとしよう。

幕間：海賊の野望

「ふん、大人しいものだ」

船長服に着替えた海賊が、船室で大人しくする王女がいる方を見て呟いた。

「天空人の末裔とはいえ、所詮《しょせん》は外の世界を知らない小娘。周りがむくつけき男達ばかりでは仕方ありますまい」

「天空人、か」

同乗するブンドル商会の商人の言葉を耳にした海賊船長が嘲《あざけ》るように呟く。

「せいぜい本物である事を祈るぜ」

「本物ですとも」

商人が絶対の自信を持って頷《うなず》く。

「海竜の巫女《みこ》たる王女がいれば、封印された海王の宝冠を取り出す事ができます」

「宝冠は高く売れるのか？」

「ええ、国が買えるほどに」

「ほー、そいつぁ豪気だ」

海賊船長が欲にまみれた顔で口角を吊《つ》り上げた。

「――船長！　見張り台のゾッダが『嵐《あらし》が来る』って言ってやす！」

「運がねぇな。近くの島に寄せろ。嵐をやり過ごすぞ！」

船外から顔を出した副官の言葉に、海賊船長は一つ舌打ちして船外へと飛び出す。

商人は飛び出した海賊船長には追従せず、己に割り当てられた狭い船室へと足を向けた。

「宝冠さえあれば、天空人が封印した『滅びの魔獣』が蘇《よみがえ》る。原初の魔王が使役したという『滅びの魔獣』の力さえあれば砂糖航路の小国を制するどころか、汚らわしき天空人の末裔たる魔導王国ララギや海洋国家イシュラリエさえ滅ぼす事ができる」

船室の中で、商人はアイテムボックスから球体を取り出す。幾つもの光る環《わ》を持つそれは、「天海の羅針盤」といわれる太古の秘宝《アーティファクト》だった。

商人は暗い部屋で球体を見つめながら淡々と呟く。

「そして、狗頭《くとう》陛下の帝国を再びこの世界に――」

球体の発する淡い紫光に照らされながら、商人は不気味な笑みを浮かべた。

海賊の島

〝サトゥーです。物語だと密航から始まる冒険譚《たん》というのは昔からある定番の一つです。現代でも密航事案はありふれているようですが、物語と違ってなかなかヘビーなようですね。〟


「頼む、船長！　私を乗せて海賊船を追ってくれ！　海賊に連れ去られた私の友を助けたいのだ！」

密航に失敗した男装王女の猿轡《さるぐつわ》を外して事情を尋ねたところ、開口一番にそんな事を訴えてきた。

「ご友人が……」

海賊に連れて行かれた影武者王女の事だろう。

ポチとタマを先頭に、仲間達が「助けてあげて」と言いたげな顔でオレを見る。

そんな顔をしなくても海賊退治をして影武者王女を救出するのは確定しているから安心してほしい。問題は彼女を連れて追いかけると、色々な秘匿装備や魔法が使えなくて面倒だから思案していたのだ。

「もちろん、対価は払う！」

男装王女が片耳だけに着けていたイヤリングを外して差し出してきた。

「国宝の水晶珠のイヤリングだ！　外洋を旅する者ならば喉《のど》から手が出るほど欲しい品だと聞いた事がある。これで足りなければ、私にできる事ならなんでもする！」

思い詰めた顔で男装王女が訴える。

彼女の「私にできる事ならなんでもする」という言葉を聞いたアリサとミーアが「Hなのはダメ」とジェスチャーで訴えてきた。子供相手にそんな気はないから安心してほしい。

「なぜイヤリングが片方だけなのですかと問います」

ナナがマイペースに質問した。

「乳姉妹——友人と一つずつ身につけているんだ」

男装王女は自分の身分を隠す気があるのかないのか判断に悩む。

まあ、国宝級の大切な宝物を差し出してでも友人を救いたいのは分かった。

「頼む、船長。私の友を、ナナエを助けてるのに協力してほしい」

男装王女がオレの手にイヤリングを押しつける。

「イヤリングなら二つ揃《そろ》わないと価値が低いわね」

アリサが意味ありげな顔でオレを見たので、「そうだね」と言って首肯する。

「でも、それはナナエに……」

アリサの言葉の意味を取り違えた男装王女が断られたと勘違いして俯《うつむ》いた。

ちょっと分かりにくい表現だったかな？

「なら、是が非でも回収しないと」

ようやく分かったのか男装王女がガバッと顔を上げる。

「はい！」

オレの微笑《ほほえ》みを見た男装王女が、弾《はじ》けるような声で答えた。

「皆《みんな》、手伝ってくれるかい？」

言わずもがなな質問に、仲間達は異口同音に是と答えてくれた。

さて、海賊退治ミッションと影武者王女ナナエの救出ミッションの開始だね。

◆

「サトゥー船長」

出港し、ササリエスーファ王国の島が水平線の彼方《かなた》に消えた頃《ころ》、男装王女がオレの傍《そば》にやってきた。

「黙っていてごめんなさい。私はササリエスーファ王国の王女、リリナーレ・ササリエスーファです」

彼女は海賊船追跡を承諾した後に「私の事はリリンと呼んでください」と言ったきり、船首で一心不乱に前を見つめていたのだが、ようやく自分の身分を明かす気になったようだ。

「私はナナエの事を友人と言いましたが、彼女はそれ以上の存在です。彼女は私の乳母子で生まれた時からずっと一緒でした。私が王命に背いて城から逃げ出したから、年格好の似ていたナナエが私の身代わりとして海賊船に差し出されたのです」

概《おおむ》ね予想通りの事情だったらしい。

「ねぇ、リリン」

オレとリリン王女の間に割り込むようにしてアリサが顔を出した。

いつの間にかミーアも傍にいる。さすがは鉄壁ペアだ。

「海賊側には人物鑑定スキル持ちが誰《だれ》もいなかったのかしら？」

「分かりません」

リリン王女が首を横に振る。

騙《だま》し騙されが普通な海賊なら、偽物を掴《つか》まされる可能性は考えていただろうし、一人くらいは人物鑑定スキル持ちがいたと思う。

リリン王女は知らないみたいだけど、ナナエ嬢を養子にしたのは人物鑑定スキル対策だと思う。

普通は隠し称号は分からないだろうしね。

「大丈夫だよ。ナナエ嬢に不埒《ふらち》な事をされる前に海賊を退治すればいい」

不安そうなリリン王女を励ます。

「海図は読めるかい？」

「はい、少し」

甲板のテーブルに地図を広げ、海賊島への航路を確認する事にした。

これでリリン王女の気が紛れるといいんだけど。

海賊島がある方向を絞り込めたところで、さっくりとリリン王女を眠らせ、彼女が眠っている間に浮遊帆船モードで一気に距離を詰めた。


「そろそろ海賊達の島？」

「ああ、それなんだけど――」

海賊達の拠点には目的の海賊船を含む九隻の帆船があるが、オレ達が救出する予定のナナエ嬢はいない。

島の中に空白地帯はないし、すでに別の船に乗せ替えて違う場所に移動中らしい。

「なら、拠点制圧は後回しにして、先にナナエちゃんを助けに行く？」

「そうだね……」

海賊の拠点にナナエ嬢はいないけど、商船の乗組員や客がたくさん捕まっているみたいなんだよね。

空間魔法の「遠見《クレアボヤンス》」で確認した範囲では、酷《ひど》い目に遭っている者も多い。

「いや、とりあえず拠点を制圧して、虜囚になっている人達を救出しよう」

「おっけー。このまま進路変更しても、リリンが納得しないもんね」

噂《うわさ》をすれば影、マップ情報がリリン王女の目覚めを教えてくれた。

「そろそろリリンが起きてくるから、先に海賊船や島の武装を奪っておくよ」

海賊達もオレ達の船影に気付いて戦闘準備を始めたようだしね。

メニューの魔法欄から「誘導矢《リモート・アロー》」を選択し、マップを開いて海賊達の各種大砲や船の帆をターゲットとしてロックオンする。

心の中のトリガーを引くと、オレの周囲に現れた短槍《たんそう》サイズの一二〇本の誘導矢が、ロックオンした目標に向かって風を切って飛んでいく。

「まるでミサイルね」

海面すれすれを飛ぶ誘導矢を見守るアリサが呟《つぶや》いた。

その言葉が終わるまでに、誘導矢が島の防衛施設を次々に破壊し、全《すべ》ての海賊船を航行不能にしていく。

そそっかしい海賊が火を倒してしまったのか、炎や黒煙が上がっている場所も見受けられる。

「ちっちゃな船が来たのです！」

「手こぎボートで打って出たようだね」

黒く塗った小舟に、人相の悪い男達が乗っている。

今度は対人制圧用の「誘導気絶弾《リモート・スタン》」で射手や魔法スキル持ちを中心に排除した。何人か落水していたが、仲間達が救助していたから大丈夫だろう。

「すたこらさっさ～？」

「海賊達が逃げていくのです！」

「まあ、この距離で先制されたらね」

船に乗り込んでくる連中がいなくなったので、オレ達の船は悠々と島の入り江へと入り込んだ。

「……こ、これは⁈」

船室から出てきたリリン王女が驚愕《きようがく》の声を上げた。

壊れた帆船や黒煙の上がる島を見たのだろう。

「海賊島に到着したと報告します」

「もう着いたのですか？」

「はいなのです」

「これから上陸～？」

上陸戦の準備をする前衛陣がリリン王女に答える。

「わ、私も行きます！」

「危ないですから、殿下はルルやアリサ達と船で待機していてください」

「お願いです、船長！　私はこれでも剣を使えます！　足手まといにはなりません！」

王女がオレを見つめる。

顔に「不退転」と書いてありそうな表情だ。

「ですが……」

「待ってなどいられません！　あそこにナナエがいるのです！　こうしている間にもナナエは海賊達にどんな目に遭わされている事か！」

どうやら、彼女の意志は固いようだ。

かといって、彼女を危険にさらすのは躊躇《ためら》われる。

「——ご主人様。ご主人様が一緒なら大丈夫でしょ？」

アリサがそう言ってオレの背中を押す。

仕方ない——。

「勝手に飛び出したりしないと約束できますか？」

「ええ、約束します！」

こうしてオレ達は、浮遊帆船をアリサ、ルル、ミーアの三人に任せ、獣娘達やナナと一緒に上陸船に乗り込んで海賊島へと向かった。

「——凄《すご》い」

海賊を蹴散《けち》らす前衛陣を見て、リリン王女が感嘆の言葉を漏らした。

「ちょちょいや～？」

「あきすれはんたーなのです！」

タマとポチの二人が海賊達の足下に飛び込み、足首や股《また》などを切り裂きながら駆け抜ける。

「シールド・バッシュと告げます！」

機動力を失った海賊達を、ナナの大盾が吹き飛ばし、リザが槍《やり》の石突きや柄で殴り飛ばして昏倒《こんとう》させていく。

リリン王女の視線が前衛陣に釘付《くぎづ》けになっていたので、対人制圧用の「誘導気絶弾」をこっそりと使用して逃げ出そうとしていた海賊達やオレ達の帆船を奪おうと海に向かっていた海賊を退治する。

「わ、私も！」

「ダメですよ。殿下は私と一緒に後衛です」

戦いの熱に浮かされたリリン王女を引き留める。

いくら仲間達と一緒に「物理防御付与《エンチヤント・フイジカル・プロテクシヨン》」や「魔法防御付与《エンチヤント・マジツク・プロテクシヨン》」なんかの支援魔法をかけてあるとはいえ、ろくな防具も身につけていないレベル五の彼女を、危険な前線に出すわけにはいかない。

「あなたは戦わないのですか？」

「――いいえ？」

丁度いいタイミングで海賊が建物の上から顔を出したので、懐から取り出した魔法銃で撃ち落とす。

「私達の役目は彼女達が後顧の憂いなく前方の敵と戦えるようにする事ですよ」

オレはもっともらしい事を彼女に告げる。

詐術スキルのお陰か、それ以後はリリン王女もわがままを言わずに後ろで一緒に観戦してくれていた。

拠点を右往左往していた海賊達をあらかた叩《たた》きのめしたオレ達は、海賊達が立て篭《こ》もる洞窟《どうくつ》砦《とりで》へと足を向ける。

「来られるもんなら来てみやがれ！」

砦城になった洞窟の前には、難破船の廃材建材などが積み上げられ、容易に近付けないようになっていた。

生意気な事に、拠点防衛用の防御障壁まで発生させている。

艦載用の魔力炉や障壁発生魔法装置を、拠点に移設したのだろう。

海賊のくせになかなか設備や装備が充実している。海賊のアジトというよりは一国の軍事拠点なみだね。

「ご主人様、強行突破いたしますか？」

リザがキリリとした顔で問う。

彼女の左右にいるタマとポチは、「いつでも飛び込むよ」と言いたげな顔でオレを見上げている。

ちなみにナナはマイペースな無表情で砦を眺めていた。

「いや、まずは瓦礫《がれき》と扉を壊すよ」

オレは空間魔法の「遠話《テレフオン》」でアリサに連絡し、船の魔砲で砦の手前を攻撃するように告げた。

浮遊帆船の艦首魔砲から放たれた灼熱《しやくねつ》の光弾が大地に着弾し、その余波で砦の障壁を一撃で粉砕し、砦の手前にあった瓦礫を吹き飛ばす。さらには飛び火した砦の構造物を炎の海に沈める。

直撃させないで良かった。

門をめがけて打ち込んでいたら、中の人質まで蒸し焼きにしちゃうところだったよ。

ルルに遠話でねぎらいの言葉を伝え、前衛陣に進軍を指示する。

「門を破壊すると宣言します」

「タマもやる～？」

「ハンマー！　なのです！」

ナナが大盾のシールド・バッシュで、タマとポチが妖精鞄《ようせいかばん》から出した大きなハンマーで、焼けて脆《もろ》くなった門を打ち砕く。

門が砕かれると同時に、海賊達が飛び出してきた。

「はん！　馬鹿《ばか》が突撃してきやがった！」

「これじゃ艦砲射撃もできやしねぇ！　こいつらを殺して逃げるぞ！」

飛び出してきた海賊を、門破壊に参加していなかったリザが次々に打ち倒す。

「海賊よ！　陸に上がった海賊など砂浜のウミガメも同然だと告げます」

「ポチもいるのですよ！」

リザが手に負えなくなる前に、ナナとポチがリザのサポートに入る。

「タマのロープワークは世界一ぃ～？」

タマはポチが前線から投げ飛ばした海賊をロープで縛り上げていく。

リリン王女は戦いに参加したそうだったが、タマと一緒に海賊の捕縛を担当してもらった。

「おらおらおら！」

「雑魚を倒して粋がっているんじゃねぇよ！」

「ラレーツァ一家三人衆ここにありだ！」

無双していたリザの槍を弾《はじ》き、ナナの防御を超える攻撃をする海賊が現れた。

AR表示によると、リザ達よりも三から五レベルも高い。

それでもナナは必死に二人を受け持ち、その間に獣娘達が連携して残り一人を攻め立てる。

「はっはー！　俺様達を抑えきれるかな？」

「そらそらそら！　隙《すき》あり――ぐあっ」

ナナの胸を狙《ねら》おうとしたスケべな海賊の手元を、右手に持った魔法銃で撃ち抜く。隣でポチの頭に槍を振り下ろそうとしていた海賊の顔の傍《そば》にも、左手に出した魔法銃で牽制《けんせい》の一撃を撃ち込んでやる。

そんなサポートで一人目と二人目は制圧できたのだが、三人目が意外に強い。

「ちっ、ガキどもにやられやがって！　留守を任されている俺様が本気を出す時が来たようだな」

三人目の海賊が大物ぶった態度で前衛陣を蹴散らす。

――なかなかやるね。

多対一の立ち回りに慣れている。

仲間達の成長には丁度いい相手なんだけど、あまり時間を掛けてナナエ嬢が害されたら本末転倒なので、もう少し理不尽な介入をする事にした。

「——うおっ、魔法使いか！」

魔法的な念動力《サイコキネシス》である術理魔法「理力の手《マジック・ハンド》」で身体《からだ》を拘束してやる。

「今です！」

「あい！」

「らじゃなのです！」

「タコ殴りにすると宣言します」

動きが制限された海賊を、前衛陣が情け無用の連打攻撃で打ち倒した。

その間にも抜け穴から逃げようとした海賊はいたが、そちらはリリン王女が前衛陣の戦いに目を奪われている隙に、「誘導矢」による攻撃で出口を潰《つぶ》して追い返してある。

結果として、唯一の脱出口となった正門に海賊が殺到し、前衛陣にほとんどが打ち倒された。

中には逃げ出すのに成功した海賊もいたが、それらは対人制圧用の「誘導気絶弾」でこっそり始末して、「遠見」と「理力の手」のコンボで捕縛してある。

オレ達は捕虜が閉じ込められている牢屋《ろうや》へと足を向けた。

そこにはまだ幾人かの海賊が残っており——。

「来るな！　このガキの命はないぞ！」

牢屋の前に雑なバリケードを作って、子供達を人質に立て籠もっていた。

「ジェリー！　ジェリーを離せ！」

近くの牢屋に親がいるのか、子供の名前を呼びながら鉄格子をガンガン揺さぶっている。

「うるせぇ！　騒ぐとこいつを殺して次の人質に換えるぞ！」

海賊がキレながら叫ぶと、他《ほか》の牢屋が静かになった。

「マスター、幼生体が危険で危ないと訴えます」

あの海賊を「理力の手」で押さえつけるにしても、子供の首にナイフが当てられた状態だと事故が怖い。

なんとかして隙を——。

「私が人質を代わる！　だから、その子を離せ！」

リリン王女が牢屋の方に一歩踏み出した。

「なんだこの小僧？」

「アニキ、あいつ小僧じゃねぇ、女だ」

海賊達が飛び道具を出してもフォローできるように、すり足でゆっくりと立ち位置を移動する。

「そこで止まれ！　武器を捨てろ！」

海賊が命じるままにリリン王女が腰に下げていた剣を足下に置く。

「全部だ！」

「……全部？　これで全部だ。他には持っていない」

海賊達が困惑するリリン王女を見て厭《いや》らしい笑みを浮かべる。

「服の下に隠しているかもしれないだろ？」

「そうだそうだ！　全部脱げ！」

海賊達が下品な声でリリン王女をはやし立てる。

リリン王女は男装していても分かるほどの美少女だが、それでもいい歳《とし》をしたおっさん達が鼻の下を伸ばすには少し若すぎると思う。

件《くだん》の海賊が一瞬でも子供の首からナイフを離したら取り押さえようと思っているのだが、なかなか隙を見せない。

「ば、馬鹿な！　そんなはしたない事を――」

「だったら、このガキの命はねぇ」

「ま、待て！」

これ見よがしに子供の首に当てたナイフを見せつける海賊の恫喝《どうかつ》を受け、焦ったリリン王女がその要求を呑《の》んだ。

「分かった。脱ぐ――」

オレの傍らで、ぎりりと歯ぎしりの音がした。

卑怯《ひきょう》な海賊達にリザの怒りが爆発しかけているようだ。ナナは無表情のままだが、彼女の雰囲気から密《ひそ》かに怒りを募らせている事が分かる。

「ひゅー、たまんねぇ」

「日焼けの痕《あと》がエロいぜ」

リリン王女がシャツのボタンに指をかけると、海賊達がバリケードの向こうで身を乗り出すのが見えた。

件の海賊はナイフを子供の首から離していない。

オレはこっそりと、地面に転がっていた瓶を件の海賊の足下に移動させておく。

「さっさとボタンを外せ！」

「じらしてないで、豪快に脱ぎやがれ！」

海賊達が指笛を鳴らし、さらにリリン王女をはやし立てる。

そろそろ放置できない場所までリリン王女がボタンを外したあたりで、件の海賊が身を乗り出した。

「うおっ」

瓶に躓《つまず》き、一瞬だけ子供の首からナイフが離れた。

――今だ！

オレは「理力の手」で件の海賊の腕をひねり上げ、子供を引き剥《は》がした。

「ナナ！」

「シールド・バッシュと告げます！」

ナナが盾攻撃《シールド・バッシュ》でバリケードを殴りつけるのに合わせて、残りの「理力の手」でバリケードを吹き飛ばした。

「続け！」

吹き飛ぶバリケードの間を駆け抜け、鉄格子を力尽《ず》くで左右に引くと、熱した飴《あめ》のようにぐにゃりと広がった。

「タマ！　ポチ！　子供を救え！」

「あいあいさ～？」

「ポチにお任せなのです！」

鉄格子の間を小さなタマとポチが駆け抜け、子供を捕まえようとしていた海賊をポチが成敗し、タマが子供を救出した。

その間にも、リザが鉄格子の鍵《かぎ》を魔槍《まそう》で破壊し、ナナと一緒に海賊達を蹂躙《じゅうりん》する。

「救出完了～？」

「助けてきたのです」

子供を抱えたタマとポチが戻ってきた。

後ろから走ってきたリリン王女が、助け出したポチやタマごと子供を抱きしめる。

「無事で良かった」

抱きしめられた子供が安堵《あんど》して泣き出し、リリン王女も釣られて涙を流す。

「にゅ?!」

「もう、大丈夫なのですよ」

「安全安心～？」

ポチとタマがわたわたした後、子供とリリン王女の頭をなでなでする。

「ご主人様、制圧を完了いたしました」

「幼生体を怖がらせた海賊は厳重に拘束したと告げます」

件の海賊はロープでぐるぐる巻きだ。

オレ達は海賊に捕まっていた人達を解放し、海賊達を洞窟前の広場に集めた。

「頭目はどこに行った?」

海賊達の称号を見回し、「島守」という称号を持つ海賊に行方を尋ねる。

人質救出をしている間に、ナナエ嬢を乗せた海賊船がマップ外に出てしまったからだ。

「知らねぇな。俺様は何も知らねぇ」

「そうか、残念だよ」

尋問に時間を掛けるわけにもいかないので、オレは強攻策を採る事にした。

「ポチ隊員、タマ隊員、出番だ」

「あいあいさ~?」

「ポチにお任せなのです!」

初めはとぼけていた海賊だったが、ポチ隊員とタマ隊員の拷問技「くすぐり」を前に抵抗できるはずもなく——すぐに自白した。

「……お、お頭達は、王女を連れて、海王の島に行った」

海賊が息も絶え絶えに自白する。

「海王の島?」

「どこにあるかは知らねぇ——本当だ! 信じてくれ!」

海賊の言葉は信用ならないが、指をわきわきさせるポチとタマを見て「拷問はもう嫌だぁあああああ」と人目もはばからずにマジ泣きしていたので、少しは信じてもいいかもしれない。

「海王島の事は、私も聞いた事があります」

リリン王女が後ろでぽつりと呟《つぶや》いた。

「海図がないと行けない幻の島。人魚達の結界に守られていると昔話にあります」

王家に仕える語り部《かたべ》に聞いた事があるそうだ。

「サトゥー船長」

人質にされていた幼女を抱き上げた男性がやってくる。

薄汚れているが、服装からして彼は商船の船長をしていた人物らしい。

「役に立つか分からないが、人魚——鰭人《ひれひと》族をよく見かける岩礁地帯なら知っている」

意外なところから手がかりが入った。

海賊に取り上げられていたという彼の海図を見つけ出し、その岩礁地帯の場所を教えてもらう。

AR表示されるマップの位置と比較すると、今いる海賊島のマップに隣接する未確認エリアにあるようだ。影武者王女ナナエが既知のマップにいない以上、そこが本命の可能性が高い。

「船長、拿捕《だほ》した船を差し上げます。人質や海賊の輸送をお任せして構いませんか？」

「もちろんだ、サトゥー船長。このバンハイト、必ずサトゥー船長の期待に応《こた》えてみせよう」

オレはバンハイト船長に礼を言い、海賊の虜囚となっていた人達を人里へ送る事と海賊達の後始末を彼に託したところ、即答で快諾してくれた。

なお、海賊達は絞首刑になるか、犯罪奴隷として劣悪な環境でガレー船の漕《こ》ぎ手になるのが基本との事だ。

◆

「……いない、か」

バンハイト船長に教えてもらった海域に来てみたが、全マップ探査しても影武者王女ナナエがヒットしない。少し前に、「海王島」というマップに移動していたので、この海域にある空白地帯のどこかが、その海王島なのだろう。

とりあえず、浮遊帆船の進路を海図にあった島へと向ける。

「右の岩、人魚いる～？」

「ああ！　人魚さんが海の中に帰っちゃったのです！」

見張り台のタマとポチが島の近くにあった岩礁地帯に、鰭人族――人魚がいるのを見つけて報告してくれた。

リリン王女が言っていた島は、岩礁地帯の向こうに見えるあの島で間違いなさそうだ。

「ふぁなーぶぃぃ‼」

浮遊帆船の近くに急接近していた人魚が、海中から現れてイルカのような軌道で宙を舞う。

「マスター、人魚の幼生体を発見したと報告します」

「あの子」

ナナとミーアが人魚幼女に手を振る。

前に海上花火大会に招いて故郷へ送った人魚幼女だ。

マップを再確認すると、ここが巨大な海藻樹の林に囲まれた人魚達の村があるマップに隣接している場所だと分かった。

『やはり、サトゥー船長達だったか』

他の人魚達も水面から顔を出す。

『こんな場所まで遠征ですか？』

『うむ、この時期にしか採れん灰海石を回収に来たのだ』

「むぁもーよけー！　ふぁなーぶぃぃい！」

人魚幼女が元気に跳ねる。

見張り台から降りてきたタマとポチが、ミーアやナナと一緒に舷側《げんそく》で人魚幼女に手を振る。

「サトゥー船長は人魚と話せるのですか？」

「ええ、旅の間に覚えました」

驚くリリン王女に答える。

仲間達はエルフの里で貰《もら》った翻訳指輪があるから大丈夫だ。

『サトゥー船長もいるか？』

人魚さんがどろりとした泥に包まれた結晶質の「灰海石」を海面に持ち上げてみせた。

『これがあれば、大抵の魔物が近付かなくなるぞ』

『魔物避《よ》け、ですか？』

『そうだ。残念ながら、クラーケンや大海蛇《ディープシーサーペント》には効かぬがな』

船旅が安全になるというので、人魚達から灰海石を少し分けてもらった。

ＡＲ表示によると、クラーケンの排泄物《はいせつ》が結晶化したモノらしい。かなりの堆積量《たいせき》らしいので、ここはクラーケンの回遊地か産卵地なのだろう。だから「この時期にしか採れん」と人魚さんが言ったのかもね。

『サトゥー船長は何をしに来たのだ？』

『海賊船を追ってきたのですが、見ませんでしたか？』

「むぃたぁー！　ふぁなーぶぃい！」

『見たのですか⁈』

『今朝、「入れず島」に入っていくのを見た』

『「入れず島」というのは？』

『その島だ。目には見えんが壁があって島の近くには行けん』

人魚さんにそう言われて目を凝らして見てみると、島の近くに「結界：海王島」とＡＲ表示された。

なるほど、侵入防止の結界があるらしい。

『そっちはなんとかなりそうです』

理由は未《いま》だに分からないが、オレにはあらゆる結界を素通りする力があるみたいだし。

『なら、問題は渦だけだな』

『――渦？』

それは浮遊帆船の空力機関を起動して飛び越えればいいと思う。

『うむ、海賊船は光る海に現れた渦に呑まれて海中の洞窟《どうくつ》へと入っていった』

マジですか……。

マップを調べると海中に洞窟があり、その先が別マップになっている事が分かった。

「どうしたものか……」

さすがの浮遊帆船にも潜水艦のような機能はない。

リリン王女と仲間達に人魚さんから聞いた海賊の行方を伝える。まあ、仲間達は翻訳指輪で既に理解していただろうけどね。

「困った～？」

「ポチは素潜りのプロじゃないから、ちょっと自信がないのです」

タマとポチが腕を組んで難しい顔をする。

まあ、沈没船を調査した時のように、水魔法の「水中呼吸《ウオーター・ブレッシング》」や「水圧軽減《レジスト・ウオーター・プレッシャー》」を使えば潜水はできるけど、オレならともかく仲間達を生身で危険な場所へは連れて行きたくない。

「あうわぁー！　ふぅねー、あうわぁー！」

人魚幼女が人魚さんの背後から抱きついて、そうせがむ。

あうわぁーは「泡」かな？

『ふむ、良かろう。本来は海賊船を沈める為《ため》の儀式魔法だが、エルフ様が制御できれば海中に入れよう』

「やる」

ミーアが乗り気だ。

とりあえず小舟で試したところ、三回ほど沈没させてコツを掴《つか》んだようで、四回目からは沈めずにコントロールできるようになった。ぶっつけ本番にしなくて良かったよ。

『では行くぞ。[redacted]……』

『『『[redacted]……』』』

オレが提供した魔力回復薬で魔力を補充してから人魚さん達が儀式魔法を始めてくれる。

彼ら彼女らは人魚の村でも精鋭らしい。灰海石を採取しに危険な海を遠征してきたくらいだしね。

『……[redacted]　泡包船《バブル・シップ》』

浮遊帆船の周りに白いあぶくが次々に生まれ、船ががくんと沈む。

見る見るうちに浮遊帆船は海面より低い位置に飲み込まれていったが、泡の壁が海と船の間にあり、海水が流れ込んでくる事はない。

やがて、船は穂先まで海面下に潜り、泡のドームが完全に船を包んだ。

『ミーア様』

泡の壁から顔を出した人魚さんがミーアに声を掛ける。

「ん、任せて」

ミーアが精霊魔法で泡の制御を引き受け、ゆっくりと船が海中を進む。

見送る人魚達に手を振り、進路を海王島へと向けた。

「――よし、通れた」

島を守る結界は、舳先《へさき》に掴まったオレが触れる事で通過できた。もちろん、船もだ。

マップが「海王宮」という場所に切り替わったので、「全マップ探査」の魔法を使う。

――いた。

影武者王女ナナエは洞窟の先にある島内島の神殿にいる。

海賊達の他《ほか》に、ブンドル商会の商人もいるようだ。

「サトゥー、どっち？」

マップを見ながらミーアをナビする。

深度を増して暗くなってきたので、船に搭載してある照明の魔法道具を起動した。

ごつごつとした岩肌が明かりに照らし出され、小魚や蟹《かに》などが海藻の陰へと逃げていく。

海藻の林に隠された海底洞窟の入り口に到達し、思ったよりも広い洞窟を進む。

洞窟を抜けると、海面方向から光が降り注ぐ広大なエリアに出た。

「にゅ！」

タマとポチが抱きついてきた。

「お化けなのです！」

海中に視線をやると、暗視スキルで強化された視界によって巨大で不気味な石像が沈んでいるのが分かった。びっしりと張り付いた貝や海藻で不気味さがアップしている。

ナナが照明を向けると、海中に沈む無数の像が浮かび上がり、仲間達から悲鳴が上がった。

思ったよりも光の減衰が早いのを不思議に思って調べると、海底に沈む大量の闇石《やみいし》や闇晶珠のせいだと分かった。希少な属性石なので、マップ検索して「理力の手《マジック・ハンド》」とストレージのコンボで回収してやる。

すると闇石の影響がなくなって、海底までよく見えるようになった。

「あれは滅びの魔獣――」

そう呟いたのはリリン王女だ。

「『原初の魔王』が使役し、天罰によって石化したと言い伝えられています」

彼女は祖国で語られる昔話だと前置きした後、そう続けた。

そういえば酒場の吟遊詩人もそんな感じの昔話を諳《そら》んじていたっけ。

「ふーん、石化を解いたら動き出したりしてね」

アリサの冗談を聞いたリリン王女が「笑い事ではありません！」と真剣な顔で叫んだ。

「ごめんなさい。でも王家には『海王宮が蘇《よみがえ》る時、滅びの魔獣もまた蘇る』という言い伝えもあるんです」

ここにはレベル五〇級クラーケンくらいの大きさをした像が最低でも一〇〇〇体はある。

それが全《すべ》て蘇ったら大変な事になりそうだ。

「サトゥー、浮上？」

船が神殿島に近付いたので浮上するかとミーアが尋ねてきた。

長時間の制御は大変だと思うが、島を一周しながら浮上するように彼女に頼んだ。

一周する間に石化した像を藻屑《もくず》に変えようと、手加減抜きの水魔法「追尾銛《リモート・ハープーン》」を使用する。

「――あれ？」

「どうしたの、ご主人様？」

「何でもないよ」

レベル四〇級のクラーケンでも楽勝で倒せるんだけど、なかなか石像が壊せない。思ったよりも硬めだ。

追尾鋸を一体に集中させたら壊せた。

でも、ちょっと面倒だし、破壊から回収に変更しよう。「理力の手」を伸ばして片っ端から石像をストレージに回収する。「理力の手」が届かない距離にある幾つかの石像は、面倒だけど追尾鋸で破壊した。

「浮上完了」

「泡が消えたのです」

「天井ある～？」

海面に浮上したが、そこはまだ広大な地下空間だった。

天井には幾つか穴が開いており、そこから光が差し込んでいる。

そんな光が差し込む先に、影武者王女ナナエのいる神殿島があった。

幕間：神殿島

「どこに連れて行かれるのかしら……」

王の養女となり、海賊達の島で別の船に乗り換え、私はどこへともしれない場所へと運ばれていた。

自ら望んだ事とは言え、姫様の身代わりとなる我が身の行く末を思うと、恐怖と嫌悪感に身体《からだ》の奥底から震えが来る。

「海が光っている」

不安を紛らわせようと小さな窓から海を見ていると、海面に光が現れた。

魔法陣のように見えたのもつかの間、海の底が抜けたように船が沈む。

淑女として恥ずかしいほどの悲鳴を上げてしまったけれど、無頼の海賊達のものらしき野太い叫びが船のそこかしこで上がっていたので、それに気付いた人はいないはずだ。

船は海底の洞窟を抜け、どこかに出た。

「——ひいっ」

海中に巨大な目を見つけ、喉《のど》をひっかいたような悲鳴が出てしまった。

まるで、昔話にある「石化した『滅びの魔獣』が沈む海」のようだ。

そんな事を考えている間にも船が海面へと浮上し、天井から光が零《こぼ》れる不思議な場所に出た。

「よう、姫さん。そろそろ出番だぜ」

ビンデニア伯爵を自称する海賊の頭目が私を呼びに来た。

彼は隻眼で私の胸や腰になめ回すような視線を向けた後、私の腕を掴んで強引に甲板へと引っ張っていく。

「洞窟の中に島が……」

船の前方に島があり、その中央に苔《こけ》むした白い石で作られた神殿が見える。

あれはまさか──。

「──海王宮」

そうボソッと呟《つぶや》いたのは赤い外套《がいとう》を着込み、フードを目深に被《かぶ》った男だった。

顔は見えないけれど、さっきの声はどこかで聞いた事がある。たぶん、私の知っている人だ。

「来い！」

頭目に腕を掴まれたまま、小舟に乗って島へと上陸する。

付き従う海賊は六名。さっきのフード男も一緒だ。

私達はフード男の先導で、神殿の奥へ奥へと進んでいく。

「──水晶の柱？」

祭壇の奥に巨大な水晶柱がある。

水晶柱の中には宝冠のような物が閉じ込められており、手前の石碑には血のように赤い宝石で異国の文字が刻まれている。

「でも、どうして……」

どうして私にはこの文字が読めるの？

「天空人の末裔《まつえい》よ、『海王の宝冠』を解放する事なかれ。それは滅びの象徴。神々の慈愛に満ちた世界を我が物にせんとする愚かな邪神の遺物。時の果て、世界が終わるその時まで、滅びを封じる事を望む」

フード男が異国の文字を読む。

彼もまた、この文字が読めるらしい。

「昔話なんてどうでもいいんだよ。この『海王の宝冠』を手に入れたら、世界を俺のモノにできるんだろ？」

「ええ、その通りです、ビンデニア伯」

「ふふん――おっと伯爵じゃ物足りねぇな。世界が手に入るなら、ビンデニア王。いや、ビンデニア皇帝だ！」

海賊達が下品な笑い声を上げる。

「それで、この水晶を破壊すればいいのか？」

「その水晶は神の御力で作られたモノ。触れる事さえ叶《かな》いません」

頭目の質問に、フード男は首を横に振る。

「何だあ？　それじゃあ、ここで指を咥《くわ》えて見てろってか？」

「いいえ、その為に彼女を連れてきたのです」

フード男が私を見る。

「封印の神灰水晶から『海王の宝冠』を取り出すには、王族の血が必要となるのです」

それを聞いた海賊達がニヤけ顔で私に視線を向けた。

……大丈夫。私は単なる侍女。王家の血なんて流れていない。少なくとも「滅びの魔獣」を蘇らせる大罪を背負う事はなさそうだ。

「自分は王族ではないと安心していますね？」

フード男が私の心を読んだように言う。

「ど、どうしてそれを！」

「仕草を見れば演技かどうか見抜くなど造作もありません」

フード男がほくそ笑む。

「どういう事だ？　こいつは目的の王族じゃなかったのか？」

「ええ、でもご安心を。必要なのは天空人の血筋。最初から小国の王女ではなく、王女の侍女をしていたこの娘こそが狙《ねら》いだったのです」

頭目に答えた男がフードを下ろした。

そこから出てきた黒メガネをかけた顔には見覚えがある。

「あ、あなたはブンドル商会の！」

「ええ、お久しぶり――というべきでしょうか？　私はこれで島々を巡って天空人の血を色濃く引き継ぐ者を捜していたのです」

黒メガネの真ん中を指で押し上げ、勝ち誇った顔で私を見下ろす。

「ササリエスーファ――ササリエ王家に寄生した現地民のスーファ族の中にあなたを見つけた時は歓喜いたしましたよ」

「な、何を言って――」

「さあ、海王島の封印を解きなさい」

ブンドル商会の男は私の反応を意にも介さず、両手を広げて水晶柱の前へと私を招く。

「拒否するなら、あの国を滅ぼして、あなたの大切な王女様を慰み者にしてもいいのですよ?」

動かない私の耳元で男が囁《ささや》く。

その言葉に屈した私は、彼の命ずるままに儀式を執り行った。

不吉な紫色をした光の魔法陣が現れ、その光に照らされて、さっきまでは暗闇に閉ざされていた神殿の奥に、見ているだけで魘《うな》されそうなほど醜い巨大な魚の石像が浮かび上がる。

……あれが「滅びの魔獣」。

「あいつを支配できるのか?」

「ええ、その通りです。ですが、浮遊城を幾つも沈めた大怪魚トヴケゼェーラとて、『滅びの魔獣』の最初の一つ。海の底には一〇〇〇体もの魔獣が支配を待ち望んでおります」

「そいつぁ凄《すげ》ぇぜ」

大怪魚の名前は私も聞いた事がある。

古《いにしえ》の邪神が天空人や神々と戦う為《ため》に作り出したという恐ろしい魔獣だ。

「待ち遠しいぜ。まだ、儀式は終わらねぇのか?」

「もうすぐです」

教えられた文言を唱え終わると、水晶の表面が灰白色に濁り、粉のような物を散らし始めた。

「……おおっ、水晶が崩れていくぞ!」

潮の香りを残しながら水晶柱が崩れ、駆け寄った頭目が灰白色の砂をかき分けて「海王の宝冠」

を取り出した。

——なんて不気味な宝冠。

「後はこれを被ればいいんだな？」

「ええ、あとは宝冠が教えてくれます」

私なら触る事さえ躊躇《ためら》うような宝冠を、頭目は嬉々《きき》としてその頭に乗せた。

——WZHAAAAAAAAALYE。

耳が痛くなる轟音《ごうおん》が神殿の奥から響き、石化していた魔獣の表面がバラバラと剥《は》がれ落ち始める。

石の向こうから覗《のぞ》いた巨大な瞳《ひとみ》が私の恐怖と絶望を喚起した。

もう、ダメ。これを解き放ったら、世界は終わる。

姫様。どうか災厄から逃げ延びて——。

海王島

〝サトゥーです。天井の穴から光が零れる洞窟《どうくつ》というのは、世界遺産の写真集なんかで見た記憶がありますよね。光と闇《やみ》が織りなすファンタジーな光景って、どこか心惹《ひ》かれるんですよね。〟


「島が爆発したのです！」

「えまーじぇんˆ〜？」

ポチとタマが飛び上がって驚く。

島の中央にあった神殿が、何の予兆もなく内側から弾《はじ》けるように爆発したのだ。

「ちょ、ちょっと、ご主人様。助ける子が怪我《けが》したりしてない？」

「あそこにナナエがいるのですか？」

アリサの言葉を耳にした王女が飛びついてきた。

「ナナエさんは無事だ」

彼女の事は真っ先にマップで確認してある。

「ご主人様！　何かが来ます！」

ルルが指摘した直後、瓦礫《がれき》と白っぽい土煙を押しのけて何かが姿を現した。

島に接岸していた海賊船が、瓦礫の津波に飲み込まれて沈む。

水面に流れ込んだ瓦礫が作る大きな波がオレ達の浮遊帆船を揺らした。

沈没する心配はないけれど、いつでも飛び立てるように空力機関をアイドリング状態にしておく。あとは船の通気孔を開けばすぐだ。

「古代文明アニメの空飛ぶ白鯨を思い出すわね」

灰白色の巨体を見たアリサが、昭和な古典アニメのネタを口にする。

「おっきな魚～？」

「あれはクジラなのです！　解体した時にポチは見たのですよ！」

「ですが、あれを食べたらお腹《なか》を壊しそうですね」

「ん、腐敗」

リザやミーアが言うように、島から現れて島の上空を旋回する白鯨――大怪魚《トヴケゼェーラ》は普通の魔物ではなく、大怪魚の死骸《しがい》から作り出されたアンデッドのようだ。

「肉は腐りかけが美味《おい》しいっていうじゃない？」

「アリサ、『腐りかけ』って熟成の事でしょ？　あんなに腐敗していたらとても食べられないわ」

「まー、そうよねぇ」

アリサとルルの会話を聞きながらアンデッド大怪魚を見上げる。

あそこまでドロドロした肉だと、毒抜きができたとしても食べたくないね。

「――船？」

よく見ると頭部先端に船のような構造物がくっついている。

マップ情報によると、影武者王女ナナエはあの構造物の場所におり、海賊の頭目やブンドル商会の会頭子息と一緒だ。前者は分かるが、後者がなぜ一緒なのかはよく分からない。

あと、頭目の状態が「融合」になっているのが少し気になる。

称号も「生け贄《いにえ》」ってなっているし、もしかしたら黒幕はブンドル商会で、海賊は体よくアンデッド大怪魚の復活に利用されただけなのかもしれない。

「マスター、腐敗魚がこっちに来ると告げます」

ナナが言うようにアンデッド大怪魚がゆっくりと近付いてくる。

問答無用で攻撃する気はないようだ。ナナエ嬢の救出があるし、相手の出方を少し見てみよう。

それでもすぐに逃げ出せるように、浮遊帆船を回頭させて舷側《げんそく》をアンデッド大怪魚に向ける。

空力機関への魔力チャージも終わっているしね。

「ナナエ！」

「ご主人様、船首に誰《だれ》かいます！」

リリン王女が叫び、ルルがアンデッド大怪魚――AR表示によると「腐鯨戦艦」の艦首構造物を指さした。

触先《へさき》的な場所にナナエ嬢が触手で縛り付けられている。まるで船首像《フィギュアヘッド》のようだ。

腐鯨戦艦はオレ達の前方三〇メートルほどの場所に静止した。サイズ的にはほぼ目と鼻の先と言っていいだろう。

構造物の船首には真っ赤な外套を身にまとった男が立っている。ブンドル商会の男だ。輪っかが付いた球体を掌《てのひら》の上に浮かべている。AR表示によると「天海の羅針盤」という秘宝《アーティファクト》らしい。

「あいつが黒幕ね」

「海賊？」

アリサが決めつけ、ミーアが海賊らしくない衣装に首を傾《かし》げた。

「私が海賊だと？」

男が外套《がいとう》を脱ぎ捨てると、中から成金趣味のキンキラな商人衣装が現れる。

「我こそは、愚神の傀儡《かいらい》たるララキエ文明から人々を解放した古代人類帝国の末裔！　憎《にっく》き天空人に封じられた狗頭《くとう》の解放神の遺産を受け取りに来たのだ！」

話からすると、彼はララキエ文明と戦っていた「狗頭の魔王」サイドの子孫らしい。

「ナナエ！」

「……リリン」

舳先に縛られたナナエ嬢が自分の名を呼ぶリリン王女に気付いた。

酷《ひど》い目に遭わされたのか、聞き耳スキルがないと聞こえないほどの掠《かす》れた声だ。

「ナナエを解放しろ！」

「誰かと思ったら、跳ねっ返りの王女様ではないですか！」

商人は舷側から乗り出すように訴えるリリン王女を見下ろし、嘲《あざけ》りの笑みを浮かべた。

「お前達が欲するのは私のはずだ！　私の代わりにナナエを返せ！」

「ふはははははははは」

リリン王女の訴えを聞いた商人が哄笑《こうしょう》する。

「ご主人様、ルルに狙撃《そげき》してもらう？」

商人の視線が外れた隙《すき》に歩み寄ったアリサが、オレの背後から小声で尋ねてきた。

「ああ、相手に気付かれないように準備してくれ。皆《みんな》にも手伝ってもらうよ」

オレは腹話術スキルを駆使して仲間達の耳元に声を届け、手信号でも併せて指示を出した。

笑い終えた商人が、素の表情に戻ってリリン王女を見下ろす。

「私がお前を欲する？　何の冗談ですか？」

「なんだと？」

「分からないのですか？　初めから我らの目的は侍女の方です。今さらあなたになど何の価値も見いだせません」

商人は嗜虐《しぎゃく》心に満ちた顔でリリン王女を嘲る。

「それにすでに侍女は生け贄に捧《ささ》げられました。彼女を取り返したくば、国を滅ぼす腐鯨戦艦と戦えるような勇者でも連れてくるのですね」

唇を噛《か》んだリリン王女が、後悔の念に顔を歪《ゆが》め涙を堪《こら》える。

それを見た海賊が満足そうに哄笑を始めた。

「――大丈夫ですよ」

オレはリリン王女の肩をポンッと叩《たた》く。

間に合わせの勇者ならここにいる。

AR表示でナナエ嬢の縛《いまし》めを解く方法は分かった。

おまけに慣性で浮遊帆船と腐鯨戦艦の距離がさらに縮まっていて、この距離ならいつでも乗り込める。

「何が大丈夫だというのです。あなた方は腐鯨戦艦の魔獣砲で粉砕され、海底に眠る同胞《はらから》を目覚めさせる供物としてあげましょう」

巨大な鯨の口が開き、その奥に砲身のようなモノが見えた。

下顎《したあご》が水面を打ち、大きな波が起こる。その反動で腐鯨戦艦の構造物も揺れ、商人がよろめいて舳先に抱きつくのが見えた。

――今だ。

「ポチ、タマ！」

バンザイのポーズをしたタマとポチを、腐鯨戦艦の舳先に投げつける。

「ナナ、全速前進。空力機関全開だ！」

「イエス・マスター」

甲板の一部がパタパタと音を立てて開く。

高回転エンジン音を響かせた空力機関が船を浮上させるより早く、ジェット推進タイプの後部噴射孔から吹き出した高圧縮水が船尾を蹴《け》って急発進させる。

甲板を進行方向と逆に駆け、船尾楼閣をジャンプ台にして腐鯨戦艦の船首に飛び乗った。オレの相手は黒幕だ。

ポチとタマが心配なので、空間魔法の「遠見《クレアボヤンス》」「遠耳《クレアヒアリス》」で彼女達の状態を別視点から見守る。

「しゃかしゃか～」

舳先に飛びついたタマとポチが素早い動きで這《は》い進む。

「来てはダメ！」

ナナエ嬢の叫びと同時に、舳先に絡まっていた触手が二人に襲いかかった。

「触手さんは抹殺なのです」

「じぇのさいど～？」

ポチとタマが素早く抜いた魔剣で迎撃する。

「す、凄《すご》い……」

「解放《かいほ》っほ～？」

「ポチは反対側からやるのです！」

ナナエ嬢を縛り付ける触手をポチとタマの魔剣が切り裂き、彼女を束縛から助け出した。

当然ながら重力が彼女達を舳先から海へと落とす。

「きゃあああああ」

「ふり～ふぉーるぅ～？」

「あわわわわ、なのです！」

落下する先では、妖《あや》しい光を湛《たた》えた魔獣砲が発射準備を進めている。

「脱出路はアリサちゃんにお任せよ！」

アリサが隔絶壁《デラシネーター》で空中に足場を作り、ポチとタマはナナエ嬢を抱えたまま空中を跳ねて浮遊帆船へと戻ってきた。

リリン王女が目をまん丸にして驚いている。

まあ後で適当に誤魔化《ごまか》せばいいだろう。

「タマ！　ポチ！」

「リザ～」「なのです！」

両手を広げるリザにタマとポチが飛び込み、救出してきたナナエ嬢は布を広げたルルとリリン王女が受け止めた。

さて、向こうはこれでいい。

「それで助けたつもりですか？　腐鯨戦艦との契約がある限り、あの娘が死のうと自由は訪れませんよ」

「そうかな？」

商人の背後には腐鯨戦艦と同質の角のようなモノが船の構造物の中心から突き出ており、その角の半ばほどに埋もれるようにして、海賊らしき男が磔《はりつけ》にされていた。

「あの宝冠を破壊すれば解放されるだろ？」

オレは海賊が被《かぶ》る骨の宝冠を指さす。

「出《い》でよ！　無敵の腐鯨兵！」

商人が叫ぶと、甲板を破って半魚人みたいな化け物が何体も現れた。半ばまで腐敗していて臭《にお》いが凄い。ＡＲ表示によるとレベル四〇級で、それなりに強い。

「一人で乗り込んできた無謀を後悔するがいい！」

襲ってきた腐鯨兵をストレージから取り出した魔槍《まそう》で薙《な》ぎ払う。

魔剣にしなかったのは、少しでも遠い間合いで倒したかったからだ。

「ば、馬鹿《ばか》な！　貴様は勇者だとでも言うのか！」

「さあね」

馬鹿正直に肯定してやる必要もないので、揺れる甲板の上を商人の方に歩み寄る。

「く、来るな！　それ以上近寄れば——」

商人は後退《あとずさ》り、磔にされた海賊の足先に触れそうだ。

きょどきょどと周囲を見回す商人の瞳《ひとみ》に、浮遊帆船が映るのが見えた。

「――貴様の仲間達の命はないぞ！」

「それは大変だ」

『ナナ、攻撃が来るぞ。回避行動の準備を』

オレは足を止め、商人と話しながら、空間魔法の「遠話《テレフオン》」で操舵《そうだ》を担当するナナに指示を出す。

『イエス・マスター』

その返事に少し遅れて、轟音《ごうおん》と閃光《せんこう》が下方から巻き起こり、凄《すさ》まじい光線が海を蒸発させ洞窟《どうくつ》の壁を穿《うが》った。

仲間達の船は余裕で危地を脱出し、天井付近へと退避を終えている。

火傷《やけど》しそうなほどの熱い蒸気がオレの髪や服をはためかせた。仲間達の方は船を守る障壁があるから大丈夫だろう。

「今のは警告だ！　次は沈めるぞ！」

商人の言葉に少し遅れて、腐鯨戦艦のあちこちの肉が割け、中から幾つもの砲塔が現れた。

砲塔がゆっくりと旋回し、砲身を浮遊帆船に向ける。

「それは困る、かな？」

足を止めるオレの耳に、アリサから空間魔法の「遠話」が届いた。

『ご主人様、魔砲で反撃してもいい？』

『いいよ。魔獣砲は危なそうだから、頭の向きには注意するんだよ』

『おっけー！』

浮遊帆船が空中で旋回し、腐鯨戦艦へと直進する。

「くそっ、近付けさせるな！」

砲塔が火を噴き、浮遊帆船の周囲に炎の花を咲かせる。

浮遊帆船は右に左に砲撃を避《よ》ける。

「ええい！　どこを狙《ねら》っているのですか！」

苛《いら》ついた口調で商人は腐鯨戦艦を罵倒《ばとう》する。

『ルル！　今よ！』

アリサの声と同時に、魔砲の砲弾が次々と腐鯨戦艦の砲塔を吹き飛ばす。

さすがはルル。いい腕だ。

『うぎゃあアあああア』

腐鯨戦艦と同期でもしているのか、礫海賊が砲塔を吹き飛ばされたタイミングで悲鳴を上げた。

「黙りなさい！　うるさいですよ」

商人はそう吐き捨て、「天海の羅針盤」を掲げて声を荒らげる。

「魔獣砲です！　魔獣砲で薙ぎ払いなさい！」

彼はもう浮遊帆船にいる仲間達を人質にしようとしていた事すら忘れているようだ。

――WZHAAAAAAALYE。

腐鯨戦艦が咆哮《ほうこう》を上げ、魔獣砲で空を薙ぐ。

火線が天井を焼き、爆発と同時に砕けた天井がボロボロと崩落してくる。

仲間達は無事だ。大型の聖樹石炉を搭載した浮遊帆船の防御障壁はあの程度の岩塊で壊れるほど脆《もろ》くない。

――WZHBBBBBBLYE。

『ウぎゃあAああアア』

腐鯨戦艦に幾つもの岩塊が命中し、礫海賊と腐鯨戦艦が悲鳴を上げる。

「うるさい！」

商人が苛だたしげに持っていた細剣で礫海賊の足を刺す。

その上空を浮遊帆船が飛び越える。

「つまり、その球体を破壊すればコントロールできないわけだ」

オレは甲板に落ちた小さな影が大きくなるのに気付かれないように、商人に声を掛けた。

それが弱点だと伝わりやすいように、「天海の羅針盤」を指さす。

「こ、この羅針盤を破壊すればどうなるか――」

商人は最後まで言葉を続けられなかった。

「――成敗」

赤い光を曳《ひ》き、空から急降下したリザの槍《やり》に羅針盤ごと掌《てのひら》を串刺《くしざ》しにされたからだ。

勢い余って甲板に叩《たた》きつけられそうなリザを、「理力の手《マジック・ハンド》」で減速しつつ両の手で支える。

「ご主人様」

抱き留められたリザの頬《ほお》が赤い。

「ぐおおおおおおおお――羅針盤が！」

リザの槍に貫かれた羅針盤がガラスのように粉々に砕けていた。

――WZHAAAAAAAALYE。

腐鯨戦艦が悲鳴を上げ、頭部にある構造物ごとオレ達を振り落とした。

落下するオレ達の身体《からだ》を、ナナが操る浮遊帆船が回収する。

「……愚か者め、『天海の羅針盤』は奴《やつ》の手綱！　それ無き今、奴はこの世界に解き放たれてしまいました。もはや、世界はただ滅びるのみ」

声の方を振り返ると、商人が浮遊帆船の舷側《げんそく》にしがみついていた。なかなか命根性が汚い。

海賊の方は角に礫になったままのようだ。

「そうでもないさ」

オレはストレージから取り出した鋳造魔槍に魔力を流し、チャージが終わった魔獣砲の砲口に向けて投げつける。

魔槍はびゅんっと空を裂き、音速の壁を超えて腐鯨戦艦の咥内へと飛び込んだ。

砲口に集まった光が魔槍の勢いに引き摺《ず》られて内側に飲み込まれ、くの字に折れた腐鯨戦艦の背後に魔槍が突き抜けると、そこから魔獣砲に篭《こ》められた魔力が炎となって噴き出た。

「馬鹿な……腐鯨戦艦が槍の一撃で?!」

驚く商人をスルーして、今度は適当な斧《おの》をストレージから出して投げつけ、礫海賊の角を切断した。もう助からないだろうけど、一応回収しておく。

「さて、海賊と一緒に法の裁きを受けてもらおうかな？」

商人を掴《つか》んで甲板に引き上げると、獣娘達が素早くロープで縛り上げた。

「ふん、勝ったつもりですか？」

自棄《やけ》になった顔で商人がオレを見上げる。

「勝ったからね」

「もはや世界は終わりです。あれは最初の一体。海底には何十、何百という数の『滅びの魔獣』が眠っているのです」

そういえば石化したのがたくさんいたっけ。

「石化の封印はすでに解けています。やがて目覚めた魔獣達がこの世界を食い尽くしますよ」

「だいじょび～？」

「ご主人様が一緒だから大丈夫なのです」

「愚かな……。どのような神器を使ったのか知りませんが、その神器も腐鯨戦艦を滅ぼした代償に失われたはずです。もうあなた方に抗《あらが》う術《すべ》はありません」

タマとポチが不安そうな顔でオレを見上げた。

オレは「大丈夫だよ」と言って二人の頭を撫《な》でる。

「何が大丈夫なモノか、今にも『滅びの魔獣』が……」

「出てこないみたいだけど？」

海面を見ながらアリサが指摘する。

「石化が解けるのが遅れているだけです。なぜならば、海底には無数の石像が――」

「それなら破壊したよ」

大部分はストレージに入ったままだけど、ストレージの中は時間進行がないから石化が解けたりはしないようだ。

「――ふへっ」

商人が奇妙な声を漏らした。

「破壊した？　ふ、不可能です！　魔獣達の石像は解放神様の加護に守られ、天空人達の魔砲でさえ破壊できなかったのですよ？　だからこそ、石像としていつまでも――」

「さっきはこき下ろしていたのに、天空人が使う武器の威力は信じるの？」

「そ、それは――」

「まあ、所詮《しょせん》は海賊と組むような奴の戯《ざ》れ言《ごと》よね」

絶望に打ちひしがれた商人を見て、アリサが肩を竦《すく》める。

「ば、馬鹿にするなぁあああああああああ！」

何かの魔法道具《マジック・アイテム》でロープを切った商人が飛び起きてアリサに掴みかかる。

オレが「理力の手」でアリサを商人の魔手から遠ざけると、リザ達が行動するよりも早く、近くにいたリリン王女が鞘に入ったままの剣で商人を殴り飛ばした。

「――痛そう」

「天誅《てんちゆう》」

「イエス・ミーア。悪人に慈悲は無用と告げます」

甲板の上でもんどり打つ商人を見たルルが同情し、ミーアとナナが厳しい判定を下す。

「きゃぷちゃ～」

「逮捕なのです！」

「今度はロープではなく鎖を使いましょう」

「他《ほか》にもアイテムを隠し持っているかもしれないから、身ぐるみ剥《は》いじゃいましょう」

獣娘達とアリサが商人を拘束する。

「一件落着ですね」

「ありがとう、サトゥー船長」

「サトゥー船長、ご助力ありがとうございます。皆さんにも感謝いたします」

リリン王女とナナエ嬢が二人揃《そろ》ってオレ達に礼を言う。

「ご主人様、海賊さん達が」

「溺《おぼ》れてる？」

「イエス・ミーア。マスター、捕縛しますかと問います」

「そうだね」

見殺しにするのも寝覚めが悪いし、彼らの処分は司法に任せよう。

オレ達は海賊船の生き残りを捕縛し、いつの間にか骨と魔核《コア》だけになっていた腐鯨戦艦の残骸《ざんがい》をこっそりとストレージに回収してから、天井の穴を通って脱出した。

エピローグ

「サトゥー船長、もう行ってしまうのですか？」

名残惜しそうなリリン王女に首肯する。

「ええ、私がすべき事も終わりました」

仕入れも終わったし、海賊達やブンドル商会の会頭子息はこの国ではなく、海賊島で助けたバンハイト船長に託して別の国の司法で裁いてもらう事になっている。角から解放された海賊の頭目も一緒だ。魂を砕かれたかのように彼の瞳は何も映さず、震える唇は言葉にならない呻きを漏らしている。

海賊島で拿捕《だほ》した海賊船のうち、遠洋漁業や商船に使えそうな船を何隻かリリン王女個人にプレゼントした。

アリサに「気前よくあげて良かったの？」と尋ねられたが、ストレージの中には使い道のない海賊船や漂流船がすでに三桁《けた》に迫りそうな勢いなのだ。数隻譲るくらいなんでもない。

「我が国がもう少し裕福なら、サトゥー船長達に報いる事ができたのですが……」

「もう十分いただいていますよ」

この国では価値が低いという珍しい珊瑚《さんご》や真珠、島特産の野菜や根菜、それにリリン王女の口利きで教えてもらえた島秘伝のソースや調理法をゲットできたのは大きい。

それにナナエ嬢の救出ついでに、貴重な闇石《やみいし》や闇晶珠も大量に手に入ったしね。

「マスター、出港準備が完了したと告げます」

甲板からナナが呼ぶ。

「サトゥー船長、船長と船の事は誰《だれ》にも言いません」

「お願いします。できれば『滅びの魔獣』についても黙っていてください」

「はい！　棺桶《かんおけ》まで持っていきます！」

たぶん話しても信憑性《しんぴょうせい》のない与太話扱いされると思うけどさ。

「サトゥー船長、近くまで来たら、ぜひ寄港してくださいね」

「ナナエの言う通りです。絶対に遊びに来てください」

「ええ、必ず」

「おふこ～す～？」

「ぜったいぜったい遊びに来るのですよ！」

桟橋で別れを交わし、いつまでも手を振る彼女達に、オレ達も手を振り返した。

◆

「――ご主人様、珍しい人から手紙が来ているわよ」

迷宮都市での生活にも馴染《なじ》み、仲間達による「階層の主《フロア・マスター》」討伐を進めていたある日、砂糖航路の小国――ササリエスーファ王国のリリン王女から手紙が届いた。

「なんて書いてあるの？」

「リリン王女達の近況や王国のその後について、かな？」

プレゼントした船を運用して、近隣の国々との短距離航路で交易を始め、生活必需品の自力確保率を上げているそうだ。貿易に依存しないようになるのはまだまだ先らしいけれど、一歩前進だと書かれてあった。

「読むかい？」

アリサに手紙を渡す。

「ご主人様、久しぶりにササリエスーファの潮鍋《なべ》でも作りますか？」

「マスター、手紙と一緒に届いた荷物に『島芋』と発酵調味料が同封されていたと告げます」

それはいいね。

「それならポチは迷宮で蟹《かに》さんや魚さんを獲《と》ってくるのです！」

「タマは海老《えび》さんを獲ってくる〜？」

「二人とも、単独行動はいけません。私も行きますから順番に廻《まわ》りましょう」

獣娘達が「ちょっとそこまで」という気軽さで迷宮へ出かける。

この子達も強くなったものだ。

「島芋焼き」

「島芋はたくさんあるから、それも作りましょうね」

「ん」

ミーアがルルにリクエストする。

それを見守っていると、手紙を読んでいたアリサが笑い声を上げた。

「あはは、バンハイト船長って海賊島で助けた人よね？」

「そうだよ。ナナエ嬢に猛烈アタック中らしいね」

バンハイト船長からも手紙が届いていたが、そちらは感謝の言葉と海賊達の処遇について書かれてあった。幹部は全《すべ》て絞首刑、配下の海賊は全て犯罪奴隷として重労働を課されているそうだ。

他にも航路上で聞いた噂《うわさ》話や儲《もう》け話を事細かに書いて報《しら》せてくれた。なかなか律儀な人だ。

「リリンも変わらないわね～。ナナエちゃんを連れてバンハイト船長の船で近くの国々を冒険しているらしいわ」

「元気でいいじゃないか」

「そのうち、シガ王国までやってきたりしてね」

「その時は観光の案内役でもしてやるさ」

あの元気な王女と健気《けなげ》な侍女の二人なら、どんな国でも楽しめると思うよ。

またいつか、彼女達と冒険をするのも面白いかもね。

Death Marching
to the
Parallel World Rhapsody
Ex2

デスマーチからはじまる異世界狂想曲 Ex2

書き下ろし
『幻の青』

Ex2
エクストラ

〝サトゥーです。器なんてどれも一緒だと言う人もいますが、それは違うと思います。人に説明する事はできませんが、お気に入りのカップで飲むコーヒーは他とは違う格別の味がするんですよね。〟


「無理だ！　『幻の青』は誰も再現できないから、そう呼ばれているんだ！」

扉の向こうから工房主が誰かと揉《も》める声が聞こえてきた。猫人奴隷のお姉さん達に案内された客間は来客中だったらしい。

ここはクハノウ伯爵領のセダム市にある陶芸工房だ。ここの工房主とは「トラザユーヤの揺《ゆ》り篭《かご》」で救助したミーアをボルエナンの森へ送り返す旅の途中で、「幻想の森」の魔女とクハノウ伯爵の盟約を巡る魔法薬納品騒動に巻き込まれた事件の少し前に知り合った。

「ちょと、待てくらさい、れす」

ここには地元の銘酒を教えてもらう為にやってきたのだが、さっきの声から察するに、そんな雑談に興じるような状況ではなさそうだ。

「お取り込み中のようですし――」

出直してくると言おうとしたのだが、猫人奴隷のお姉さんが縋《すが》るような顔で見上げて首をふるふると横に振るので、その愛らしさと工房主を思う気持ちに負けて扉をノックした。

「入れ！」

どなるような声で工房主が入室を許可する。

オレ達に陶芸を教えてくれていた時の柔和さや酒場で会った時の陽気さとは掛け離れた余裕のな

さを感じる。

「失礼します。――ご来客中でしたか」

今初めて来客に気付いた風を装いつつ部屋に入る。

「若旦那《わかだんな》」

「兄さんは確か、魔女様の弟子と一緒にいた……丁度いい！　この兄さんに頼もう！」

一緒にいた人には見覚えがないが、彼の方はオレや「幻想の森」の老魔女の弟子であるイネニマアナ――イネちゃんを知っているようだ。

ＡＲ表示によると彼は、陶芸ギルドのギルド長さんらしい。

「どうかされたのですか？」

イネちゃんと一緒に「盟約」の魔法薬を納品できたのも、工房主が陶芸の基本を教えてくれたからだし、彼が困っているなら少しくらい手助けしてやりたい。

「実はギルド長から、ちょっと頼まれ事をされて――」

工房主が事情を説明してくれる。

セダム市の太守がクハノウ伯爵領の銀山を襲っていたコボルト達を撃退した戦勝祝いに、陶芸ギルドから記念品の陶器を贈る事になったそうだ。

「その器を作る一人に選ばれたんだが……」

「それは名誉な事ですね。おめでとうございます」

「おう、ありがとうよ、若旦那。問題はその器なんだ」

「どのような問題が？」

「うちの工房は酒杯を頼まれたんだが、『幻の青』っていう特別な色の器を再現できないかって相談されたんだよ」

さっき扉越しに聞こえてきたヤツか。

ギルド長の話から察するに、その「幻の青」の再現に老魔女の力が必要になるのだろう。

「私への頼みというのは、『幻想の森』の魔女殿に仲介してほしいという事でしょうか？」

「おう！　その通りだ！　話が早くて助かるぜ！」

工房主を押しのけてギルド長が笑顔でオレの手を取る。

この人の手も職人さんの手だ。

「『幻の青』に使う釉薬《ゆうやく》『青髄の雫《しずく》』を創《つく》り出した錬金術師の手記に、『幻想の森』の魔女様から教えを受けたとあったんだ。魔女様なら『青髄の雫』を調合する方法を知っているかもしれん――いや、絶対に知っているはずだ！」

ゴツゴツした手でオレの肩をバンバン叩《たた》きながら喜ぶ。

立場上の問題が片付きそうな事よりも、「幻の青」とやらを再現する見込みができた事の方が楽しみな感じだ。

「それで『幻の青』という器はどんなものなのですか？」

「現物は伯爵様のお城だ。ギルドに残っていたのは、割れた器の破片と不確かな口伝だけだ」

ギルド長が上等な布に大切に包んであった破片を見せてくれる。

「これは綺麗《きれい》ですね。まるで内側から青い光が溢《あふ》れ出てくるようです」

特殊な色合いの青なのかと思ったら、想像以上にファンタジーな感じだった。

釉薬の作製に特殊な素材が必要になりそうな予感がする。

「釉薬以外に必要な物は揃《そろ》っているのですか？」

「ああ、もちろんだ。器は素焼きまで終わっているし、予備も含めて戦勝祝いで必要な数の五倍を用意した。本焼きに必要な特別な炭も、伝手《つて》とコネを使いまくって揃えてみせた」

ギルド長が誇らしげに胸を張る。

「窯は普通のモノでいいんですか？」

陶芸漫画で得た知識だけど、窯も重要な要素の一つだよね。

「いや、紅蓮《ぐれん》窯っていうのが必要だ。本物は残っていないが、この工房にはそれを再現した窯がある。そうだろ？」

「まあな。ギルド長が貸してくれた資料で作ってみたが、あれで本当にいいかは分からん。試しに焼いてみたが、普通の窯より温度が高くなるくらいしか違いがないからな」

「そこが重要なんじゃないか。ダメそうな窯にギルドが金を出すわけがないだろ」

工房主によると、試作窯で一応の成功を見たので、ギルドの援助で正式な窯を作ったそうだ。

「――ああ。焼きムラが気になるが、それこそが『幻の青』に必要な要素かもしれんからな」

不安そうな顔で工房主が唸《うな》る。

「そう心配するな。セダム市の魔法道具ギルドのヤツは高慢で鼻持ちならないヤツが多いが、腕はクハノウ市の連中にも劣らん」

ギルド長が工房主を励ます。

「なら、必要なのは釉薬だけなのですね」

「釉薬も錬金ギルドと協同で作り上げられるはずだったんだが……」

ギルド長が箱に入っていた器を見せてくれた。

「青い、陶器、ですね？」

さっき見た欠片《かけら》とは比べものにならない。

「それはそれで悪くないんだが、本物と比べたら明らかに落ちる——分かるだろ？」

オレはギルド長に首肯する。

「分かりました。魔女殿にお会いして、釉薬『青髄の雫』の調合方法をご存じか尋ね、可能なら調合していただいてきましょう」

「そうか！　やってくれるか！」

「頼んだぜ、若旦那」

工房主やギルド長と固い握手を交わす。

善は急げという事で、ギルド長が手配してくれた四頭引きの高速馬車を御者付きで借り、さっそく老魔女のいる「幻想の森」に出発する事になった。

◆

「魔女さんやイネちゃんに会いに行くの？」

「マスター、私も幼生体に会いたいと告げます」

「タマも～？」

「ポチだって会いたいのです」

宿に戻って仲間達に「幻想の森」へ行く事を告げると、自分も一緒に行きたいとナナ達が主張した。

仲間達が小さいとはいえ四人乗りの高速馬車に全員が搭乗するのは難しいので、乗馬ができるオレとミーアの二人は馬車馬のギーとダリーに騎乗する事になった。ミーアの馬にはナナも同乗する。

「こんなに乗って馬車の到着が遅れないかしら？」

「ギルド長からは三日以内で往復してくれって言われているから、間に合うだろ。うちの馬達は軍馬にも負けない足を持っているからな」

ベテランの風格を持つ御者が自信ありげに言う。

魔女の塔までは距離があるけど、御者は日が沈むまでに「幻想の森」の境界線まで行けると請け合った。

「速い～」

「ぐれいとなのです！」

馬達の蹄鉄《ていてつ》や頸木《くびき》が魔法の品らしく、ギルドの馬達は疲れ知らずの速さで街道を駆ける。

ともすれば、騎乗しているオレやミーアの方が置いて行かれそうなほどだ。

スタミナ回復用の魔法薬でサポートしていなかったら、途中でペースダウンを余儀なくされてしまったかもしれないね。

そんな強行軍のお陰か、御者は約束通り日が沈む前に「幻想の森」との境界にある野営地まで辿《たど》り着いてくれた。オレが前に訪問したノウキーの街からはかなり離れているが、塔への距離はこち

ら の方が近い。

「本当に行くのか？　夜の森は危ないぞ？」

「大丈夫ですよ。途中まで行けば、魔女殿の迎えが来ますから」

心配する御者にそう言って、オレ達は森の中に分け入った。すぐにマップで見つけておいた獣道に出たので、その道沿いに進む。

体力のないアリサがすぐに音を上げたので背負ってやる。

「ぐへへへ～」

「アリサ、セクハラ禁止だ」

背後から良からぬ気配を感じたので、先に釘《くぎ》を刺しておく。

「思った以上に原生林ね」

「外側はね」

前の時は枝から枝へジャンプして移動していたから気にならなかったけど、普通に歩くと意外に大変だ。

「うにゅ～？」

「なんだか変なのです」

しばらく進むと、感覚の鋭いタマとポチが頭をくらくらさせて座り込んだ。

「どうしたのですか？」

「幻想の森を守る結界だよ」

普通の人は何も気付かずに方向感覚を乱されて、森の外へと向かってしまう。

オレは迷子防止に皆をロープで繋《つな》いで結界の内側に先導する。

「ふい〜」

「気持ち悪いのが治ったのです」

結界の範囲を越えたみたいだね。

レーダーに凄《すご》い速さで接近する青と白の光点が映った。

「にゅ！」

「何かが来るのです！」

タマとポチが警告を発し、仲間達が臨戦態勢を取る。

「大丈夫だよ。お迎えが来たみたいだ」

オレはそう言って皆《みんな》を落ち着かせる。

森の向こうから、呪文《じゅもん》を詠唱する声が聞こえてきた。

「おーい！　オレだ！　サトゥーだ！」

オレの声が聞こえたのか、詠唱する声が止《や》み、二体のリビングアーマーを連れ、豹《ひょう》型ゴーレムの背に乗った幼女イネちゃんが姿を現した。

「サトゥーさんだ！　皆も！」

「やあ、こんにちはイネちゃん」

イネちゃんがオレ達を見て笑顔になった。

「幼生体、私は来たと報告します」

「イネ〜？」

「イネなのです」

「イネニマアナ」

ナナが真っ先に再会を祝し、タマとポチが愛称を呼び、ミーアが本名に訂正した。

ルル、アリサ、リザも四人に続いて挨拶《あいさつ》する。

「夜中に押しかけて悪いね」

「侵入者かと思ったからびっくりしたよ！　あのランタンを灯《とも》してきてくれたら良かったのに」

イネちゃんが言うには、セダム市での別れ際にくれた魔法のランタンは、「幻想の森」の通行証のような役割を持っており、結界を素通りさせるだけでなく、塔までの道を示す機能があるそうだ。

「そんな機能があったんだね」

薄暗くなってきた事だし、イネちゃんに促されてランタンに魔力を流して火を灯すと、その明かりに周囲の草木が反応して蛍のような光が次々に灯って広がっていった。

「うわー、凄いわね」

「きれ〜？」

「とってもとってもグレイトなのです！」

「幻想的な光景ですね」

「ええ、ルル。これほどの光景はなかなか見られませんね」

仲間達が感嘆の声を上げる。

「ナナ、消灯」

「イエス・ミーア。魔灯《マナ・ライト》を停止すると宣言します」

ミーアに促されてナナが魔法の明かりを消すと、幻想的な光景が更にワンランクアップした。

前に老魔女さんの魔法で見た光景と一緒だけど、仲間達と一緒だとまた格別だね。

「魔女殿に会いたいんだけど、案内してくれるかな？」

「うん、ついてきて！」

イネちゃんの解説付きで、「幻想の森」の素晴らしい風景を見物しながら塔に向かう。魔法のランタンのお陰か、下生えが勝手に避けて道を作ってくれるので楽に移動できる。

「わお〜」

「塔がとっても綺麗なのです」

「ライトアップされた塔もいいわね」

森を抜けた先にあった塔が、白い光でライトアップされている。

前に来た時はこんな風にはなっていなかったし、オレ達に歓迎の意を表してくれているようだ。

「お師匠様もサトゥーさん達が来た事が分かったみたい」

微笑《ほほえ》むイネちゃんと一緒に塔へ向かう。

「お師匠様！　サトゥーさん達が来たよ！」

「イネニマアナ、部屋に入る時はノックしなさいといつも言っているでしょう」

階段をドタバタと駆け上がり、そのままの勢いで老魔女の部屋に飛び込んだイネちゃんが怒られている。

そんなイネちゃんの頭の上に「毛玉鳥《パフバード》」が着地して、クルゥポウと特徴的な声で鳴いた。

「こんにちは魔女殿。突然押しかけて申し訳ありません」

「ようこそ、サトゥー殿。詫《わ》びる必要はありませんよ。盟約が果たせたのは、サトゥー殿の尽力あっての事ですから」

「いえ、それはイネちゃんが頑張ったからですよ」

そう言ってイネちゃんに笑顔を向ける。

「サトゥー」

後ろからミーアがオレの袖《そで》を引っ張った。

「まあ！　ミーア様や可愛《かわい》いお客様達も一緒なのですね。ようこそ『幻想の森』へ。源泉の主として皆様を歓迎いたします」

老魔女が笑顔でミーアや仲間達を部屋に迎え入れる。

「サトゥー殿、今日はどうされたのですか？　納品した魔法薬に何か問題でも？」

「いえ、そういうわけではありません。今日は別件で、まかり越しました」

なんだか塔の雰囲気に呑《の》まれて、古くさい言い方になってしまった。

「別件、ですか？　この老骨の役に立てる事なら、なんでも仰《おつしや》ってください」

「実はセダム市にいる陶芸家の知人から『幻の青』という陶器について相談を受けまして。その陶器に使う釉薬《ゆうやく》『青髄の雫《しずく》』のレシピを魔女殿がご存じかもしれないと伺い、ここに参った次第です」

少し図々《ずうずう》しかったせいか、老魔女の顔が曇った。

「サトゥー殿、そのレシピは確かに知っております。ですが……」

彼女は少し言い淀《よど》んでから言葉を続けた。

「あれは古い友人と協力して作り上げたもの。大恩あるサトゥー殿の頼みといえど、友人の許可なくお教えする事はできません」

老魔女が申し訳なさそうに頭を下げた。

「魔女殿、頭をお上げください。私が無理なお願いをしたのです。あなたが謝るような事ではありません」

なかなか頭を上げてくれない彼女を宥《なだ》めて、詫びる必要がない事を重ねて告げる。

イネちゃんが後ろでオロオロしているしね。

「もし、可能なら釉薬『青髄の雫』を調合していただけないでしょうか?」

「承知いたしました。それなら友も許してくれるでしょう」

老魔女が言っていた理由からして、レシピは無理でも製品なら構わないのではないかと思ってお願いしてみたところ、ほっとした顔の老魔女が快く了承してくれた。

「ただ、錬成に必要な素材が足りないので調達してこないといけません」

「それならば素材の調達は私達で行いましょう」

マップ検索で場所はすぐに分かるしね。

「——いいかな、皆?」

「いえっさ〜」

「はいなのです。ポチは採取のプロなのですよ!」

タマとポチを先頭に仲間達が笑顔で快諾してくれた。

◆

「それじゃあ、『植物採取』と『鉱物採掘』と下準備の手伝いにチーム分けしよう」

老魔女から聞いた不足する素材は幻想植物の「青雪花」と「蒼麗草《そうれいそう》」、幻想鉱物の「妖虫《ようちゅう》結晶」と「光眠鉱石」の四つだ。

青雪花は早朝にしか採取できず、蒼麗草は木漏れ日の落ちる場所にだけ生える不思議な生態をしている。範囲が広い為《ため》、探すのが大変らしい。

妖虫結晶や光眠鉱石は「亀裂《きれつ》」と呼ばれる谷で希《まれ》に採れる。場所は限定されるが、大変な力仕事になるそうだ。

「植物採取チームは植物に詳しいミーアをリーダーに、タマ隊員とポチ隊員を付ける」

「ん、任せて」

「タマ頑張る～？」

「ポチだって大活躍するのですよ！」

三人が気合いを入れてハイタッチを交わす。

「鉱物採掘チームはオレとリザとナナの三人で行く」

「承知いたしました」

「イエス・マスター」

リザが凛々《りり》しい顔で頷《うなず》き、ナナが無表情で承諾した。

「それじゃ、わたしとルルが下準備班ね？」

「ああ、頼むよ」

アリサとルルの二人は老魔女の助手として、塔にある素材の調合の手伝いや器具の準備などをしてもらう予定だ。

「サトゥー殿、割り振りは決まりましたか？」

「はい、三班に分けました」

素材倉庫から戻った老魔女に首肯する。

「谷への案内にはポウを付けましょう」

「クルゥポウ」

老魔女が言うと、彼女の使い魔である毛玉鳥がイネちゃんの頭から飛び立ち、狭い塔内を旋回する。

「谷へはマスターと私とリザが行くと告げます」

目で毛玉鳥を追っていたナナが、両手を開いて招く。

毛玉鳥は「クルゥポウ」と鳴いてナナの頭の上に着地した。広げたナナの両手が寂しそうだ。

「幼生体の姿が見えないと告げます」

「クルゥポウ？」

無表情で告げるナナの頭の上で、毛玉鳥が首を真横まで傾《かし》げる。

「――クルゥポウ！」

ナナが毛玉鳥を捕まえて強引に胸元に移動させた。

驚いた毛玉鳥が逃げだそうともがくが、ナナの両手でがっちりと固定されていて逃げられない。

「……クルゥポウ」

やがて毛玉鳥が諦《あきら》めてナナの胸元で落ち着いた。

ちょっと替わってほしいくらいのベストポジションだね。

「すみません、魔女殿」

「構いませんよ。本当に厭《いや》ならポウはすぐに飛び立ちますから」

ナナの行為を老魔女は笑って許してくれた。

「そうそう、サトゥー殿。妖虫結晶はすぐに見つかると思いますが、光眠鉱石は少々見つけるのにコツが必要で――」

魔女殿が光眠鉱石は天井から光が漏れ出ている場所が目印だと教えてくれた。

「そうだ！」

オレが老魔女と話していると、イネちゃんが大きく手を挙げた。

「森の採取はイネが案内してあげる！　採取できそうな場所を知ってるの！」

毛玉鳥の行方を見守っていたイネちゃんが、はっとした顔になって提案してくれた。

「さんきゅ～？」

「ありがとなのです！」

「感謝」

マップ検索で見つけた採取場所に行ってもらおうと思っていたけど、イネちゃんが一緒に行ってくれるなら不要かな。

「塔に残るのは――」

「わたしとルルよ」

「では二人には錬成用の器具を洗ってもらおうかしらね」

「おっけー！　まーかせて！」

老魔女に連れられた二人が器具置き場に向かった。

オレ達は連れだって塔の外に向かう。

「それじゃ、ミーア様。まずは早朝にしか咲かない青雪花から採取に向かいましょう」

「ん」

「れっつら～」

「ゴーなのです」

豹《ひょう》型ゴーレムに乗ったイネちゃんとミーアを先頭に、徒歩のポチとタマが続く。護衛のリビングアーマー達も一緒だ。

「さて、オレ達も行こうか」

「イエス・マスター」

「クルゥポウ」

リザの声がしないと思って周囲を見回すと、塔の裏手から荷車を引いたリザが現れた。

「鉱石を運ぶなら必要かと思いまして」

「ごめん、リザ。格納鞄《ガレージ・バッグ》があるからなくて大丈夫だよ」

「そうでしたか……申し訳ありません、ご主人様」

肩を落としたリザには悪いけど、森の中で荷車を引くのは大変だしね。

◆

「クルゥポウ！」

毛玉鳥に案内されて森の中を進むと、地面の裂け目のような場所で毛玉鳥が大きく鳴いた。

「ここが採掘場所みたいだね」

「細い亀裂だと告げます」

「奥は広くなっているようですよ」

松明《たいまつ》に火を付けて亀裂の奥に投げ入れ、火が消えたり爆発が起きたりしないのを確認してから中に入る。

リザが先に入ろうとしたが、危ないのでそれを制してオレが先に入った。

オレなら耐性スキルがいっぱいあるし、ログを見ていれば何かをレジストしたら情報が表示されるだろうからね。

「マスター、壁面がキラキラしていると告げます」

ナナが無表情のまま目を輝かせて周囲を見回した。

彼女が言うように、石灰岩風の壁面で星のようにキラキラと光を反射する箇所がある。宝石ではなくガラス質になった石が光を反射しているらしい。

「クルゥポウ」

いつの間にか先行していた毛玉鳥《パフバード》がオレ達を呼ぶ。毛玉鳥は暗い場所でも普通に飛べるようだ。

狭い通路をしゃがみながら進み、一際低い穴を潜《くぐ》ると広い場所に出た。

「おおっ」

「……凄《すご》い」

オレ達の眼前に広がる光景に、思わず感嘆の声が口を突いて出た。リザも口を半開きにしたまま周囲の絶景を見回している。

「マスター、前に進んでほしいと告げます」

最後を歩いていたナナが、後ろから抗議した。

「ごめんごめん」

オレは軽く詫びてナナに手を貸して広場に招く。

「クリスタルがキラキラしていて絶景だと告げます」

松明の光を反射した天然の水晶がシャンデリアのように輝いている。ここは水晶の鉱脈らしい。

「ここが目的の採掘場所ですか？」

「いや、もう少し先だ」

マップ情報によると、この少し先の壁に妖虫結晶が散在しており、一番奥の地中に光眠鉱石の鉱脈があるようだ。

「では――」

「もう少し、見ていたいと告げます」

歩き出そうとしたリザの手を、ナナが掴《つか》んで引き留めた。

「そうだね。もう少し鑑賞しようか」

「……イエス、マスター」

オレ達は水晶の作り出す絶景を楽しんだ後、目的の採掘場所へと向かった。


「この壁に埋まっているのが妖虫結晶ですか？」

壁に人差し指を折り曲げたくらいの大きさをした芋虫のような見た目の結晶が埋まっている。

ほんのりと黄色い光を帯びているので、暗闇《くらやみ》の中でも見つけるのは簡単だ。

「そうだよ。周りの岩ごと掘り出してくれ。魔女殿の話だと長期保存ができないそうだから、一人五つほどで十分だ」

石の破片で怪我《けが》をしたらいけないので、リザとナナに目元を守るフェイスシールド的な兜《かぶと》を渡す。

オレは手本で一つ掘り出し、工具をリザとナナに渡す。

「壁が固くて難しいと主張します」

理術による身体強化をしたナナが、勢い余って壁と一緒に妖虫結晶を粉々にした。

「工具に魔力を流しながらやると削りやすいですよ」

「――できた。できたと告げます」

リザに教わったナナが妖虫結晶を取り出して喜ぶ。

あとは二人に任せておけば大丈夫だろう。オレは光眠鉱石を掘り出す為に奥へと向かった。


「――気のせいか少し明るい？」

松明をストレージに収納して天井を見上げると、僅《わず》かに光が漏れている場所があった。

老魔女が言っていた目印はアレだろう。足下に採掘した跡があるし、マップでもこの下にあるから、ここで間違いない。

オレはストレージからツルハシを取り出して、足下の岩盤を掘り返す。

なかなかの力仕事なので、老魔女やイネちゃんが採掘する時はリビングアーマー達にやらせているか、土魔法を使っているに違いない。

「――おっ、出た」

破片に気を付けながら掘ると、光を内包した水晶片が出てきた。

AR表示でも「光眠鉱石」となっているので間違いない。

ザル一杯分の「光眠鉱石」を採取して戻ると、リザとナナも妖虫結晶の採掘を終えるところだった。

「思ったよりも量が少ないですね」

「釉薬《ゆうやく》に必要な分だし、こんなモノじゃないかな?」

それぞれ大袋一つに余る程度なので、妖精鞄《ようせいかばん》に収納するのではなく、リザとナナが一つずつ背負って持って帰る事になった。

「悪いけど、ちょっとミーア達の様子を見てくるよ」

マップで見た限り、イネちゃんが案内している採取班が迷走しているんだよね。

「イエス・マスター」

「鉱石の運搬はお任せください」

「頼んだよ」

オレはリザとナナに後を任せ、ミーア達の所に向かった。

◆

「赤茶篭目草《かごめ》、みっけ～？」

「ポチは若緑草を見つけたのです！」

イネちゃん達に随伴するタマとポチが、足下の茂みに魔法薬に使う薬草を見つけて採取していた。

「うう～、蒼麗草《そうれいそう》が見つからないよ～、木漏れ日の落ちる場所は全部回ったのにぃ～」

イネちゃんが泣き言を言っている。

早朝にしか咲かない青雪花は採取済みのようだ。

「クルゥポウ」

「え？　ポウ？」

腹話術スキルで毛玉鳥の鳴き真似《まね》をしたら、イネちゃんがびっくりしてキョロキョロと周囲を窺《うかが》う。

斥候系のスキルを解除すると、年少組の三人が気付いた。

「サトゥー」

「ご主人様～？」

「ヤッホーなのです！」

タマとポチがダッシュで飛びついてきたので、両手を広げて受け止めてやる。

「――え？　サトゥーさん？　ポウは？」

「今のはオレの声真似。毛玉鳥ならリザやナナと塔に向かっているよ」

タマとポチを抱えながら、イネちゃんとミーアが乗る豹型ゴーレムに歩み寄る。

「採取は進んでいる？」

「……うぅ」

「まだ～？」

「そーれーそーがまだなのです」

「迷走中」

イネちゃんが気まずそうにうつむき、年少組の三人が現在の状況を教えてくれた。オレの想像通りのようだ。

「蒼麗草なら、さっき見かけたよ」

「本当⁈」

ガバッと顔を上げるイネちゃんに「本当だよ」と告げる。

「案内」

ミーアが案内をせがんだので、下に降ろしたポチやタマと手を繋《つな》いで森を行く。

豹型ゴーレムの背からオレに乗り移ったミーアが落ちそうになったので、支えて肩車ポジションに移動させてやった。子供って、大人の身体《からだ》に登るのが好きだよね。まあ、実年齢はミーアの方が何倍も年上だけどさ。

「あそこだよ」

マップ検索で見つけた最寄りの採取場所にやってきた。

「あった！　蒼麗草だ！」

「タマもみっけ〜」

「ポチも見つけたのです！　採取モードに変形なのですよ！」

ポチが頭にハチマキを巻いて手に採取道具を握る。

あれが採取モードらしい。きっとアリサの入れ知恵だろう。

「降ろして」

ぺちぺちとオレの額を叩《たた》いて催促するミーアを降ろし、子供達と一緒に蒼麗草を採取する。

「蒼麗草は葉っぱだけを採って。根っこは残してね」

「ごめんなさいなのです。ポチは全部掘り出しちゃったのです」

「タマも〜？」

ポチとタマが耳をぺたんとさせて困り顔になった。

「大丈夫！　根っこも綺麗《きれい》に掘り出しているから、葉っぱだけ採ったら、もう一度土に埋め戻せばいいよ」

イネちゃんのフォローで、タマとポチが根っこを埋め戻し、皆《みんな》で蒼麗草の葉っぱだけを集める。

この葉っぱが釉薬の染料になるそうだ。

十分な量を集め終わったオレ達は、豹型ゴーレムとオレの背に分乗して塔へと戻った。

◆

「到着～」

「なのです！」

途中から豹《ひょう》型ゴーレムと競争になったせいか、リザ達よりも早く塔に着いた。

「あら？　おかえりなさい」

「ご主人様、おかえりなさいませ」

塔の外の水場では、アリサとルルが大小様々な鍋《なべ》や器具を洗っていた。

「手伝うよ」

「タマもやる～？」

「ポチもお手伝いするのです！」

素材を届ける役目をイネちゃんにお願いし、六人で手分けして洗浄作業を行う。

「さっすが男の子！　やっぱ力があると綺麗になるのが早いわね」

「ポチも力持ちなのですよ！」

「タマもが～るだけど、ぱわふる～？」

「あはは、ごめんごめん。二人とも凄い凄い」

タマとポチから物言いが入ったので、アリサがすぐに訂正した。

「洗い終わったのは陰干しでいいのか？」

「私が拭《ふ》きます！　終わったら、こっちに置いていってください」

ルルが素早くオレから鍋を受け取って、布で丁寧に拭き始めた。

「こっちの器具は普通に拭いたら手間が掛かりそうだから――」

「任せて」

繊細な形の器具はミーアの水魔法「泡洗浄《バブル・ウォッシュ》」で綺麗にしてもらう。

洗い終わった器具は、頑丈な鍋をタマとポチが、繊細だけど軽い器具をルルが、残りはオレがひとまとめにして塔内に運び込んだ。


「もうダメ～。魔力が足りないよう」

上の階からイネちゃんの泣き言が聞こえてきた。

階段を上がると、「魔女の大釜《ウィッチーズ・コールドロン》」に抱きついてイヤイヤをするイネちゃんがいた。

「さあ、イネニマアナ。魔力回復薬を飲んで魔力充填《じゅうてん》を続けますよ」

「うう～、苦いぃ～」

この世界の魔法薬は苦いのが基本らしいので、幼いイネちゃんは苦手みたいだ。

「イネちゃん、こっちの魔力回復薬を飲むかい？」

「飲む！　サトゥーさんのは甘いから大好き！」

オレから魔力回復薬を受け取ったイネちゃんが、くぴくぴと喉《のど》を鳴らして飲み干した。

その様子を見て「あらあら、まあまあ」とモノローグが付きそうな顔の老魔女だったが、微妙に寂しそうだ。後で、蜂蜜《はちみつ》味の魔力回復薬レシピをプレゼントしよう。

「そういえば、魔力を源泉から補充しないのですか？」

「ええ、盟約の魔法薬を作るのに充填していた魔力を使い切ってしまったのです。無理に源泉から吸い上げると『幻想の森』が枯れてしまいますから」

なるほど、それで人力で大釜に魔力を充填していたのか。

「魔力を充填するなら、私も手伝いましょう」

「それならわたし達の出番ね」

「ん、任せて」

オレと魔法使い二人が、疲労した老魔女やイネちゃんに代わって魔力を充填する。

思ったよりも容量があったけど、魔力ゲージの二割から三割ほどで充填が完了した。

「満タンになったみたいですね」

「こ、こんなに速く？　普通は三日三晩は掛かるのですが……」

「凄《すご》い凄い！　さすがはエルフ様だね」

老魔女が絶句し、ミーアのお陰だと思ったイネちゃんがミーアをもてはやす。自分の力だと思っていないミーアが「むぅ」と困惑の声を漏らした。

「クルゥポウ」

窓から毛玉鳥《パフバード》が帰ってきた。

リザ達が戻ったようだ。

「素材の下処理を行いましょう。蒼麗草と妖虫《ようちゅう》結晶の下処理は覚えていますね？」

「はい、お師匠様」

イネちゃんが部屋を飛び出し、アリサとルルが手伝いについていった。

「ミーア様、青雪花に魔力を流して、この紙の上に花粉を集めてくださいませ」

「分かった」

ミーアがこくりと頷《うなず》き、部屋の片隅で作業を始めた。

「サトゥー殿、光眠鉱石を砕いてふるいに掛けていただけますか？」

「お任せください。リザ、手伝ってくれるかい？」

「はい、ご主人様」

オレ達は老魔女の指導で、手分けして下準備を進める。

調合中に老魔女が過労でダウンしたので、それ以降の作業はオレとイネちゃんで分担して行った。

盟約の魔法薬を三〇〇本も錬成してからそんなに経《た》っていないし無理もない。

昼過ぎに下準備を終え、翌朝には錬成が完了した。

「――あれ？」

大釜の底に残った液体を覗《のぞ》き込んで首を傾《かし》げる。

ひしゃくで掬《すく》い上げた液体は、明るい光の下でも青ではなく橙《だいだい》色《いろ》をしていた。

「もしかして、失敗しちゃった？」

「いいえ、成功です。釉薬『青髄の雫《しずく》』はそういう色なのですよ。熱を加える事で、色が変化するのです」

老魔女が冷や汗を流すアリサを優しい声で諭す。

「じゃ、じゃあ、成功って事ね？」

「ええ、そうですよ」

老魔女の言葉を聞いた仲間達が、イネちゃんと一緒に喜びの声を上げた。

「ありがとうございます、魔女殿。お陰で『幻の青』を作る事ができそうです」

「少しでもサトゥー殿のお役に立てたのなら、何よりでございます」

オレ達は老魔女に礼を告げ、完成した釉薬《ゆうやく》を入れた壺《つぼ》を携え、魔女の塔を後にした。

◆

「こ、これが『青髄の雫』！」

「これで『幻の青』が作れるぞぉおおおおおおお！」

セダム市へと戻ったオレは、さっそく陶芸工房へと釉薬を届けに行った。

釉薬を受け取った工房主と陶芸ギルド長が歓喜の声を上げて踊り出す。

「ありがとう！　ありがとう、若旦那《わかだんな》！」

工房主がオレに抱きついて背中をバンバン叩く。

嬉《うれ》しいのは分かったから、小脇《こわき》に抱いた釉薬の壺を置いてほしい。落としそうで怖いんだよね。

「私だけの力じゃありませんよ。魔女殿やお弟子さんや仲間達が手伝ってくれたからこそです」

「そうか、そうか！　お嬢ちゃん達もありがとよ！」

礼を言われた仲間達の顔に笑みが浮かぶ。

「それではさっそく『幻の青』を焼かれるのですか？」

工房主の抱擁から抜け出て話を進める。

「おう！　紅蓮《ぐれん》窯の予熱を始めてくれ！　俺はギルド長と一緒に陶器に釉薬を塗る。一応、魔法道具ギルドにも使いを出してくれ」

工房主に命じられた猫人奴隷のお姉さん達が元気よく「にゃー」と鳴き、一人が外へ、残りのほとんどが裏庭の窯の方へと走っていった。

「紅蓮窯を見学させていただいてよろしいですか？」

「おう！　もちろんだ！」

工房主が快諾してくれたので、オレ達は猫人奴隷のお姉さんに案内されて紅蓮窯を見物に行った。


「これ？」

「はい、れす」

ミーアに問われて猫人奴隷のお姉さんが頷く。

「変わった形の窯ですね」

「昔、漫画で見た登り窯みたいな感じ？」

ちょっと違うけど、アリサの言うように登り窯に似た形状の窯がある。

「二つあるんですね？」

「完成しらのあ右らけ、れす」

よく見ると登り窯もどきは左右に列が分かれており、別の窯になっている。

「中を見てもいいかな？」

「はい、れす」

猫人奴隷のお姉さんに許可を貰《もら》って窯の中を覗き込む。

中は広くなっていて、屈めば奥の窯まで入って行けそうだ。

「雑」

「なんていうかやっつけ仕事感が半端ないわ」

一緒に入ってきたミーアが眉《まゆ》をひそめ、アリサが呆《あき》れたように感想を口にした。

二人が言うように、窯に使われている魔法装置や錬成部品の精度が非常に低品質だ。

「わざと不均一に作っているのかな？」

「それはないんじゃない？　このへんの接合部とか、へっぽこが作業したようにしか見えないわ」

まあ、オレもそんな気はするけどさ。

そういえば工房主が焼きムラが気になるって言ってたっけ。

まあ、その後に「それこそが『幻の青』に必要な要素かもしれん」なんて言っていたから、元々の設計がこうなのかもしれないけどさ。

「左側の窯も見ていいかな？」

「そちは修理《しゅうり》、まられす」

「うん、分かっているけど、確認したい事があってね」

許可を貰って左側の窯を確認する。

「やっぱりか……」

右側の窯を使ったら起こるであろう不具合が発生した痕《あと》がそこかしこにある。

勝手に修理するのはまずいから、お節介をするにも工房主に許可を貰ってからだね。

「あそこ、れす」

猫人奴隷のお姉さんに案内してもらった先では、工房主と陶芸ギルド長、それにギルド長が呼んだらしき陶芸家達が、真剣な顔で釉薬を塗っていた。

ちょっと声を掛けづらい雰囲気なので、彼らの作業が一段落するまで見守る。

「なんだこれは？　これが『幻の青』だと？　橙色ではないか！」

居丈高なダミ声をまき散らしながら登場した中年男性は、AR表示によると魔法道具ギルドに所属する魔法道具師のようだ。

「よう、ゴッカル。そうがなり立てるな。これが熱で変化して『幻の青』ができるんだ。紅蓮窯の火入れは夕方だから、まだ時間はあるぞ」

「あの窯は天才と名高い我が輩の作品だからな。最終点検をしに来てやったのだ」

彼は自分で「天才と名高い」なんて言っちゃうくらい自己評価の高い人らしい。

困ったな。下手に紅蓮窯の欠陥を口にしたら、改修を行うどころか意固地になるのが目に見えている。

「……ふう。終わったぜ」

「お疲《ふか》えさあれす、タオル《たおう》れす」

釉薬を塗り終わった工房主に、猫人奴隷のお姉さん達が汗拭《あせふ》き用のタオルや冷たい飲み物を手渡している。相変わらず甲斐甲斐《かいがい》しいね。

「お疲れ様です。少しお耳に入れたい事が――」

工房主が一息入れたところで、紅蓮窯の欠陥について伝える。

「あの焼きムラはそのせいだったのか！」

「おいおい、本当かよ。あんなんでもゴッカルは魔法道具ギルドのベテランだぜ？」

工房主はすぐに納得したが、陶芸ギルド長は半信半疑だ。

「紅蓮窯の設計図なんかはあるんですか？」

「ああ、あるが……今さら改造なんてしている時間はないぞ？」

「今回使うのは右側の窯ですよね。左側の窯ならいじっても構いませんか？」

「――我が輩の作品をいじるだとぉおおお！」

許可を貰おうとしたところに、魔法道具師が飛び込んできた。

「貴様のような素人に触らせはせんぞ！　それに左の窯を修理するくらいなら新しく作り直した方が早いくらいだ！」

魔法道具師が火でも噴きそうな顔で吼《ほ》える。

「まあまあ、ゴッカル。若い奴《やつ》の言う事だ。大目に見てやってくれ。彼がいなかったら、『幻の青』に必要な釉薬が手には入らなかったんだ」

「仕方ありませんな。ここは陶芸ギルド長の顔を立てて、特別に、そう特別に矛を収めようじゃありませんか」

陶芸ギルド長の取りなしに気を良くした魔法道具師が矛を収めた。

不用意な発言で彼のプライドを刺激してしまったのは事実なので、オレも彼に詫《わ》びておく。

魔法道具師のエンドレスな自慢話や苦労話を聞いているうちに、釉薬を塗布した器が焼ける段階になったので、さっそく本焼きを開始する事となった。

――あれ？

釉薬を塗っていた器の半分くらいしか紅蓮窯にセットしていない。

工房主と目が合うと、彼はアイコンタクトを送ってきた。

どうやら、彼はこの本焼きが失敗すると考えて、セットする器を半分だけにしたようだ。

「それでは火入れを行うぞ。頼む」

「任せろ」

工房主が火種を投げ込み、紅蓮窯の駆動を確認してから窓を閉じる。

ごうんごうんと駆動音が響き、窯が内側から赤く色付いていく。

真っ赤になった窯は紅蓮窯と呼ばれるに相応《ふさわ》しい色だ。足の裏からビリビリと振動が伝わってくる。

「さっすが異世界ね。こんなの動画でも見た事ないわ」

その様子にアリサを始め、皆《みんな》が興味深そうな顔になる。

「にゅ～？」

タマが耳をぺたんとさせ、じりじりと紅蓮窯から距離を取るのが見えた。

少し遅れて危機感知スキルが僅《わず》かな予感を伝えてくる。

オレは皆の前に移動し、その時を待った。

ドンッと腹の底から響く音とともに、紅蓮窯の天井の一つが吹き飛んだ。

どうやら、火力の強さに窯が耐えられなかったらしい。

「馬鹿《ばか》な！　我が輩の完璧《かんぺき》な作品がぁあああ！」

「紅蓮窯を停止しろ！」

頭を掻《か》きむしるだけで何もしない魔法道具師に代わって、陶芸ギルド長が指示を出し、工房主や職人達が緊急消火用の喰火玉《くいひだま》を確認用の窓から投げ込み、火かき棒で中から燃料を掻き出す。

火勢が一段落したところで、人々の視線が魔法道具師に集まる。

「わ、悪いのは我が輩ではない！　試作では動いていた。今回の窯も、試作の紅蓮窯と同じ魔法回路を使っているのだ！」

魔法道具師が口角泡を飛ばす勢いで自己弁護に精を出す。

「いるのよね、自分の失敗を認められない奴って」

アリサが辛辣《しんらつ》だ。

その声が聞こえたわけではないはずだけど、魔法道具師の視線がオレの方を向いた。

「こいつだ！　こいつの持ってきた釉薬とやらが悪さをしたに違いない！」

震える手でオレを指さして、責任転嫁をしてきた。

「おいおい、さすがに、それは……」

「なあ、ゴッカル。悪者探しは後にして、穴の空いていない方の紅蓮窯を修理する方法を考えよう。このままじゃ、せっかく釉薬『青髄の雫』が手に入ったのに『幻の青』が幻のままになってしまう」

呆れる工房主の横で、陶芸ギルド長が魔法道具師を説得する。

「不可能だ！　さっきも言ったはずだ！　あの窯を修理するくらいなら、一から作り直した方が早いと！」

魔法道具師が修理がいかに非効率的かを熱弁する。

このまま彼の熱弁を拝聴していても不毛だし——そうだ。

「——ゴッカル殿」

オレは誰《だれ》も聞いていないリサイタルを熱演する魔法道具師に声を掛ける。

「な、なんだ！　さっき我が輩に難癖を付けた小僧か！　これは我が輩のせいではないぞ！　貴様が持ってきた釉薬のせいだ！　あれが爆発の元になったのだ！」

「そうですね。あなたの仰《おつしや》る通りです」

「わ、若旦那?!」

その発言に工房主が驚きの声を上げた。

オレは工房主に目配《めくば》せし、詐術スキルを意識しながら、魔法道具師との会話を続ける。

「そうとも！　お前のせいだ！　お前がみんな悪い——」

「ですから、私が責任を取って、壊れた紅蓮窯を修理いたしましょう」

魔法道具師の発言を遮って言いたい事を言い切る。

「——なんだと？」

「それはいい！　どうせ一から作り直すのだ。いいな、ギルド長？」

「もちろんだ。紅蓮窯の出資者はギルドだ。誰にも文句は言わせんよ」

ごねようとした魔法道具師の発言を、工房主とギルド長が封殺した。

「ゴッカルには後日改めて、紅蓮窯の新規建造依頼を発注する。もしも、この紅蓮窯に欠陥があるというのなら、お前の責任で修理してもらう事になるが——」

「欠陥などない！　次の発注を待っておるぞ！」

ギルド長の意図を悟った魔法道具師が、脱兎《だつと》のごとき撤退を決めた。見事な速さだ。

「まったく、困ったヤツだ」

「それで、若旦那《わかだんな》。本当に修理できるのか？」

「ええ、お任せください」

魔法道具師の話を聞き流している間に、紅蓮窯の改修手順は頭の中で組み上げてある。無駄に高い知性値《INT》のお陰でCADいらずだね。

オレは半刻——一時間だけ時間を貰い、紅蓮窯を手早く修理していく。

ちょっとだけ手持ちの素材で足りないモノがあったので、仲間達に頼んで買い出しに行ってもらった。

「たらま〜」

「なのです！」

紅蓮窯の外からタマとポチの声がする。

「おかえり、あったかい？」

「はい、これでよろしいですか？」

リザから窯本体の補強用の素材を受け取る。

「ミーア、頼む」

「ん、任せて」

ミーアの水魔法で乾燥させた素材を、ナナが別の素材に練り込んでいく。

練り上がった補強材を受け取り、左官屋の真似事《まねごと》をしてさささっと塗り込める。コンクリートとは違うけど、なんとなくそんなのをイメージしてしまった。

「ご主人様、インゴットをゲットしたわよ」

「ごめんなさい。こんなに小さいのしか手に入りませんでした」

「いや、これで十分だよ。ありがとう」

アリサとルルに礼を言い、小さなインゴットを受け取る。

それを錬成板でささっと加工して、紅蓮《ぐれん》窯の魔法回路を丁寧に修復した。ほとんど作り直しだったので、魔法道具師の発言もあながち間違ってはいなかったかもね。

「――よし、完成っと」

予定通り、半刻で作業が完了した。

◆

「できたのか?」

「はい」

狐《きつね》につままれたような顔の工房主に力強く首肯する。

「これで焼けるぞぉおおお！」

工房主が喜びを天に迸《ほとばし》らせた。

「ありがとう！　ありがとう、若旦那！」

工房主がオレに抱きついて背中をバンバン叩《たた》く。

「感動するのは火入れが終わってからにしろ」

「ああ、そうだな」

ギルド長が工房主を引き剥《は》がしてくれた。

「よし、焼くぞ！」

「「「応！」」」

ギルド長が号令を掛け、職人達が行動を開始する。

「魔力の充填《じゅうてん》は終わったぞ。空気の流れはどうだ？」

「大丈夫だ。問題ない」

職人達が五人掛かりで魔法装置に魔力の充填を行い、動作を確認する。

窯に付けられた魔法装置のほとんどは加熱用ではなく、燃焼を補助する為《ため》に空気の流れを制御する為のモノだったんだよね。

「火を入れるぜ！」

工房主が火種を窯に投げ入れる。

皆が見守る先で、炭に火が移り、すぐに盛大な炎を上げ始めた。

窯がほんのりと内側から赤く色付いてきた。

だが、今度はさっきと違って変な音も振動もない。

「大丈夫か？」

「ああ、今度こそ大丈夫そうだ」

ギルド長と工房主が顔を見合わせて頷《うなず》き合う。

「よし、入り口を塞《ふさ》ぐぞ」

通気孔を除いた窯の蓋《ふた》を閉じ、漆喰《しっくい》のようなモノを塗って隙間《すきま》を塞いだ。

「ギルド長、酒だ！　酒を持ってこい！」

「つまみも頼む！　安い炒《い》り豆《まめ》でもいいぞ！」

職人達が窯の前で車座になって酒盛りを始めた。

ここからは酒盛りをしつつ窯を見守るらしい。

「いきなり、酒盛り？」

「あとは焼成が終わるまで、燃料を足したりして火の番をしながら待つだけだからな」

「燃料を足す？　さっき入り口を塞いでたじゃない」

「別の場所に窓があるんだよ。窓がないと、偏って燃えてる炭や薪を調整できないだろ？」

なるほど、普通の陶芸はした事がなかったから知らなかったよ。

人数が多いし、リザ達に言って追加の食材を買ってきてもらう。

「いつまで？」

リザ達を送り出して戻ってくると、ミーアが工房主に短文で尋ねていた。

「焼成の時間か？」

「そう」

「何事もなければ、あさっての昼間には終わると思うぜ」

「不吉な事を言わないでよ。さっきみたいに爆発したらどうするのよ」

「今度は大丈夫だ」

アリサの苦言を工房主が笑い飛ばす。

アリサじゃないけど、余計にフラグが立ちそうな発言は止《や》めてほしいね。

「肴《さかな》、持てきた」

「肉、いっぱいれす」

猫人奴隷のお姉さん達が良いタイミングで追加の肴を持ってきてくれた。

肉料理や魚料理の買い出しに行っていたリザ達が戻ってきたようだ。

「肉～？」

「とってもとっても美味《おい》しそうなのです」

タマとポチが肉料理の皿を掲げて戻ってきた。

「これは美味しそうだ」

「ずいぶん、豪勢ね。どこで買ってきたの？」

「表通りよ。お祭りの前夜祭みたいなのが始まっていて、色んな料理を売っていたの」

「ええ、たくさんのお店が並んでいて、何を買うか迷いました」

「へー、それはいいね」

この後はオレにできる事はないし、火の番は工房主達に任せてオレ達はお祭りを楽しむとしよう。

「ポチはお祭りより、目の前の肉が気になるのです」

「タマもはらぴこ～？」

おっと、欠食児童達が涎《よだれ》を垂らさんばかりの顔でご馳走《ちそう》を見つめている。

「それじゃ前祝いといきましょう！」

「「「応！」」」

「「「おー！」」」

職人達の野太い声と仲間達の黄色い声が重なり、楽しい前祝いが始まった。

「若旦那のお陰で上手《うま》くいきそうだ」

「いえいえ、魔女殿達や仲間達の協力と皆さんの研鑽《けんさん》や努力の賜《たまもの》ですよ」

オレは工房主と乾杯をする。

「若旦那、俺の酒も飲んでくれ！」

「わしにも注《つ》がせてくれ」

他《ほか》の職人達も次々に酒を注いでくれたので、前祝いは完全に酒宴へと発展してしまった。

いつの間にか何人か酔い潰《つぶ》れていたし、今晩は工房主と二人で火の番をする事になりそうだ。

「まったく、俺達は若旦那に助けられてばかりだな」

火の番をしていると少しテンションの高い工房主からそんな風に言われた。かなり酔っているらしい。

「そんな事はありませんよ。魔女殿の盟約が果たせたのだって、あなたが私達に陶芸を教えてくれたからですし」

「へー、俺も少しは役に立てたのか」

彼は意外そうにしていたけど、補佐官や小悪党の悪巧みを阻止できた立役者の一人だから、遠慮なく誇ってほしい。

「ご主人様、お茶です」

猫人奴隷のお姉さん達と一緒に、温かいお茶を持ってきてくれたのはリザだった。

「ありがとう。リザも起きていたのか？」

「はい、ご主人様だけを働かせるわけにはいきませんから」

気にせず寝ていたらいいのに、リザは律儀だ。

お茶を飲む間、リザと一緒に窯から漏れる火の明かりと、特別な炭が出す赤い粒子の混ざった排煙を眺める。

「美味しかったよ。リザも寝ておいで。明日の朝になったら、美味しい朝食を期待しているよ」

「はい、ご主人様！　必ずや、ご主人様を満足させられる朝食をご用意してみせます」

リザを寝かせる為の方便だったんだけど、リザが気負った顔で寝床へと戻っていった。

明け方には工房主もうつらうつらとし始めたが、その頃《ころ》には他の職人達が目覚めて交代してくれたので、オレも少し仮眠を取る事ができた。

そして、その翌日の昼過ぎ。

「窯を開けるぞ！」

工房主が排気口を突き崩し、熱風が彼の髪を揺らす。

「どんな器なのかしら？」

「わくわく～？」

「楽しみなのです」

「気になる」

年少組が手に汗握る顔で見守っている。

「ふははは、器を出すのはまだまだ先だぞ」

「そうなのですかと問います？」

「あー、そういえばご主人様が小瓶を作った時も、急に出して割れていたわね」

アリサが言ったのは、盟約の魔法薬作りの時に小瓶を作った時の失敗エピソードだ。

誰《だれ》にも見られていないと思っていたけど、アリサにはしっかり目撃されていたらしい。

「窯がある程度まで冷えるのに一刻から二刻くらいは掛かるから、祭りでも見物に行ってきたらどうだ？」

「待つ」

「イエス・ミーア。完成の瞬間を目撃したいと主張します」

ミーアとナナはてこでも動かない感じだ。

ポチとタマも二人の近くで、いい子座りして待つ姿勢なので、リザとルルに言って皆《みんな》のおやつを買ってくるように頼んだ。

皆で行く祭り見物は、器の完成後でいいだろう。

リザとルルが買ってきてくれたおやつを味わいつつ待っていると、ついにその時がやってきた。

「そろそろいいな。出すぞ」

工房主が窯の入り口を開け、柄の長い金属製のしゃもじみたいな道具を窯に差し込んで、器の置かれた金属トレイごと引き出す。

「なんだかくすんでない？」

「煤《すす》みたいなのがついているみたいだね」

工房主は猫人奴隷のお姉さんが持ってきたタライに酒器を浸《つ》けると、丁寧な仕草でそれを磨き上げる。

「見ろ！」

綺麗《きれい》になった器を工房主が掲げる。

「これが『幻の青』だ！」

「「おおおおお」」

掲げられた器は、内側から空が溢《あふ》れ出るような澄んだ青色だ。独特のグラデーションが器の色合いに深みをもたらしており、見る角度によって青色の濃さや明るさが変わって見える。

破片で見た青色に似ているが、こちらの方が何倍も素晴らしい。

「あめーじんぐ～？」

「ぐれいとなのです」

「とってもとっても綺麗なの！　空の青とも海の青とも違う、もっといっぱいの青を集めたみたい。エルフ達の作る器も凄《すご》いけど、これも負けていないの。本当よ？」

「綺麗だと告げます」

「素晴らしい青ですね」

「はい！　幻って言われるだけはありますね」

「これなら目が肥えている太守だって絶賛《たた》してくれるに違いないわ」

仲間達も口々に「幻の青」を褒め称える。

これだけの芸術品の誕生に立ち会えるなんて、頑張った甲斐《かい》があるっていうものだ。

「若旦那《わかだんな》。これは若旦那が受け取ってくれ」

工房主が最初の一揃《ひとそろ》いをオレに差し出す。

「これは太守様への献上品なのでは？」

「ああ、それはちゃんとある。予備に用意したうちの一つだ。魔女様へ贈呈する分も別にあるから安心してくれ」

そういえば割れる事も想定して、余分に焼いていたっけ。

「この器は若旦那の協力がなかったら完成しなかった。遠慮なく受け取ってくれ」

「ありがとうございます。家宝として大切にさせていただきます」

オレは礼を言って器を受け取る。

「できれば倉庫にしまうんじゃなくて、使ってやってくれ。器は使われてこそ、だからな」

「はい、そうさせていただきます」

工房主の言葉に首肯する。

「旅で美味《うま》い酒を手に入れたらまた来ます。その時はこの器で一緒に飲みましょう」

「ああ、約束だ！」

オレは工房主の差し出した手を握り、固く握手を交わした。

この器で飲む酒は美味そうだ。

あとがき

こんにちは、愛七《あいなな》ひろです。

この度は「デスマーチからはじまる異世界狂想曲」Ex《エクストラ》二巻をお手に取っていただき、誠にありがとうございます！

このEx二巻は熱心な読者の方々からの熱い要望にお応《こた》えして刊行が決まりました。

リクエストしてくださった読者の皆様に、改めてお礼申し上げます。


さて、それではあとがきを読んでから買うか決める方のために、本巻の見どころに移りましょう。

本巻はデスマ一〇巻から一九巻の店舗特典SS《ショートストーリー》三九本と合計六万文字弱の書き下ろし短編二本をメインに、美麗なカラーイラストで彩られたワールドガイドに、コミカライズを担当してくださっているあやめぐむさん描《か》き下ろしのオマケ漫画という構成でお送りいたします。

ショートストーリー三九本は本編で語られる事が少ないサトゥー以外の視点で描かれているものが多いので、WEB版の幕間《まくあい》好きな方には特にお薦めです！

書き下ろし短編はアニメ版で最後に描かれていた陶芸工房を舞台にした「幻の青」と砂糖航路の小国を舞台にした「真珠の国のお姫様」です。

短編と言いつつ、後者は文庫半分くらいある中編と言ってもいいくらいのボリュームなので、本編の方が好きな人にも楽しんでいただけると自負しています。

今回はあとがきのページ数に余裕があるので、もう少し語りましょう。

陶芸工房の「幻の青」はタイトル通り、「幻の青」と呼ばれる色合いの陶器を再現するお話で、特殊な釉薬《ゆうやく》を得る為《ため》に仲間達と一緒に「幻想の森」へ再来訪します。老魔女やイネちゃん、毛玉鳥《パフバード》など懐かしのキャラが久々に活躍しているので、書いていて楽しかった短編です。

元々はアニメ版のＢＤ特典として考えていたお話だったのですが、特典にはぜひゼナを出したいという作者の願望でお蔵入りとなっていました。

もう一つの短編である砂糖航路の「真珠の国のお姫様」は、「海賊に実効支配されつつある貧乏小国の王女様を助けて冒険する話」というコンセプトで構築しました。

こちらも元々は店舗特典ＳＳのネタとして考えていたのですが、最長でも一五〇〇文字という制約に入りきるはずもなくお蔵入りしていたネタをたっぷり膨らませて、短編としてお披露目する事ができました。本編九巻や海洋ファンタジーが好きな方には特にお薦めです！


謝辞の前に一つ告知を。

つむみさんによる新たなスピンオフ・コミックが月刊ドラゴンエイジにて今冬から連載が始まる予定なのでお楽しみに！

内容はルルをメインに据えたお料理モノです。とてもかわいらしいキャラと展開なので、ルル推しの方にもそうで無い方にもお薦めです。

正確な掲載号は著者ＴｗｉｔｔｅｒやカドカワＢＯＯＫＳ公式で告知されるのをお待ちください。

では恒例の謝辞を！

担当編集のＩ氏とＡさんのお二人にはいくら感謝してもし足りません。特にＩ氏はハードスケジュールで倒れるんじゃないかと心配するほど、デスマが盛り上がるように色々な企画を立ててくださっているので、これからも置いて行かれないように頑張りたいと思います。

いつもデスマ世界に色鮮やかな彩りを与えてくださるｓｈｒｉさんに加え、ワールドガイドに素敵なカラーイラストを何枚も描いてくださった「かんくろう」さん、多忙な中とっても可愛《かわい》いオマケ漫画を寄稿してくださった「あやめぐむ」さんに感謝を！

また、ワールドガイドの原稿を執筆してくださったライターのエノモトさんにも感謝です。デスマを舞台にしたテーブルトークＲＰＧを考えたくなるくらいに楽しんで監修させていただきました。

そして、カドカワＢＯＯＫＳ編集部の皆様を始めとして、この本の出版や流通、販売、宣伝、メディアミックスに関《かか》わった全《すべ》ての方にお礼申し上げます。

最後に、読者の皆様には最大級の感謝を‼

本作品を最後まで読んでくださって、ありがとうございます！

では次巻、デスマ二四巻「要塞《ようさい》都市アーカティア編Ⅱ」でお会いしましょう！

デスマ二四巻はドラマＣＤ付き特装版もある予定なので、ご期待ください！

愛七ひろ

ショートストーリー初出

海の友達……10巻ゲーマーズ店舗特典
ウミガメ漁……10巻とらのあな店舗特典
異世界のイルカ……10巻メロンブックス店舗特典
安全な航路……10巻アニメイト店舗特典
激辛料理……11巻アニメイト店舗特典
トモダチ……11巻ゲーマーズ店舗特典
キノコの宝庫……11巻とらのあな店舗特典
ギルドの宴会……11巻メロンブックス店舗特典
アリサとはらぺこ子供達……12巻アニメイト店舗特典
タマの薬草配達……12巻ゲーマーズ店舗特典
お芋ハンター、ポチ……12巻メロンブックス店舗特典
ナナのヌイグルミ作り……12巻とらのあな店舗特典
養護院の扇風機……13巻メロンブックス店舗特典
エチゴヤの扇風機……13巻とらのあな店舗特典
准男爵と扇風機……13巻ゲーマーズ店舗特典
修行玩具《がんぐ》……13巻アニメイト店舗特典
温泉宿と和楽器……14巻アニメイト店舗特典
温泉宿と土産物……14巻ゲーマーズ店舗特典
温泉宿と卓球……14巻とらのあな店舗特典
温泉宿と庭園……14巻メロンブックス店舗特典
エチゴヤ商会セリビーラ支店……15巻アニメイト店舗特典
大きな篭《かご》と小さな篭……15巻ゲーマーズ店舗特典
てんしょく……15巻とらのあな店舗特典
ミーアの秘密……15巻メロンブックス店舗特典
教導……16巻ゲーマーズ店舗特典
凄い絵の噂《うわさ》……16巻とらのあな店舗特典
将来の夢……16巻メロンブックス店舗特典
ワインの村……本書初出
ナナのヌイグルミ修行……17巻ゲーマーズ店舗特典
姉妹の修行風景：No.8……17巻とらのあな店舗特典
姉妹の修行風景：No.3……二〇一九年メロンブックスノベル祭り特典
シガ八剣、選抜談義……17巻メロンブックス店舗特典
秘密基地の日々、肉を求めて……18巻ゲーマーズ店舗特典

秘密基地の日々、果物を求めて……18巻メロンブックス店舗特典
秘密基地の日々、未知を求めて……18巻とらのあな店舗特典
貧乏令嬢の婿探し……19巻アニメイト店舗特典
サトゥーの保存食作り……19巻ゲーマーズ店舗特典
賢者鼠《ねずみ》……19巻とらのあな店舗特典
クロの開拓村……19巻メロンブックス店舗特典
真珠の国のお姫様……本書初出
幻の青……本書初出

イラスト初出

口絵……カドカワＢＯＯＫＳ３周年記念　ｓｈｒｉ描き下ろし
あやめぐむコミック……本書初出

カドカワBOOKS

デスマーチからはじまる異世界狂想曲《いせかいきょうそうきょく》 Ex《エクストラ》2

2021年8月10日　初版発行

著者／愛七《あいなな》ひろ

発行者／青柳昌行

発行／株式会社KADOKAWA

〒102-8177
東京都千代田区富士見2-13-3
電話／0570-002-301（ナビダイヤル）

編集／カドカワBOOKS編集部

印刷所／大日本印刷

製本所／大日本印刷

ISBN 978-4-04-074190-1 C0093

新文芸宣言

かつて「知」と「美」は特権階級の所有物でした。

15世紀、グーテンベルクが発明した活版印刷技術は、特権階級から「知」と「美」を解放し、ルネサンスや宗教改革を導きました。市民革命や産業革命も、大衆に「知」と「美」が広まらなければ起こりえませんでした。人間は、本を読むことにより、自由と平等を獲得していったのです。

21世紀、インターネット技術により、第二の「知」と「美」の解放が起こりました。一部の選ばれた才能を持つ者だけが文章や絵、映像を発表できる時代は終わり、誰もがネット上で自己表現を出来る時代がやってきました。

UGC（ユーザージェネレイテッドコンテンツ）の波は、今世界を席巻しています。UGCから生まれた小説は、一般大衆からの批評を取り込みながら内容を充実させて行きます。受け手と送り手の情報の交換によって、UGCは量的な評価を獲得し、爆発的にその数を増やしているのです。

こうしたUGCから生まれた小説群を、私たちは「新文芸」と名付けました。

新文芸は、インターネットによる新しい「知」と「美」の形です。

2015年10月10日
井上伸一郎

『デスマ』から、
美味しいスピンオフが
始動‼
月刊ドラゴンエイジにて
今冬連載開始予定!
作画 つむみ 原作 愛七ひろ
キャラクター原案：shri
カドカワBOOKS DRAGON COMICS AGE